Sarah N. Harvey

Empfindliches Gleichgewicht

Roman

Aus dem Englischen
von Ulli und Herbert Günther

dtv

Ausführliche Informationen über
unsere Autoren und Bücher
www.dtv.de

Sarah N. Harvey in der *Reihe Hanser*:
Arthur oder Wie ich lernte,
den T-Bird zu fahren (dtv 62604)
Drei kleine Wörter (dtv 65014)
Empfindliches Gleichgewicht (dtv 65028)

MIX
Papier aus verantwortungsvollen Quellen
FSC® C083411
FSC www.fsc.org

Deutsche Erstausgabe 2017
dtv Verlagsgesellschaft mbH & Co. KG, München

Die Originalausgabe erschien 2016 unter dem Titel
Spirit Level bei Orca Book Publishers, Victoria (Canada)
Umschlagfoto: Shari Nakagawa
Umschlaggestaltung: Katharina Netolitzky
Satz: Fotosatz Amann, Memmingen
Druck und Bindung: CPI books GmbH, Leck
Gedruckt auf säurefreiem, chorfrei gebleichtem Papier
Printed in Germany · ISBN 978-3-423-65028-1

Für Monique Polak

XO → ∞

1

»Sei vorsichtig mit Bonnie«, sagt Verna zu mir. »Nicht zu fest reiben. Sie hat eine schlimme Woche hinter sich.«

Ich nicke und streife mir die Latexhandschuhe über. Nicht immer ziehe ich Handschuhe an, aber um ehrlich zu sein, es ist ein großer Unterschied, ob man den eigenen Kopf wäscht oder den eines Menschen, der offensichtlich keine Haarbürste besitzt und seit Wochen nicht geduscht hat.

Bonnie sinkt seufzend in den Sessel vor dem Waschbecken. Ihren riesigen Rucksack – einen von der Sorte, die man auf eine zweimonatige Tour durch die Wildnis mitnimmt – hat sie neben einen der drei Stühle in dem winzigen Frisiersalon gestellt. Der schmutzige Rucksack ist herausgeputzt mit Girlanden aus schmuddeligen Tüchern, diversen Häkelmützen und einer Sammlung von, wie es aussieht, Souvenir-Schlüsselanhängern – New York, Disneyland, der Eiffelturm, London Bridge. Alles befestigt mit übergroßen Sicherheitsnadeln von der Art, die man an Kilts sieht. Zusammengehalten wird der Rucksack von mehreren Gummispannbändern. Eine verbeulte Trinkflasche aus Metall steckt in einer der Seitentaschen.

»Wie geht's, Kindchen?«, sagt Bonnie, während sie ihren Kopf nach hinten über das Waschbecken legt.

»Gut«, sage ich. »Alles gut. Und bei dir?« Ich teste das Wasser mit dem Handgelenk. Zu heiß, und die Leute schreien auf, zu kalt, und sie zucken zusammen. Was der eine für heiß hält, ist für den anderen lauwarm.

Als das warme Wasser an Bonnies Kopfhaut kommt, seufzt sie wieder. »Gut, dass wir Sommer haben. Einfach alles leichter, wenn's draußen schön ist.«

Ich nicke, als wüsste ich, wie das ist, wenn man in einem der vielen Parks von Seattle übernachtet. Ich zelte noch nicht mal gern, dabei ist Zelten hier im Pazifischen Nordwesten fast eine Leidenschaft. Ich bin auch so gut wie sicher, dass Bonnie weder ein Zelt noch einen komfortablen Campingkocher hat – und erst recht kein Zuhause, in dem sie sich bei schlechtem Wetter verkriechen kann.

Mist. Das Wasser muss doch zu heiß sein, denn Bonnie stöhnt auf, als es an eine Stelle nahe ihrem linken Ohr kommt.

»Sorry«, sage ich, aber ehe ich die Temperatur ändern kann, sagt sie: »Schon gut, Kindchen. War nur ein kleiner Zusammenstoß mit einer Bierflasche.«

Ich schaue unauffällig hin – ein tiefer Schnitt über ihrem Ohr, der hätte genäht werden müssen. Sicher gehört auch eine Krankenversicherung zu den Dingen, die Bonnie nicht besitzt. Der Schnitt ist fast verheilt, aber er wird wohl noch höllisch wehtun. Ich achte darauf, dass das Shampoo nicht an die Stelle kommt, trotzdem zuckt Bonnie immer wieder zusammen. Jedes Mal, wenn ich »Sorry« sage, sagt sie »Schon gut, Kindchen«. Ich reibe behutsam, und als ich schließlich mit Waschen, Massieren und Spülen fertig bin, schnarcht Bonnie wohlig. Ich wickle ihr ein Handtuch um den Kopf, vorsichtig, um nicht an die wunde Stelle zu kommen, da wacht sie auf und lächelt mich an. Einer ihrer Schneidezähne fehlt, aber sonst sind ihre Zähne in erstaunlich gutem Zustand. Sie zwinkert mir zu. »Zahnseide nach jeder Mahlzeit. Das ist meine Devise.«

Ich helfe ihr in einen Sessel vor dem Spiegel. »Danke, Harry«, sagt Mom. »Ich kann jetzt weitermachen.«

Den restlichen Vormittag tue ich, was ich jeden Sonntagvormittag getan habe, seit ich ungefähr zwölf bin – Haare waschen und spülen, Kopfhaut massieren, frische Handtücher holen und Kaffee kochen. Seit ich vor ein paar Jahren ein iPod bekommen habe, bin ich auch für die Musik zuständig. Jede Woche stelle ich eine andere Playlist zusammen, diesmal sind es Songs von Motown. Alle singen mit, Mama, ich, Verna, der der Salon gehört, und all diese Frauen, die hier die beste Kopfmassage der Stadt bekommen, einen kostenlosen Haarschnitt und einen erstklassigen Kaffee. In die wöchentliche Playlist schmuggle ich manchmal auch ein paar von den Songs, die ich besonders gern höre wie die von Alt-J und Spoon, meistens aber ist meine Zusammenstellung eher Mainstream. Classic Rock, ein paar Country Songs, Melodien aus Broadwaymusicals. Eigentlich finde ich das alles ganz gut.

»Stop in the name of love«, röhrt Bonnie, und eine schmutzige Hand fährt unter dem Frisierumhang hervor, die Handfläche nach vorn gerichtet wie ein Verkehrspolizist. *»Think it o-o-ver.«*

Shanti, die Frau im Sessel daneben, die jünger (und sauberer) ist als Bonnie – sie trägt einen schwarzen Superminirock und ein pinkfarbenes durchsichtiges hautenges Top über einem weißen Spitzen-BH –, steht plötzlich auf und schmettert *»Haven't I been good to you? Haven't I been sweet and true?«*. Alle brechen in Gelächter aus.

So ist es jeden Sonntag in Vernas Salon, der auch einfach nur so heißt: Vernas Salon. Gott sei Dank nicht *Hairdesign* oder *Hair.style* oder *Hair Vision*. Als meine Mom so alt war wie ich, siebzehn, hat sie angefangen, hier zu arbeiten. Sie sagt, Verna hat ihr das Leben gerettet. Mom hatte damals draußen vor dem Salon gebettelt, und Verna hat sie aufgenommen und ihr zu essen gegeben, hat sie bezahlt fürs Haareauffegen und Kaffeekochen, hat ihr ein Zuhause geboten und ihr das Haareschneiden beigebracht.

Verna ist jetzt zweiundachtzig, und immer noch führt sie den Salon. Viele halten Verna und Mom für Mutter und Tochter. Und irgendwie sehen sich die beiden tatsächlich ähnlich: klein, drahtig, energisch. Beide haben blaue Augen und lockiges blondes Haar. Mom trägt ihres schulterlang, Vernas Haar ist ziemlich kurz geschnitten und inzwischen größtenteils grau. Ich weiß nicht, was Verna an dem jungen Mädchen fand, das damals vor ihrem Laden saß. Ich habe sie oft danach gefragt, aber jedes Mal fällt ihre Antwort anders aus. Einmal meinte sie, es wäre, weil Mom wie Vernas tote Schwester ausgesehen hatte. Ein andermal hat sie gesagt, ihr habe gefallen, dass Mom, wie sie so dasaß und bettelte, *Sehr blaue Augen* gelesen hat. Verna ist ein großer Fan von Toni Morrison. Aber vielleicht hat sie an diesem Tag damals einfach Hilfe im Laden gebraucht. Sie war Witwe, hatte selbst keine Kinder. Auch nie welche gewollt, behauptet sie. Und dann taucht diese hungrige, zornige, clevere Ausreißerin auf, Verna mustert sie mit einem Blick und öffnet ihr die Tür zum Leben. Einfach so.

Als ich zur Welt kam, war Mom vierzig, sie hatte promoviert und einen guten Job als Dozentin für Soziologie an einem Community College, trotzdem gingen wir jeden Sonntag zum Salon und halfen Verna mit ihren »Sonntagsfrauen« – die meisten von ihnen konnten sich keine richtige Mahlzeit leisten, geschweige denn Haare waschen, schneiden und föhnen. Der Salon ist mein zweites Zuhause und Verna die einzige Großmutter, die ich kenne. Seit ich denken kann, liebe ich den Geruch, der in ihren gebügelten Jeans und karierten Blusen hängt, diese Mischung aus Peroxid, Dauerwellmittel, Haarspray, angesengtem Haar und dem Vanillearoma der Kerzen, die sie anzündet, um die anderen Gerüche zu überdecken. Dauerwellen und Färben hat sie vor ein paar Jahren aufgegeben. Zu viele Chemikalien, hat sie gesagt. Aber sie riecht immer noch danach. Mir ist es recht.

Ich habe mit ungefähr fünf Jahren angefangen, Haare zusammenzufegen. Niemand hat mich dazu aufgefordert; ich wollte einfach einen Job haben wie alle, und um Färbemittel anzurühren oder die Brennschere zu schwingen, war ich noch etwas jung. *Bitte sehr, Broomhilda,* hatte Mom gesagt und mir einen roten Kinderbesen samt Kehrblech in die Hand gedrückt. *Tu dir keinen Zwang an!* Die Sonntagsfrauen mochten mich. Sie brachten mir Bonbons mit, die ich sonst nie bekam, und während Mom ihnen die Haare schnitt, umarmte ich die eine und kletterte einer andern auf den Schoß. Als ich etwas größer war, brachte mir Mom einen Schemel und ließ mich beim Haarewaschen helfen. Die Frauen waren für mich einfach »Vernas Sonntagsfreundinnen« – und nicht Drogenabhängige, Alkoholikerinnen, Prostituierte oder Obdachlose. Ich wusste, dass Bonnie eine staatlich geprüfte Wirtschaftsprüferin gewesen war, bevor der Alkohol sie aus der Bahn geworfen hatte.

Und Shanti? Sie ist eine Sonntagsfrau der zweiten Generation. Ihre Mutter ist vor ein paar Jahren von einem ihrer Freier umgebracht worden. Shanti heißt eigentlich Rebecca, sie hat drei Kinder, alle von verschiedenen Männern. Der älteste Junge ist Autist. Als sie mir zum ersten Mal von ihm erzählt hat, dachte ich, sie hätte *Artist* gesagt (wegen des laufenden Wassers hatte ich sie nicht richtig verstanden). Ich habe also gesagt *Toll! Du bist sicher mächtig stolz.* Da hat sie sich umgedreht und mir eine gescheuert. Richtig fest. Mom hat sie aus dem Sessel gezerrt, ist mit ihr vor die Tür gegangen – tropfnass, wie ihre Haare waren – und hat die Sache geklärt. Aber vergessen werde ich diese Ohrfeige nie. Den brennenden Schmerz. Das klatschende Geräusch. Die Frauen im Salon, die wie versteinert dasaßen. Nie zuvor hatte mich jemand geschlagen. Nicht einmal per Klaps auf den Hintern. Ich hatte mich damals gefragt, wie Shanti mit ihren Kindern umgehen mochte. Vielleicht wunderten die sich längst nicht mehr, wenn sie den Schlag einer flachen Hand im Gesicht spürten.

Heute hat Shanti (»bedeutet Frieden«, hat sie mir mal erklärt) ihren Jüngsten mitgebracht, einen platinblonden kleinen Jungen namens Rocco, der sich im dritten Sessel fortwährend um sich selber dreht, während ich Shanti die Haare wasche. Als er runterfällt, weint er nicht einmal. Wahrscheinlich weiß er, warum. Er schüttelt nur ein paarmal den Kopf und klettert dann auf Shantis Schoß. Ich massiere ihre Kopfhaut weiter (»fester«, sagt sie) und höre nebenbei Bonnie zu, die meiner Mom gerade von einem Kerl erzählt, der fünfhundert Kinder hat. Was natürlich unmöglich ist. Fünfzig vielleicht. Aber fünfhundert?

»War das so ein verrückter Mormone?«, frage ich.

»Du meinst, ein Polygamist?«, sagt Mom. »Aber nicht alle Mormonen sind Polygamisten.«

»Schon klar, Frau Professor«, gebe ich zurück. »Ich nehme alles zurück.« Mom runzelt die Stirn, aber mal ehrlich –

heute ist Sonntag. Können wir also heute die Vorlesung in Soziologie nicht weglassen?

»Wie steht's mit deinem Typen?«, fragt mich Shanti. »Wie heißt der noch mal?«

»Byron«, meldet sich Bonnie zu Wort. »Wie dieser Dichter. Verrückt und böse, gefährliche Bekanntschaft. Stimmt's, Harry?«

»Genau«, sage ich. »Passt alles.« In Wirklichkeit passt nichts davon zu Byron.

Ich bin es gewöhnt, dass die Sonntagsfrauen über mein Leben Bescheid wissen. Als ich mir mit sieben Jahren den Arm gebrochen hatte, kritzelten sie ihre Namen auf meinen Gips, und als ich letztes Jahr einen Aufsatz-Wettbewerb gewonnen hatte, gratulierten sie mir. Ein besonderes Interesse zeigten sie immer an meinem Liebesleben, soweit ich eins hatte. Angefangen von Trevor Miller in der achten Klasse (»nicht gut genug für dich«, war damals die einhellige Meinung gewesen, weil er mir zum Geburtstag weder Blumen noch Schokolade mitgebracht hatte) bis hin zu Byron, meinem aktuellen Freund. Was sie bis jetzt nicht wissen: Byron ist vor zwei Monaten weggezogen, quer durchs Land bis nach New York, wo sein Vater eine Stelle als Manager eines großen Tanzensembles angenommen hat. Byron hätte sein letztes Jahr an der Highschool in Seattle machen können – seine Eltern hatten ihm die Wahl gelassen –, aber er entschied sich für New York statt für mich, und da habe ich mit ihm Schluss gemacht. Bloß nicht dieses Scheißgetue *Wir skypen jeden Tag.* Fernbeziehungen sind zum Scheitern verurteilt. Weiß doch jeder.

Aber das Schlimmste ist, dass Byron nicht nur als der Junge, in den ich mich verliebt habe, mein Freund war; er ist schon immer mein bester Freund gewesen. Es klingt wie ein Klischee, aber es ist wahr. Wir haben uns im Kindergarten kennengelernt, wo uns die Begeisterung für Fingerfarben sowie unsere gemeinsame Abneigung gegen Apfelsaft zusammengeschmiedet hat. Kaum hatten unsere Mütter festgestellt, dass wir in der gleichen Straße einander gegenüberwohnten, wurden auch sie beste Freundinnen. So waren wir beide, Mom und ich, wie am Boden zerstört, als Byron mit seiner Familie wegzog. Am Anfang riefen meine Freundinnen an, texteten, versuchten, mich zum Reden zu bringen, drängten mich, nicht immer nur in meinem Zimmer zu sitzen und zu heulen. Ich ignorierte sie, und schließlich ließen sie ihre Anrufe sein. Sogar meine gute Freundin Gwen gab auf, und sie ist neben Mom der hartnäckigste Mensch, den ich kenne. Ohnehin ist Gwen über die Sommerferien weg, sie besucht zurzeit ihren Vater.

Mom fängt meinen Blick auf. »Ich hab jetzt Zeit für dich, Shanti«, sagt sie. Sie weiß, wie sehr ich Byron vermisse. Sie weiß auch, dass ich nicht darüber reden mag. Mit ihr nicht. Mit keinem.

Ich nehme den schläfrigen Rocco von Shantis Schoß und kuschle mich mit ihm auf das alte Zweiersofa in der Warteecke. Ich fühle mich ganz so, wie die Sonntagsfrauen aussehen: alt und müde und schlecht behandelt. Ich lege den Kopf auf das kleine Kissen, das mit den Worten *I am not afraid of storms, I am learning to sail my own ship* bestickt ist, schließe die Augen und überlasse mich dem Schlaf. Als Letztes höre ich, wie die Frauen ganz passabel »Respect« singen.

Als ich aufwache, ist Rocco verschwunden, der Salon leer und meine Wange zerknautscht von den Falten des Kissens. Eine von Vernas Häkeldecken ist über mich gebreitet. Wenn Verna nicht gerade im Salon arbeitet, häkelt sie bunte kleine Quadrate, aus denen irgendwann Decken entstehen. Sie macht pro Jahr mindestens sechs davon, und die verschenkt sie dann an irgendwelche Leute, die so aussehen, als würden sie frieren oder dringend eine Aufheiterung brauchen. Was im Winter auf so ziemlich jeden in Seattle zutrifft. Jahrelang hat Verna versucht, mir das Häkeln beizubringen, doch selbst sie musste am Ende zugeben, dass mein einziges Geschick darin besteht, ihr den Wollstrang zu halten, während sie die Wolle zu einem Knäuel aufwickelt.

Auch meine Mom hat nie häkeln gelernt. Oder stricken oder nähen. Sie ist kein Fan von »häuslichen Handarbeitskünsten«, wie sie es nennt, dafür macht sie schon seit vor meiner Geburt Taekwondo. Inzwischen hat sie einen schwarzen Gürtel und gibt einmal pro Woche Abendkurse für Mädchen. Ich habe eine Zeit lang mitgemacht: Die fünf Lebensregeln fand ich ganz gut – Höflichkeit, Integrität, Geduld, Selbstdisziplin und Unbezwingbarkeit –, vor allem, nachdem ich gelernt hatte, diese Prinzipien mit einem gekonnten Ellbogenstoß zu verdeutlichen. Das war auch die einzige Bewegung, die ich beherrschte, bevor mir ein Mädchen namens Bethany Kirk bei einem Roundhouse-Kick beinahe den Arm brach. Daraufhin habe ich beschlossen aufzuhören. Bei jeder Sportart kann man sich verletzen, ich weiß (beim Basketballspielen habe ich mir mal ein blaues Auge eingehandelt), doch bei Kampfsportarten scheint man Verletzungen fast heraufzubeschwören. Irgendwie cool ist es aber schon, wenn man weiß, dass die eigene Mutter so ziemlich jeden fertigmachen könnte. Verna nennt Mom »Titanfaust im Wollhandschuh«. Und damit meint sie nicht nur ihre Körperkraft.

Ich liege unter der Häkeldecke und denke an Byron. Wie weit entfernt er ist. Wie einsam ich bin. Als wir klein waren, saßen unsere Mütter an Sommerabenden an unserem Küchentisch, tranken Wein, lachten – vielleicht weinten sie auch, das war manchmal schwer zu unterscheiden – und redeten, worüber Mütter so reden. Arbeit, Männer, Kinder, Bücher, Schuhe, wo man die besten Bagels bekommt. Stets lagen ihre Stimmen in der Luft wie der Duft des Geißblatts, das den Zaun überwuchert. Mom breitete immer eine von Vernas Häkeldecken auf den Rasen im Garten hinter dem Haus, und dort lagen Byron und ich nebeneinander und warteten darauf, dass die Sonne unterging und die Sterne hervorkamen. Gewöhnlich schliefen wir ein, bevor der Mond aufging. In dem Sommer, als wir vierzehn waren, strich Byron einmal über meine Wange, als er dachte, ich würde schlafen. Ich schlug seine Hand weg und sagte *Habe ich da einen Käfer?*.

Nein, sagte er. *Keinen Käfer.*

Einen Monat später hielt er meine Hand, während es langsam dunkel wurde. Ich hatte nichts dagegen, obwohl ich mich fragte, warum er das machte. Im nächsten Sommer, als er sich neben mich auf die Häkeldecke legte und sein Arm den meinen streifte, drehte ich mich zu ihm hin und schlang meine Beine um seine. Ich hatte das nicht geplant, ich hatte gar nicht gemerkt, dass mein Gefühl für ihn nicht mehr nur rein schwesterlich war. Wieso hatte ich nicht verstanden, dass sich alles – und nichts – geändert hatte? Meine Lippen schwebten über seinen. Ich konnte den Thunfischauflauf riechen, den wir am Abend gegessen hatten. Ich wünschte, ich hätte an Lipgloss gedacht und einen hübscheren BH getragen. Als später unsere Mütter herauskamen und nach uns riefen, fanden sie uns atemlos und erregt. Sie sahen sich an, grinsten und zuckten mit den Schultern. Als hätten sie schon immer so was geahnt. Am nächsten Tag ist Mom mit mir zur Mädchensprechstunde beim Frauenarzt gegangen. Während wir warteten, sagte sie, *Guter Sex hat mit Erwartung und Vorfreude zu tun, Harry. Und mit Achtung, Schutz und gegenseitiger Verständigung. Wenn du über Sex nicht reden kannst, solltest du keinen haben. Es eilt ja nicht.*

Ich nickte und tat, als sei ich total gefesselt von einer *US Weekly*, die schon ein Jahr alt war. Als ich aufgerufen wurde, ging ich allein in den Behandlungsraum, während Mom Formulare ausfüllte. Ich kam mit einer Packung Kondome heraus und mit einem Rezept für die Pille, das ich nie eingelöst habe. Ja, es stimmt, wir hatten damals beschlossen zu warten. Inzwischen scheint mir das lachhaft – die ganze Zeit vertan mit warten, dass man *erwachsen* und *achtsam* wird und geduldig für *geschützten Sex*. Ich ziehe mir die Häkeldecke über den Kopf und schlafe weiter.

2

»Ich mache mir Sorgen um dich, Harry«, sagt Verna.

Ich halte im Fegen inne und betrachte den Berg aus Haaren auf dem rissigen Linoleumboden. Es ist Dienstag, später Nachmittag. Gestern habe ich den größten Teil des Tages geschlafen, und ich wäre auch jetzt noch im Bett, wenn Mom mich nicht mit zu Verna geschleppt hätte. In diesem Sommer habe ich drei Jobs. Der erste ist Aushelfen in Vernas Salon, der zweite Gassigehen mit Hunden (nicht mit eigenen – Mom erlaubt mir keinen Hund) und der dritte meine Arbeit als Moms Wissenschaftliche Assistentin. Bis jetzt bin ich bei allen, außer beim Gassigehen, ziemlich unbrauchbar.

Ich ziehe die Schultern hoch und schiebe den großen Haarberg in eine Ecke. Die Anstrengung macht mich schwindlig, was einfach nur lächerlich ist. Es ist ein Haarknäuel, um Himmels willen, kein Felsblock. Verna redet immer noch, irgendwas in der Richtung, ich soll mich zusammennehmen. Ich will etwas sagen, aber mein Mund fühlt sich an wie damals, als ich im Kindergarten Tapetenkleister gegessen hatte – verstopft, verklebt, lahm.

»Alles gut«, nuschle ich.

Verna nimmt mir den Besen aus der Hand und dirigiert mich zu dem alten Sofa. »Das ist eindeutig nicht der Fall«, sagt sie. »Du hast Liebeskummer. Das sehe ich doch, aber den kannst du nicht wegschlafen. Glaub mir, nachdem Frank gestorben war, habe ich das auch versucht. Es hat nicht geholfen. Sobald ich aufgewacht bin, war für den

Bruchteil einer Sekunde alles gut – aber dann hat es mich wieder gepackt.«

Ich nicke.

»Weißt du, was ich damals gemacht habe?«

Ich schüttle den Kopf.

»Ich habe gearbeitet. Mich beschäftigt. Nichts anderes. Zum Heulen habe ich mir jeden Tag nicht mehr als zehn Minuten zugestanden. Danach habe ich weitergearbeitet.«

Zehn Minuten täglich? Wie soll das reichen?

»Fühlst du dich denn besser oder schlechter, wenn du stundenlang in deinem Zimmer geheult hast?«

Ich überlege. »Schlechter«, sage ich.

Verna steht auf und zupft ein paar Haare von ihren Jeans. »Na, da hast du deine Antwort.«

»Meine Antwort?«

»Das Leben geht weiter, Kindchen. Je eher du das akzeptierst, desto besser.«

»Zehn Minuten! Ha!«

Verna tätschelt meinen Arm. »Fang mit fünfzehn an«, sagt sie. »Aber nicht mehr.«

Ich nicke, streiche den Stapel Boulevardmagazine auf dem Tischchen vor dem Sofa glatt und überfliege geistesabwesend die Schlagzeilen. Die Kardashians treiben ihre üblichen Spielchen. Wie mag das sein, überlege ich, wenn man eine so große Familie hat? Mom war ein Einzelkind, ich bin ein Einzelkind. Einen Vater habe ich nicht. Es gibt also keine Cousins und Cousinen und keine großen Familientreffen. Keine Streiterei mit einem großen Bruder um das letzte Kuchenstück, keine lautstarke Auseinandersetzung mit einer kleinen Schwester, weil sie mein Lieblings-T-Shirt trägt. Ich habe das nie vermisst.

Wieder kommen mir die Tränen, aber weil ich nicht vor Verna weinen will, nehme ich eine der alten Zeitschriften und lese den Artikel, von dem Bonnie am Sonntag erzählt hat, die Geschichte über den Mann mit den vielen Kindern. Wie sich herausstellt, war er ein Samenspender, der sich entschlossen hatte, zu möglichst vielen seiner Kinder Kontakt aufzunehmen. Plötzlich kommt mir der Gedanke, ob ich eins von diesen Kindern sein könnte – was natürlich lächerlich ist. Oder?

Ich stecke die Zeitschrift in meinen Beutel.

»Brauchst du mich noch?«, frage ich Verna, die gerade das Geld in der Kasse zählt und mit einem Bleistiftstummel, dessen Spitze sie immer wieder ableckt, Zahlen notiert.

Sie schaut auf und lächelt. »Lauf schon, Liebes«, sagt sie. »Ich schließe nur noch ab. Seh' ich dich morgen?«

Ich nicke, drücke ihr einen flüchtigen Kuss auf die Wange und gehe.

Als ich nach Hause komme, sitzt Mom in der verglasten Veranda, die sie als Arbeitszimmer nutzt. Ich stecke meinen Kopf hinein und sage Hi. Sie steht vom Computer auf. »Was ist los?«, sagt sie und streckt sich. »Du kommst früh.«

»Nicht besonders«, sage ich. »Verna hat gesagt, sie braucht mich nicht mehr.«

»Also, wenn du fertig bist, hier gibt's jede Menge zu tun. Ich habe meine Assistentin vermisst.«

»Sorry«, sage ich. »Ich setz mich dann gleich dran, versprochen. Aber erst mal brauch ich eine Dusche.« Und ein Nickerchen. Das sage ich aber lieber nicht laut. Mom hält nicht viel von Nickerchen am helllichten Tag.

Sie nickt und setzt sich wieder an den Schreibtisch. Sie

recherchiert für ein Buch über obdachlose Mädchen, und ich bin ihre offizielle Schreibkraft. Selber Schreiben ist besser als jedes Spracherkennungsprogramm, sagt sie, weil Menschen Nuancen heraushören können. Ich höre mir die Interviews mit den Mädchen an, die Mom zuvor aufgenommen hat, und tippe sie. Ihre eigenen Tipp-Fähigkeiten sind nämlich ziemlich bescheiden. Sie besitzt sogar ein altes T-Shirt mit der Aufschrift *Never Let Them See You Type.* Trotzdem hat sie mir geraten, in der Schule Maschinenschreiben zu belegen. Ich weiß also nicht, was sich seit früher geändert haben soll (na, eigentlich weiß ich es ganz gut, schließlich habe ich genug Vorträge über die drei Wellen des Feminismus hinter mir). Maschinenschreiben ist heutzutage eine brauchbare Fähigkeit. Das heißt ja nicht gleich, dass ich eine Karriere als Sekretärin anstrebe oder so. Wir haben nicht 1962.

Jedenfalls sind die Berichte, die ich für meine Mutter tippe, herzergreifend, umso mehr, als Mom selber eins von diesen Mädchen war, auch wenn sie nicht viel darüber spricht. Wer weiß, was aus ihr geworden wäre, wenn Verna sie nicht aufgenommen hätte? Jetzt bemüht sie sich, »ihnen eine Stimme zu geben«, wie sie immer sagt. Sie zahlt mir 15 Dollar pro Stunde fürs Tippen, und ich musste ein *Geheimhaltungsabkommen* unterschreiben. Ich frage lieber nicht danach, was es bringt, eine Stimme zu haben, wenn man trotzdem hungrig ist und friert, wenn man von zu Hause weggelaufen ist, weil einen der Stiefvater vergewaltigt hat und der Mutter das scheißegal ist. Würde ich Mom tatsächlich danach fragen, würde sie sich lang und breit auslassen über Mitspracherecht und gute Beziehungen, über Unterkünfte für obdachlose Jugendliche und Ausbildungsprogramme. Trotzdem leben die meisten dieser Mädchen auf der Straße. Nicht, dass meine Mom vom Sinn ihrer Arbeit nicht ehrlich überzeugt wäre – das ist sie nämlich –, aber mehr kann sie eben nicht tun. Früher hat sie an vorderster Front in der Jugendfürsorge gearbeitet, doch jetzt ist sie Soziologin. Akademikerin.

Im letzten Interview, das ich getippt habe, ging es um ein fünfzehnjähriges Mädchen namens Angie (das ist natürlich nicht ihr richtiger Name, Mom benutzt ausschließlich erfundene Namen), die zwei Jahre auf der Straße gelebt hat. Mit knapp vierzehn hatte sie ein Baby, das sofort zu Pflegeeltern kam. Angie ist Prostituierte, wahrscheinlich Alkoholikerin, aber nicht drogenabhängig bis jetzt. Sie hat den IQ eines Genies, und ihr Stiefbruder studiert an der Uni in Yale – er ist der Vater ihres Kindes. Ihre Eltern haben sie entsorgt wie einen gebrauchten Tampon. Ein Wunder, dass sie nicht selbstmordgefährdet ist. Ich wäre es.

Aber momentan kann ich nicht auch noch das Unglück anderer Leute durchleiden, mir reicht mein eigenes. Ich gehe in mein Zimmer und versuche zu schlafen. Schlafen ist das Einzige, was ich noch gut kann. Das und Heulen. Aber weder der Schlaf noch die Tränen kommen. Ständig kreisen meine Gedanken um diesen Kerl und seine fünfhundert Kinder. Ich krame die Zeitschrift aus meinem Beutel und lese den Artikel genauer. Eine Formulierung springt mich an: *Inzest aus Versehen.* Offenbar hatten sich zwei seiner Kinder kennengelernt und zum Date verabredet. Es wird nicht ganz klar, ob *Date* eine beschönigende Beschreibung sein soll für *Sex miteinander haben,* aber so oder so, man weiß, dass betroffene Jugendliche mit saftigen Therapierechnungen und ernsten Vertrauensproblemen rechnen müssen. Ein Psychologe, der in dem Artikel zitiert wird, empfiehlt, dass Spenderkinder die Nummer ihres Spenders stets bei sich tragen und potenzielle Partner gründlich ausquetschen sollten, bevor sie sich auch nur auf einen Kaffee treffen. Was für ein peinliches Gespräch: *Weißt du, ich kann dich ja total gut leiden, aber bevor ich was mit dir anfange, will ich klarstellen, dass wir nicht verwandt sind.*

Obwohl ich nicht im Traum an eine andere Beziehung denke, lässt mich die Vorstellung von einem Inzest aus Versehen fast ausrasten. Vielleicht sollte ich wirklich nach meinen Halbgeschwistern forschen. Wie viele, wo, wie alt. Es ist ja nicht so, als hätte ich sonst recht viel zu tun.

Ich stehe auf und dusche ausgiebig. Gewöhnlich protestiert Mom laut, wenn ich das Wasser zu lange laufen lasse, aber in letzter Zeit hat sie nicht an die Tür geklopft oder mich darauf hingewiesen, dass Wasser ein kostbares Gut ist. Mir fehlt das schon beinahe.

Ich wasche mir die Haare und massiere eine Pflegespülung ein. Ich rasiere meine Beine. Ich kann mich nicht erinnern, wann ich das zuletzt getan habe – ein peinliches Versäumnis, denn es ist immerhin schon warm genug für Shorts und ärmellose Tops. Dieselben Shorts, dasselbe Top, der letzte saubere BH. Eindeutig höchste Zeit zum Wäschewaschen. Mom macht mir meine Wäsche und mein Schulbrot für die Pause schon nicht mehr, seit ich zehn bin. Wenn ich mit dreckigen Klamotten in die Schule gehen oder in der Mittagspause Cracker essen muss, ist das mein Problem. Ich habe also ziemlich schnell gelernt, Waschmittel zu dosieren und mir ein passables Sandwich zu machen.

Als ich aus der Dusche komme, habe ich das Gefühl, dass mein Kopf so klar ist wie nicht mehr, seit Byron mich verlassen hat. Zum ersten Mal seit Wochen reizt mich etwas. Vielleicht ist *reizen* zu hoch gegriffen; *interessieren* wäre vielleicht treffender.

Plötzlich empfinde ich Scheu – oder so was wie Zurückhaltung –, Mom von meinem Vorhaben zu erzählen, obwohl das völlig unbegründet ist. Sie hat mir schon vor Jahren gesagt, dass sie sich ausdrücklich dafür entschieden hat, als alleinerziehende Mutter zu leben und dass ich durch Spendersamen gezeugt wurde. Ich habe, noch bevor ich lesen konnte, Bescheid gewusst über die DSR, die Samenbank *Donor Sibling Registry,* ein Dienst, der Kontakte zu Halbgeschwistern und/oder Spendern vermittelt. Mom hat mich immer ermutigt nachzuforschen, hat aber akzeptiert, dass ich das nie wollte. Und jetzt, wo ich es tun will, mag ich es ihr nicht sagen. Ich will das als meine eigene Angelegenheit sehen, nicht als ihre. Und sie hat ja sowieso keine Verbindungen zu meinen Halbgeschwistern. Nicht Mom ist der gemeinsame Nenner – mein Samenspender ist es. (Wir nennen ihn nie »Vater«, weil er das nicht ist. Mom sagt, »Vater« sei ohnehin nur eine »soziale Übereinkunft«, was immer das heißen mag.) Ich weiß von ihm nur, dass er groß ist, zum Teil Latino und dass er Medizinstudent war, was vielleicht meine Größe, das dunkle, gewellte Haar und meine braunen Augen erklärt. Mom weiß ein wenig über seinen gesundheitlichen Hintergrund, aber ich habe sie nie danach gefragt. Sie spricht von ihm nur als Dr. GM (Abkürzung für genetisches Material). Als ich in der Zehnten Biologie versemmelt hatte, sagte sie, *Verdammt. Ich dachte, Dr. GM hätte dir ein paar von seinen Naturwissenschafts-Genen vererbt.* Dann hat sie einen Nachhilfelehrer für mich engagiert.

Vermisse ich es eigentlich, dass ich keinen Vater habe?

Darüber habe ich schon oft nachgedacht. Ich kenne ein paar großartige Väter – zum Beispiel bewundere ich den von Byron, obwohl er Byron nach New York verschleppt hat. Und die zwei schwulen Väter meiner Freundin Anna haben deren Tanzabende noch nie verpasst, obwohl sie gefragte Anwälte sind. Martins Vater ist Hausmann, er backt Brot und trainiert Martins Fußballteam. Briannas Vater dagegen hat sich vor sechs Jahren in einen anderen Mann verliebt und ist nach Detroit gezogen. Seit diesem Tag hat er ihr weder geschrieben, noch zahlt er Unterhalt für sie. Marthas Vater ist wegen Totschlags im Gefängnis, weil er einen Unfall mit Todesfolge verursacht hat. Und Gwens Vater hat ihre Mutter vor zwei Jahren verlassen, ist nach Frankreich gezogen und lebt dort mit einer Frau zusammen, die nicht viel älter ist als Gwen.

Im Grunde genommen also reine Glückssache. Keinen Vater zu haben ist nicht ein Gefühl von Abwesenheit oder gar von Entbehrung. Es ist einfach eine Tatsache. Und mal ehrlich, kann man etwas vermissen, das man nie gekannt hat? Ich denke nicht. Dr. GM könnte tot oder im Gefängnis sein. Er könnte drei wunderbare Kinder haben, die ihn anhimmeln. Sogar Enkelkinder könnte er haben. Für mich macht das keinen wirklichen Unterschied. Ihn will ich ja nicht finden. Ich könnte es auch gar nicht, selbst wenn ich wollte – man muss 18 sein, um über die DSR Kontakt zu seinem Spender aufnehmen zu können. Und der Spender muss den Kontakt wollen.

Trotzdem habe ich ein schlechtes Gefühl, dass ich Mom von meinen Plänen ausschließe. Vielleicht erzähle ich es ihr später, wenn ich eins meiner Halbgeschwister gefunden habe. Vielleicht auch nicht. Es gibt manches, was ich ihr im

Lauf der Jahre nicht gesagt habe. Dummheiten wie zum Beispiel, dass ich ihr Auto einmal für eine Spritztour ohne Führerschein benutzt hatte, während sie nicht in der Stadt war. Oder dass ich auf einer Party zu viele Wodkas getrunken hatte (was sie wahrscheinlich sowieso gemerkt hat – mir ging es am nächsten Tag ziemlich dreckig). Aber sie erzählt mir ja auch nicht alles. Über ihre Familie weiß ich nur das Nötigste: Alkohol, weit weg, kein Kontakt, ein Bruder gestorben. Sie lässt sich auch nicht darüber aus, warum sie nie eine Beziehung hat, die länger als ungefähr sechs Monate anhält. Und ich frage nicht. Es gibt eine Grenze, die man bei meiner Mom besser nicht überschreitet. Tut man es doch, kann man sehr schnell das harte, kompromisslose junge Mädchen erkennen, das sie einmal war.

»Du siehst besser aus«, sagt sie, als ich wieder runterkomme. »Nicht mehr so ... verrotzt.«

»Danke, ja, ich glaube auch.«

»Aber keine sauberen Klamotten?«

Ich schüttle den Kopf. »Wäsche waschen ist mal wieder fällig«, sage ich.

»Überfällig«, sagt sie. »Ich bin fast fertig für heute. Sollen wir was Thailändisches kommen lassen?«

Ich kann mich nicht erinnern, wann ich zuletzt hungrig gewesen wäre – ich lebe schon eine Weile nur von Smoothies –, aber plötzlich habe ich einen Mordshunger. Telefonisch gebe ich die Bestellung auf – es ist immer dieselbe – und decke den Tisch, während wir auf das Essen warten. Eine von Moms sonderbaren Regeln besagt, dass wir nur einmal pro Woche Essen kommen lassen (auf keinen Fall öfter) und dass wir es von richtigen Tellern essen, den Tee aus kleinen Keramiktässchen trinken, Tischsets benutzen und unsere fettigen Finger an Stoffservietten abwischen. Ich setze also Wasser auf und decke den Tisch mit Schälchen, Tellern und rot lackierten Essstäbchen (die hässlichen Holzstäbchen, die mit dem Essen geliefert werden, können wir beide nicht ausstehen). Ich stelle einen Krug kaltes Wasser auf den Tisch und schalte den Backofen an, um ein paar Schüsseln anzuwärmen. Sogar Kerzen zünde ich an.

»Was ist der Anlass?«, fragt Mom.

»Gibt keinen«, sage ich.

»Also, vielleicht habe ich was zu feiern«, sagt sie.

»Was denn? Dass ich keine sauberen Klamotten mehr habe?«

»Nein«, sagt sie und lacht. »Aber erinnerst du dich an das Mädchen, das ich befragt habe? Angie?«

Ich nicke.

»Sie ist weg von der Straße. Eine meiner Kolleginnen konnte ihr einen Platz an einer Schule beschaffen, die sich speziell auf Straßenkinder eingestellt hat. Im September wird sie anfangen. Und sie wohnt in einem Mädchen-Wohnheim und arbeitet Teilzeit in einem kleinen Supermarkt. Ich dachte, das würde dich interessieren.«

Vielleicht habe ich mich ja geirrt, als ich dachte, es bringt nichts, »den Mädchen eine Stimme zu geben«. Vielleicht habe ich den Einfluss von Soziologen unterschätzt. Schließlich bin ich nach einer benannt – Harriet Martineau, die erste weibliche Vertreterin dieser Wissenschaft. Meine Mom verehrt sie, wie manche Frauen die Jungfrau Maria verehren. Eigentlich geht mein Name auf drei Harriets zurück. Die anderen beiden sind Harriet Tubman, die Gegnerin der Sklaverei, und Harriet, die Spionin aus dem Kinderbuch *Harriet, Spionage aller Art*. Bis jetzt lässt sich bei mir kein Hinweis auf eine Karriere als Soziologin, Aktivistin oder Detektivin erkennen.

Ich gieße kochendes Wasser über losen grünen Tee in einer weißen Teekanne mit Bambusgriff. »Das ist fantastisch, Mom«, sage ich. »Schön, wenn man eine Erfolgsgeschichte erzählen kann.«

»So weit, so gut«, sagt sie. »Aber viele Straßenkinder kommen mit der Struktur von Schule oder Arbeit nicht klar. Sie vermissen ihre Straßenfamilien mehr als ihre biologische Familie. Wir können nur immer hoffen. Manchmal ist das alles, was wir tun können. Und alle Siege, selbst die kleinen oder flüchtigen, sind es wert, gefeiert zu werden.«

»Nach dem, was ich immer so mitkriege, hast du schon viel erreicht«, sage ich.

»Danke«, sagt sie. »Aber je mehr ich mit diesen Jugendlichen spreche, desto mehr bin ich mir darüber im Klaren, dass man nie genug tun kann, egal, wie sehr man sich bemüht.«

Das halte ich nun für das Traurigste, was ich je gehört habe. Trauriger als Byrons Verlust. Trauriger als das Schmelzen der Polkappen. Ich kann es nicht ertragen, dass meine Mom denkt, sie tut nicht genug.

»Aber Verna hat doch genug getan, oder? Für dich?«, frage ich.

Sie nickt und reibt sich die kleinen roten Dellen, die ihre Lesebrille immer an beiden Seiten der Nase hinterlässt. Sie sieht müde und besorgt aus, und ich ahne, dass es nicht nur um Angie geht. Es geht auch um mich. Bevor sie antworten kann, klingelt es an der Tür, und ich sage »Mit mir ist alles okay, Mom« zu ihrem sich entfernenden Rücken.

Nach dem Essen gehe ich in mein Zimmer und suche im Netz nach der Donor Sibling Registry. Mom hat vor langer Zeit für eine DSR-Dauermitgliedschaft gezahlt. Ich kann den Service nutzen oder auch nicht, hat sie gesagt. Meine Entscheidung. Die Zugangsdaten hat sie auf eine pinkfarbene Rezeptkarte geschrieben und mit einem Magnet am Kühlschrank befestigt – *Sei die Ausnahme, nicht die Regel* steht auf dem Magnet. Im Lauf der Jahre sind eine Menge Zettel an diesem Kühlschrank aufgetaucht und wieder verschwunden – Zeichnungen, Comics, Terminzettel, Schulfotos, Einkaufslisten –, aber die pinkfarbene Karte war immer dort. Bis jetzt. Jetzt liegt sie neben meinem Laptop, ein bisschen verblichen, ein bisschen schmierig. *Benutzername: Dirtydog. Passwort: 1rainyday.* Alle Informationen, die Mom über meinen Spender hat, sind auf der Seite schon eingetragen – sein Geburtsdatum, seine Ausweisnummer, die Blutgruppe, der Name der Einrichtung usw. Es liegt an mir, die Informationen öffentlich zu machen. Es liegt an mir, die kleinen Kästchen anzukreuzen und auf Antwort zu warten. Ob man die eigene Adresse offenlegen will, bleibt einem freigestellt. Ich beschließe, dass es nicht schaden kann. Manche Leute bekommen, laut der Angabe auf der Seite, fast umgehend eine Antwort, andere warten jahrelang.

Ich schaue unter den FAQs nach, lese ein paar der Erfolgsgeschichten, betrachte die glücklichen Familien auf den Fotos. Manche Geschichten sind unglaublich – eine Frau hat herausgefunden, dass sie und eine enge Freundin denselben Spender gewählt hatten. Ihre Kinder waren bereits gute Freunde, und jetzt wissen sie, dass sie verwandt sind! Eine Frau sagt, sie sei froh, dass sie die Halbgeschwister ihres Kindes gefunden habe, falls eins von ihnen mal eine »Niere, eine Lunge oder was anderes« bräuchte. Daran habe ich nie gedacht. Es könnte durchaus gelegen kommen, obwohl diese Formulierung klingt, als wäre ein Spenderkind mehr eine Versicherungspolice als ein Mensch. Doch um ehrlich zu sein – wenn ich dringend eine Niere bräuchte, wäre ich wahrscheinlich froh, ein paar Halbgeschwister zu haben, die ich darum bitten könnte.

Der Cursor bewegt sich zittrig über die kleinen Kästchen unter der Frage *Öffentlich machen*. Ich hake eins nach dem andern ab. *Klicks.* Nun bleibt nur noch ein Schritt: Der Anmeldung einen persönlichen Text beifügen. Das ist überhaupt das Wichtigste, steht auf der Seite. Registriert man sich, zeigt man sich bereit zu einem »Kontakt in gegenseitigem Einvernehmen«, wie sie das nennen. Klingt nach sexueller Anspielung, ist es aber ganz sicher nicht. Ich muss grinsen, dann greife ich nach meinem Handy, um Byron anzurufen und zu fragen, ob er Lust zu einem Kontakt in gegenseitigem Einvernehmen hätte. Er wird in sein komisches hohes Lachen ausbrechen, und dann werden wir über meinen Plan reden – ob es eine gute Idee ist oder nicht – und darüber, wie viele Halbgeschwister ich möglicherweise habe. Er weiß alles über die Sache mit der Samenspende, und mein Halbbruder ist er ganz eindeutig nicht. Er gleicht seinem Vater, einem Chinesen, aufs Haar, und zwar bis zu dem Muttermal in der linken Kniekehle. Ich möchte so dringend mit ihm reden, dass mir der Schweiß ausbricht. Dann fällt es mir wieder ein. Es ist vorbei. Wir haben uns entschieden. Wahrscheinlich geht er längst mit einer der Tänzerinnen aus dem Ballettensemble seines Vaters. Die Wörter auf dem Bildschirm verschwimmen vor meinen Augen, und ich speichere, was ich bisher eingetragen habe, stelle den Weckruf auf meinem Handy auf 15 Minuten, lege mich aufs Bett und fange an zu heulen.

3

Die nächsten Tage sind eine Qual. Da ich meine Heulerei auf 15 Minuten pro Tag beschränkt habe, bleibt mir mehr als genug Zeit für die Dauerbeschäftigung mit der Frage, ob ich meinen persönlichen Post bei der DSR nun öffentlich machen soll oder nicht. Die Möglichkeit, ich könnte von Hunderten Halbgeschwistern hören – oder von keinem –, macht mich fast verrückt. Ich weiß nicht, was schlimmer wäre. Entweder würde ich mich beraubt oder überwältigt fühlen, dazwischen kann ich mir nichts vorstellen. Mindestens einmal täglich öffne ich mein Profil bei der DSR, fest entschlossen, den nächsten Schritt zu tun, aber am Ende bringe ich es dann doch nicht über mich. Ein paar Stunden gehe ich vormittags immer in Vernas Salon, und nachmittags führe ich die Hunde aus. Die meisten von ihnen wurden von ihren Besitzern aus dem Tierheim geholt: eine kleine braune Promenadenmischung mit einem starken Charakter, zwei liebenswerte Beagles, ein enorm großer Deutscher-Schäferhund-Rottweiler-Mischling, der gutmütigste Hund der Welt. Vielleicht auch der stärkste. Gott sei Dank ist er gut erzogen. Alle kommen glänzend miteinander aus, und doch kann nicht einmal ihre ausgelassene Tollerei mich von der Sehnsucht nach Byron und der Grübelei wegen der Spendersache abbringen.

Ich habe auch wieder angefangen, für Mom zu arbeiten, obwohl es mir sehr schwerfällt, mich zu konzentrieren. Manchmal brauche ich zehn Minuten für einen einzigen

Satz. Manchmal, wenn ich überprüfe, was ich gerade getippt habe, erkenne ich überhaupt keinen Sinn darin – als hätte ich nur jedes dritte Wort gehört.

Am Sonntag nach dem Abendessen sende ich meinen DSR-Eintrag endlich ab. Mom ist im Heim für obdachlose Jugendliche, wo sie ehrenamtlich arbeitet und ihre Interviews führt. Ich habe einen guten Tag gehabt – eine meiner Lieblingskundinnen, ein Mädchen in meinem Alter namens Annabeth, war im Salon. Sie kommt schon seit etlichen Jahren, und sie hat sich freiwillig für ein Interview für Moms Buch gemeldet. Beim Tippen ihrer Geschichte wusste ich sofort, dass es um Annabeth ging, obwohl Mom ihr einen anderen Namen gegeben hatte. Mom hat mir noch einmal die Hölle heiß gemacht wegen Annabeths Privatsphäre, die unbedingt zu respektieren sei. Nie dürfe ich mit irgendjemandem über Dinge sprechen, die ich aus einer der Niederschriften erfahren habe, sollte ich aber Annabeth im Salon sehen, solle ich ganz besonders *achtsam* sein (Moms eigenes Wort). Annabeth weiß, dass ich Moms Schreibkraft bin, doch es scheint ihr nichts auszumachen, dass mir dadurch vieles aus ihrem Leben bekannt ist. Manchmal macht sie sogar Witze darüber, obwohl es da nicht viel zu lachen gibt. Sie ist auf einem Auge blind, weil sie als Baby von ihrer Mutter geschlagen wurde, und sie war die meiste Zeit ihres Lebens in verschiedenen Heimen untergebracht. Das Leben auf der Straße ist ihr lieber als ein dauerhaftes Dach über dem Kopf. Die meisten Einrichtungen, in denen sie gewesen ist, waren nach ihren Worten *von Arschlöchern betriebene Scheißlöcher*. Geld verdient sie, indem sie an Straßenecken singt. Alten Jazz wie »Summertime«, »All of Me«, »Blue Skies«. Sie nimmt weder Drogen, noch trinkt sie.

Seit der sechsten Klasse geht sie nicht mehr zur Schule. Einen Teil des Tages verbringt sie in der Bücherei, wo sie aber keinen Bibliotheksausweis bekommen kann, da sie keine feste Adresse hat. Sie liest Biografien von Sängerinnen – Ella Fitzgerald, Billie Holiday, Aretha Franklin, Etta James – und hört sich dann am Computer in der Bibliothek YouTube-Videos an. Ihr kostbarster Besitz sind billige Ohrhörer. Ihr Traum ist es, an eine Kunstschule zu gehen.

Annabeth hat etwas an sich – die Art, wie sie ihre Worte wählt, ihr singender Tonfall, ihre gelassene Inkaufnahme des Lebens als Albtraum, ihre Freude beim Mitsingen der Songs auf meinen Titellisten – irgendwie möchte ich sie am liebsten mit nach Hause nehmen, ihr zu essen geben, mein Zimmer mit ihr teilen, ihr meine Klamotten leihen, Gesangstunden bezahlen und sie an einer Schule mit Musikzweig anmelden.

Mom sagt, das Beste, was ich tun kann, ist, sie an den Sonntagen im Salon zu verwöhnen. »Grenzen«, erinnert sie mich.

»Shit«, sage ich. »Verna hat dich aufgenommen.«

»Das war was anderes«, sagt sie. Ende der Diskussion.

Und so habe ich bisher nicht mehr getan, als Annabeth einen Schal zu schenken, den ich im letzten Winter gestrickt habe. Und ihr Bücher zu leihen. Wir reden immer über Bücher – wir lieben beide *Wer die Nachtigall stört,* und wir verabscheuen beide abgehobene/übersinnliche Liebesschnulzen.

Heute sagt Annabeth beim Haarewaschen: »Ich habe einen Typen getroffen, der behauptet, er könnte mir einen Musikvertrag verschaffen.«

»Ist ja toll!«

»Aber wer weiß, er ist vielleicht doch nur ein Zuhälter.«

»Meinst du?«

»Er hat mir angeboten, mir eine Wohnung einzurichten. Wonach hört sich das für dich an?«

Meine Erfahrung mit Zuhältern ist begrenzt, aber Shanti würde Bescheid wissen. Sie ist heute nicht im Salon, wird aber sicher bald wieder kommen. »Wie heißt er? Wie sieht er aus?«, frage ich.

»Weiß, dünn, Mitte vierzig. Kleiner Oberlippenbart. Gut gekleidet. Fährt eine weiße BMW. Sagt, er heißt Brad.«

»Ich erkundige mich«, sage ich. Annabeth schließt die Augen, als ich ihre Kopfhaut massiere, und dann summen wir gemeinsam »Someone to Watch Over Me«. Für die Stunde, die sie im Salon verbringt, kann ich dieser *Someone* für sie sein.

Drei endlose Tage später bekomme ich die erste Benachrichtigung durch die DSR.

Betreff: Hallo Harriet

Ich starre so lange auf die zwei Wörter, dass sie allmählich ineinanderfließen. Dann klicke ich auf *Nachricht öffnen,* und als der Text auf dem Bildschirm erscheint, kneife ich fest die Augen zusammen. Was, wenn ein Foto dabei ist? Was, wenn sie/er mir unsympathisch ist? Oder sie/er mich unmöglich findet? Was, wenn sie/er dumm oder gemein oder rechtsradikal ist? Was, wenn sie/er nicht gern liest? Was, wenn sie/er ausschließlich Christian Country Music hört? Was, wenn ...

Ich blinzle mit dem linken Auge – die Nachricht ist immer noch verschwommen, aber ein Foto ist nicht dabei. Ich öffne beide Augen und lese.

Liebe Harriet,
mein Name ist James Miller. Ich wohne mit meiner Mutter, meinem Stiefvater und zwei Schwestern in Sarasota, Florida. Wir sind von Arizona hierhergezogen, als ich fünf war. Ich bin einundzwanzig und suche schon seit einem Jahr ziemlich erfolglos nach meinen Halbgeschwistern. Als ich 15 war, hat sich meine Familie der Mormonenkirche angeschlossen, und seitdem interessiere ich mich besonders für Ahnenforschung. Ich würde dich gern kennenlernen und mit dir über meinen Glauben sprechen. Kürzlich bin ich von einer Mission in Argentinien zurückgekehrt, wo ich viele Menschen in den Schoß unserer Kirche führen konnte.
Mit freundlichen Grüßen
James Miller

Das ist ja schlimmer, als ich es mir vorgestellt hatte. Auf keinen Fall will ich auf einer Ahnenliste von Mormonen landen. Ich lösche die Nachricht sofort, meine Hand zittert. Dann tut mir James Miller leid; er ist offensichtlich nicht »sozial versiert«, wie Mom sich ausdrücken würde. Ich meine, wer beginnt eine verwandtschaftliche Beziehung mit Missionierung? Wer weiß, vielleicht ist er ja ein wundervoller Mensch, mal abgesehen von religiösen Überzeugungen. Vielleicht ist die ganze Sache aber auch ein Riesenfehler gewesen. Ich werde noch eine Woche warten, dann lösche ich meinen DSR-Eintrag wieder. Ist ja nichts weiter passiert. Unterdessen suche ich James' Mail wieder aus dem

Papierkorb und lege sie in einem Ordner mit der Bezeichnung *Samenspende* ab.

Dann kommt eine neue Mail. Gott sei Dank nicht von James oder Moroni, oder wen immer die Mormonen verehren.

Betreff: SCHWESTERN!!!
Hi, Harriet,
ich heiße Lucy Tanaka. Entschuldige all die Großbuchstaben und die !!!, aber ich bin SO aufgeregt, besonders, weil wir beide in Seattle wohnen. Ich bin 15 und wohne in Wallingford. Ich habe einen älteren Halbbruder, Adam. Er ist 20 und wohnt in Oregon, wo er aufs College geht. Gleicher Samenspender, verschiedene Mütter, er ist also auch dein Halbbruder. Ich habe ihm erzählt, dass ich dir schreibe. Er lässt dich grüßen. Ohne Ausrufezeichen, ohne Großbuchstaben. Aber so ist Adam. Falls du noch nicht richtig schlau geworden bist, Adam und ich haben zwei Mütter, Nori (meine) und Angela (seine). Sie wissen beide, dass ich auf der Suche nach meinen Halbgeschwistern bin. Ich würde dich sehr gern kennenlernen. Wo wohnst du? Bin fast am Ausflippen!!!
Deine Schwester Lucy
PS Dein Name gefällt mir.
Vor einer Weile habe ich über die DSR einen weiteren Halbbruder gefunden. Er heißt Ben, ist 22 und lebt in Australien.

Ach du Schande! Nicht nur habe ich tatsächlich eine Halbschwester, nein, sie wohnt auch noch hier. Praktisch um die Ecke. Ich kann sie sogar kennenlernen, was irgendwie unheimlich, aber auch ganz schön aufregend ist. Obwohl man von der DSR den Rat bekommt, ruhig und besonnen vorzugehen, wenn man nach Verbindungen zu Halbgeschwistern forscht, kann ich keinen Nutzen darin sehen, die Sache in die Länge zu ziehen. Mailen ist eine beschissene Art, einen Menschen kennenzulernen. Bevor ich weiter darüber nachdenke, tippe ich eine Antwort und drücke auf *senden*.

Hi, Lucy,
danke für deine Mail. Ja, ich würde mich gern mit dir treffen. Ich wohne in Victory Heights. Wollen wir uns am Montagnachmittag gegen drei im Univiertel verabreden? Schlag du einen Ort vor.
Harriet Jacobs

Es vergeht kaum eine Minute, da pingt es, und der Computer meldet die Antwort.

Ja!!! Lass uns im Café Allegro treffen. Da geh ich gern hin! Sie haben den besten Chai Latte. Kann's kaum erwarten.
XXXOOO, Lucy

Ich klappe den Computer zu und lehne mich zurück, mein Herz rast. Wie ist es möglich, dass das so einfach war, so unkompliziert? Lucys Mails klingen so ... normal. Kein bisschen ängstlich. Irgendwie ... sonnig. Bis zum Montag sind es noch fünf Tage, und plötzlich kann ich es nicht erwarten, sie kennenzulernen. Meine kleine Schwester. Ich schicke noch eine Mail hinterher:

Wie wär's am Samstag? Gleiche Zeit, gleicher Ort? Wie erkennen wir uns?

Was ich nicht schreibe, ist, dass ich mich vor lauter Grübelei verrückt machen würde, wenn ich bis Montag warten muss, und dass ich dann Mom vielleicht alles erzählen würde. Beides will ich nicht.

Natürlich antwortet Lucy sofort.

Samstag ist super. Ich werde dort sein – mit Glöckchen. Falls du's nicht erraten hast, ich bin halb Japanerin.

Ich bin versucht, noch mal zu schreiben und ein Foto von mir anzuhängen, entscheide mich aber doch dagegen. Es ist zwar kein sehr hilfreicher Anhaltspunkt – in Seattle leben unzählige japanisch-amerikanische Mädchen –, aber wer weiß, vielleicht ist es besser so. Nicht so präzise vorbereitet, spontaner. Unbeschwert wie Lucys Mails. Keine große Sache.

Um mich während der Wartezeit abzulenken, tippe ich ein Interview für Mom. Diesmal geht es um ein 16-jähriges Mädchen, Mattie, die seit sechs Monaten obdachlos ist. Ihre Mutter ist schwere Alkoholikerin, ihr Bruder ein verurteilter Mörder. Der Vater hat sich schon lange aus dem Staub gemacht. Ihre Schwester starb mit achtzehn Jahren an einer Überdosis. Mattie schlägt sich mit Betteln durch, nebenbei dealt sie ein bisschen mit Gras, obwohl sie sagt, dass sie nichts von Drogen hält. Sie ist mehr oder weniger Analphabetin. Das Einzige, was sie auf der Welt hat, ist ihr Hund Leroy, ein Pitbullmischling, den sie als Welpen aus einem Müllcontainer gerettet hat. Leroy greift jeden an, der Mattie auch nur anfasst, aber sie kann ihn in kein Heim mitnehmen. Sie übernachten in Parks, in Eingangsbereichen von Geschäften, gelegentlich auch mal bei jemandem auf dem

Sofa. Bevor sie selber isst, füttert sie immer zuerst Leroy. Manchmal bindet sie ihn draußen vor der Bibliothek an, während sie drinnen fragt, ob man sie zum Putzen braucht. Am meisten fürchtet sie, die Leute von der Tierkontrolle könnten ihr Leroy wegnehmen, weil er keine Hundemarke hat. Auf Moms Frage, was ihr Leben verbessern könnte, sagt sie, sie würde gern eine Unterkunft finden, in der Hunde zugelassen sind, und sie würde gern Leroy zum Tierarzt bringen, weil er in letzter Zeit hinkt.

Und ich verliere schon die Nerven, weil ich mich mit meiner Halbschwester in einem Café treffe.

Ich zerbreche mir den Kopf, was ich zu der Verabredung mit Lucy anziehen soll. Shorts und ärmelloses Top scheinen mir zu lässig. Auf meinem Lieblingsrock ist ein getrockneter Joghurtfleck. Meine Lieblingscaprihose sieht zerknautscht aus. Am Ende entscheide ich mich für ein süßes blaues Kleid, schulterfrei mit Nackenband, das ich im Frühjahr in einem Laden für Vintage-Klamotten gefunden hatte. Ich ziehe meine roten Keilsandaletten an, drehe mein Haar zu einem lockeren Knoten und gehe zur Bushaltestelle.

Da ich zu früh im Café bin, beziehe ich an einem der hinteren Tische meinen Beobachtungsposten und blättere in einer Gourmetzeitschrift, die jemand dort liegen gelassen hat. Es beruhigt mich immer, wenn ich Rezepte lese. Die präzisen Maßangaben, die logische Schritt-für-Schritt-Anleitung. Alles ist an seinem Platz. Ich bin keine große Köchin, aber ich backe gern. Ein Rezept für Speck-Brownies lenkt mich kurz ab – köstlich oder eklig? –, doch schon bald fliegen meine Gedanken wieder zu Lucy und unserem Treffen. Meine Güte, sie ist fünfzehn, wo liegt eigentlich das Problem? Schlimmstenfalls treffen wir uns, trinken einen Chai Latte, stellen fest, dass wir einander nichts zu sagen haben, und gehen wieder auseinander. Bestenfalls – tja, was das sein könnte, kann ich mir im Traum nicht vorstellen. Eine Schwester zu haben ist für mich ein Mysterium.

Ich behalte die Eingangstür im Auge, und als Lucy kommt, gibt es keinen Zweifel für mich, dass sie es ist, obwohl sie wie eine Zwölfjährige aussieht. Sie ist winzig – wahrscheinlich nicht einmal 1,50 – und hat schwarzes Haar, das sie zu einem langen Pferdeschwanz gebunden hat. Sie trägt ein türkisfarbenes T-Shirt und Cargo-Shorts mit enorm großen Taschen. Außerdem bimmelt sie mit einem Glöckchen – als wolle sie gerade einen Meditationskurs einläuten. (Mom hatte mal eine Meditationsphase; diese Glöckchen brachten mich regelmäßig auf die Palme.) Um genau zu sein, Lucy schlägt eigentlich zwei winzige Zimbeln aneinander. Sie hat es also ernst gemeint, als sie sagte, sie würde mit Glöckchen kommen. Dass sie es ist, weiß ich auch deshalb, weil jemand im Hintergrund ruft: »Hey, Lucy!« und sie zurückruft: »Hey, Nate!«. Für eine so kleine Person hat sie eine überraschend kräftige Stimme.

Während ich aufstehe und grüßend die Hand hebe, fühle ich mich riesig und plump. Sie sieht mich, kommt mit klimpernden Zimbeln auf mich zugeschossen, ein breites Grinsen im Gesicht. Ihre Zähne sind sehr gerade und sehr weiß. Zahnkorrektur oder Veranlagung? Ich habe jahrelang Zahnspangen getragen, deshalb tippe ich auf Zahnkorrektur. Plus Bleaching. Sie bleibt direkt vor mir stehen. »Du siehst genauso aus wie er!«, sagt sie. »Ich hätte dich überall erkannt! Umarmung?«

Ohne meine Antwort abzuwarten, wirft sie mir die Arme

um den Hals. Sie ist ganz schön stark. Ich klopfe ihr auf den Rücken.

»Ich sehe aus wie wer?«, frage ich, als sie endlich zurücktritt und die Zimbeln in das Außenfach ihrer voluminösen khakifarbenen Umhängetasche verschwinden lässt.

»Wie Adam. Mein Bruder. Dein Bruder. Nori ist Japanerin. Angela nicht.« Sie wühlt in ihrer Tasche und kramt ein Handy heraus.

»Sieh mal«, sagt sie. »Das ist Adam. Braune Augen, gewelltes dunkles Haar, olivenfarbener Teint, groß. Genau wie du.«

Ich blicke auf das Display. Sie hat recht. Ich sehe ihm tatsächlich ähnlich. Sehr sogar. Sie richtet das Handy auf mich, macht ein Foto und sagt: »Darf ich es ihm schicken? Bitte? Das wird ihn umhauen. Ich meine, wie sehr ihr euch ähnlich seht.«

Ich nicke stumm, während ihre Daumen über das Handy fliegen und die Nachricht abrauscht. Alles geht zu schnell. Ich muss mich dringend setzen, erst mal alles in mich aufnehmen. Verdauen. Gerade will ich mich auf meinem Stuhl niederlassen, da ist Hurrikan-Lucy schon wieder in Bewegung.

»Magst du Kaffee? Oder Tee? Die haben super Tee hier. Nori meint nämlich, ich soll nicht so viel Kaffee trinken.«

Sie greift nach meiner Hand und zieht mich zur Theke, wo ich einen Mokka und einen Blaubeer-Scone bestelle; Lucy nimmt einen Chai Latte und eine Zimtschnecke. »Aber mit richtig viel Zuckerguss, Nate«, sagt sie zu dem attraktiven Jungen im karierten Hemd, der die Bestellung entgegennimmt.

»Geht klar, Luce«, sagt er.

»Kommst du oft hierher?«, frage ich, während wir auf unsere Getränke und das Gebäck warten.

»Drei- bis viermal die Woche, seit ich ungefähr zehn bin«, sagt sie. »Mein Tanzstudio ist gleich um die Ecke. Dort bin ich samstags immer den ganzen Tag – ich gebe Ballettunterricht für kleine Kinder und nehme auch selber Unterricht dort. Ich krieg sooo schnell Hunger! Nori will immer, dass ich mir was ›Gesundes für die Mittagspause‹ einpacke« – sie umrahmt die Worte mit Anführungszeichen in der Luft –, »aber das Essen hier ist einfach perfekt, und sie kümmern sich immer so. Ich bin so was wie das Café-Maskottchen.«

Wie aufs Stichwort bringt Nate unsere Bestellung, drückt sich noch ein paar Minuten vor unserem Tisch herum, fragt, ob wir alles haben, woher wir uns kennen und ob ich in der Nähe wohne. »Das sieht alles ganz großartig aus«, sage ich. Auf seine weiteren Fragen gehe ich nicht ein. Als er endlich abschwirrt, beugt sich Lucy über den Tisch und flüstert: »Er hat gerade total mit dir geflirtet!«

Ich betrachte ihn flüchtig – er steht wieder hinter der Theke und macht Kaffee –, aber in dem Moment schaut er auf, begegnet meinem Blick und lächelt. Ich werde rot und beuge mich über meinen Scone.

»Er ist ein Kumpel von Adam«, sagt Lucy. »Es wäre also kein Blind Date oder so was.«

»Ich habe schon einen Freund«, sage ich steif.

»Oops«, sagt Lucy erschrocken. »Mein Fehler. Nori sagt, es ist wie eine Sucht bei mir, dass ich dauernd Leute verkuppeln will. Aber du musst zugeben – er ist doch umwerfend.«

Ich nippe an meinem Mokka. Keine Ahnung, warum ich Lucy weisgemacht habe, ich hätte einen Freund. Kein rühmlicher Anfang. Fast so schlimm wie missionieren. Ich bin nicht besser als unser Mormonen-Bruder.

»Du tanzt also schon lange?«, frage ich.

»Schon ewig. Ich liebe Tanzen. Nori hat mich beim Kleinkinder-Ballett angemeldet, als ich zwei war. Ich war immer so aufgedreht, weißt du, und da dachte sie, Tanzen würde mich vielleicht ruhiger machen.«

»Und hat es geklappt?«, frage ich.

Sie lacht – laut – und sagt: »Nö, nicht wirklich, aber beschäftigt hat es mich immerhin. Tut es immer noch.« Sie beißt herzhaft in ihre Zimtschnecke, spült mit einem Schluck Latte nach und sagt: »Und was ist dein Ding?«

»Mein Ding?«

»Du weißt schon. Deine Leidenschaft. Wofür brennst du?«

Nate, der gerade wieder an unseren Tisch kommt und wissen will, ob wir noch etwas brauchen, erspart mir eine Antwort. Ich bitte ihn, mir noch eine Portion Schlagsahne für meinen Mokka zu bringen. Dabei mag ich gar keine Schlagsahne. Dann frage ich nach den Toiletten, entschuldige mich und stehe auf. Alles lieber, als auf Lucys Frage antworten müssen.

Was soll ich auch sagen? Dass ich hervorragende Kopfmassagen mache? Dass ich schnell tippen kann? Dass ich gute Aufsätze schreibe? Dass ich gern lese und Indie-Bands höre? Auf keinen Fall werde ich ihr erzählen, dass ich im Grunde genommen gar kein »Ding« habe. Als ich zurückkomme, textet Lucy schon wieder.

»Adam schreibt, es ist unheimlich, wie sehr ihr euch ähnlich seht.«

Ich nicke. Ich bin nicht sicher, ob unheimlich das richtige Wort ist, aber ich weiß, was er meint.

»Und Ben hab ich dein Foto auch gleich geschickt.«

Ich kann mir nicht helfen und runzle unwillkürlich die Stirn. »Musste das sein?«, sage ich.

Sie legt das Handy weg. »'tschuldige, Harry. Ich hätte erst fragen müssen. Adam sagt, ich bin immer zu aufdringlich.«

Ich ziehe die Schultern hoch. »Ist ja auch eine komische Situation. Man weiß kaum, wo man anfangen soll.«

»Es tut mir so leid«, sagt sie noch einmal, und ich merke, dass sie mit den Tränen kämpft.

»Ist okay. Wirklich.« Ich streiche ihr über die Hand.

»Was bin ich bloß für ein Schaf«, nuschelt sie. »Ich wünsche mir schon sooo lange eine Schwester, und jetzt kannst du mich wahrscheinlich nicht ausstehen.«

Ich schiebe ihr eine Serviette hin. »Ach was. Mir fällt's nur schwer, über mich selber zu reden. Und dass ich einen Freund habe, stimmt gar nicht. Er ist nach New York gezogen, und wir haben Schluss gemacht. Tut mir leid, dass ich dich angelogen habe.«

»Ihr habt Schluss gemacht? Warum?«

»Weil New York so weit weg und Skype so lahm ist.«

»Aber ... aber liebst du ihn denn nicht?«

»Doch, aber wir könnten uns nie sehen. Deshalb habe ich beschlossen, das Pflaster sozusagen mit einem Ruck abzureißen. Totalentzug.«

Der Ausdruck von Entsetzen auf Lucys Gesicht ist fast komisch. Man könnte meinen, ich hätte ihr eben erzählt, dass ich nur noch drei Wochen zu leben habe. »Bist du immer so?«, fragt sie.

»Wie?«

»So ...« Sie verstummt und schnäuzt in die Serviette. »So vernünftig.«

Zum ersten Mal an diesem Tag muss ich lachen. Ich weiß nicht genau, warum. Ein Kompliment ist es nicht gerade, wenn man *vernünftig* genannt wird, aber auch kaum eine Beleidigung.

»Ja«, sage ich. »Ich glaube schon. Aber weißt du was? Vielleicht ist es an der Zeit, dass ich damit aufhöre.« Mit einem einzigen Schluck trinke ich meinen Mokka aus. Ich spüre fast, wie der Zucker durch meine Adern rast. »Wer weiß, vielleicht sollte ich mich ja mal mit Nate verabreden.«

»Im Ernst?«

Ich schüttle den Kopf. »Nicht wirklich. Ist noch zu früh. Aber süß ist er schon.«

Lucy nickt. »Er will hier nur arbeiten, bis er seinen großen Durchbruch als Schauspieler kommen sieht. Vor einer Weile hat er Stanley in *Endstation Sehnsucht* gespielt. Damals war er wochenlang grüblerisch und ekelhaft. In einer Filmbesprechung haben sie ihn ›vielversprechend‹ genannt, aber in einer andern haben sie geschrieben, er sei nur eine schwache Hipster-Imitation von Brando gewesen.«

»Dann wird er also noch eine Weile hier sein«, sage ich. »Ich meine, für den Fall, dass ich unbedingt einen grüblerischen Schauspielerfreund brauche.«

Lucy lacht sich halb kaputt. »Tut mir leid, dass ich dich vernünftig genannt habe«, sagt sie, während wir aus dem Café gehen. »Es tut mir auch leid, dass ich Ben dein Foto geschickt habe, ohne dich vorher zu fragen. Und es tut mir leid, dass ich jetzt ins Studio zu meiner Ballettstunde muss.«

»Schon gut«, sage ich. »Wirklich. Es macht mir nichts aus. Ich bin ganz froh, dass du Adam und Ben mein Foto geschickt hast. Vielleicht kannst du mir ihre auch mal schicken – dann sind wir quitt.«

Sie nickt lebhaft und fällt mir noch einmal um den Hals, bevor wir uns trennen. »Versprichst du, dass wir uns bald wiedersehen? Vielleicht kannst du mir mal beim Tanzen zuschauen? Oder du besuchst mich zu Hause und lernst Nori und Angela kennen. Dann könnten wir mit Ben skypen.«

»Versprochen«, sage ich. »Und mach dir keinen Kopf. Du hast mich nicht verschreckt. Jedenfalls *noch* nicht.«

Schon verzieht sich wieder bedenklich ihr Gesicht – sie gleicht einem Kleinkind, dem gerade der Luftballon weggeflogen ist –, und ich ergänze schnell: »War nur Spaß.«

Sie schleudert ihre große Umhängetasche um Kopf und Schulter. »Ich muss los«, sagt sie. »Tschüs, große Schwester. Ruf mich an.« Damit dreht sie sich um und marschiert die Straße hinunter, wobei ihr die Tasche regelmäßig gegen die Hüfte schlägt. Und ich? Ich frage mich, ob man sich als große Schwester so fühlt, wie ich mich jetzt fühle: fürsorglich und verärgert und belustigt und durcheinander.

4

In den nächsten Tagen textet Lucy durchschnittlich viermal täglich, bis ich schließlich einwillige, sie am Dienstag im gleichen Café wieder zu treffen. Sie ist eindeutig auf Kurs »Volldampf voraus«, während ich eher »Mit Bedacht voran« einschlagen will, aber das scheint sie gar nicht zu bemerken. Schließlich macht sie mich mürbe mit all ihren Emoticons und ihrer quirligen Munterkeit.

Diesmal trägt sie abgeschnittene Jeans und eine gestickte Bauernbluse; das Haar fällt ihr wie ein glänzender schwarzer Umhang bis zur Taille. Als sie mit beiden Armen wedelt, klickern und klimpern ungefähr fünfzig glitzernde metallene Armreifen. Ihre Fingernägel sind hellorange. Ich komme mir grau und pummelig vor in meinem (jetzt sauberen) dunklen Jeansrock und dem grünen T-Shirt, die Haare zu einem nachlässigen Pferdeschwanz gebunden.

Während wir vor unseren Drinks sitzen, erzählt Lucy, welche Farben sie am liebsten mag (Türkis, aber auch Orange, daher der Nagellack), warum sie vor kleinen Hunden Angst hat (wurde als Baby von einem Chihuahua ins Gesicht gebissen – hier, sieh mal – eine winzige Narbe ist immer noch sichtbar), wie viel der Ballettunterricht monatlich kostet (eine Menge!), was sie von der Ehe gleichgeschlechtlicher Paare hält (sie ist eindeutig dafür und möchte gern Angelas und Noris Hochzeit planen, aber die beiden wollen kein Aufsehen, was leider total langweilig ist), sie erzählt, wie viele Ballettschuhe sie schon verbraucht hat (Hunderte!), wie kräftig Jungen beim Ballett sein müssen und dass nicht alle von ihnen schwul sind (besonders Paul nicht, auf den sie voll steht, der aber viel zu alt für sie ist). Sie isst das Steak gern rosa, mag eingelegtes Gemüse mit Dill, und außerdem liebt sie Zitronencremekuchen mit Baiser. Und wenn sie müde oder traurig ist, schaut sie alte Disneyfilme.

Gerade will ich ihr von Verna und den Sonntagsfrauen erzählen, da sagt sie: »Ach, ich hab ganz vergessen, Nori und Angela sagen, du sollst bald mal zum Essen kommen. Deine Mom auch.«

»Meine Mom weiß noch gar nichts von dir«, sage ich.

Zwischen Lucys makellosen Augenbrauen bildet sich eine kleine Furche. Ob sie ihre Brauen professionell zupfen lässt, oder ob sie von selber so wachsen? Verstohlen fahre ich mit dem Finger über meine Brauen, die sich buschig und zerzaust anfühlen.

»Warum nicht?«, fragt sie. »Schämst du dich für mich, oder wie?«

»Schämen? Natürlich nicht. Nur, ich habe ihr noch gar nicht erzählt, dass ich nach meinen Halbgeschwistern suche. Ich hab ja vor, mit ihr zu reden.«

»Wann?«

»Bald, denke ich«, sage ich und ziehe die Schultern hoch.

»Bist du immer so heimlichtuerisch?« Lucy leckt einen Finger ab und tupft damit Muffinkrümel von ihrem Teller.

Wieder zucke ich mit den Schultern. »Nicht wirklich. Ich habe auch noch keinen Grund für große Geheimniskrämerei gehabt. Mom hält viel von offenen Gesprächen – solange sie selber nicht viel reden muss. Sie sagt immer *Du kannst mir alles sagen,* und normalerweise mache ich das auch. Nur diesmal nicht.«

»Angela ist auch so, aber Nori findet, dass ich manchmal zu offen bin. Meinst du, das stimmt?«

Ich denke an die übrigen Dinge, die Lucy mir erzählt hat. Zum Beispiel, dass Nori in San Diego aufwuchs und ihre College-Jugendliebe geheiratet hatte, einen Typen namens Howard, der eine ernste Sucht nach Internet-Pornos entwickelte. Sie ließ sich von ihm scheiden und landete schließlich auf einer genossenschaftlich betriebenen Farm in Nordkalifornien, wo sie Angela kennengelernt hat. Sie verliebten sich ineinander und zogen nach Seattle. Angela ließ sich zur Hebamme ausbilden, Nori wurde Gartengestalterin. Angela hatte Lucy sogar auf die Welt geholfen, und zwar zu Hause, während Adam zugeschaut hatte. Adam und Angela verstehen sich nicht besonders gut, weshalb er weggezogen ist, um an einem College Betriebswirtschaft zu studieren. Wer weiß, vielleicht hat er das Trauma, die Geburt seiner kleinen Schwester beobachtet zu haben, nie verwunden.

»Ach, ich weiß nicht«, sage ich. »Ich meine, wir haben uns gerade erst kennengelernt. Da lässt sich schwer einschätzen, was man sagen und was man lieber nicht sagen soll.«

Sie runzelt wieder die Stirn. »Warum ist das so schwer? Wir sind Schwestern. Wir müssen einander alles erzählen, oder?«

Sie klingt so sehr nach einer rechthaberischen Zehnjährigen, dass ich lachen muss. Doch was weiß ich letzten Endes über das Leben als große Schwester? Vielleicht hat Lucy ja recht. Es ist nur so, dass »alles« bei mir so viel langweiliger ist als bei ihr.

»Na ja, vielleicht nicht alles«, sage ich.

»Aber du wirst es deiner Mom erzählen?«

»Ja. Bald.«

Ich stehe auf, um mir heißes Wasser für meinen Tee zu holen, und als ich an den Tisch zurückkomme, ist Lucy in einen intensiven Video-Chat mit jemandem vertieft.

»Ja, sie ist hier!«, sagt Lucy zu wem auch immer. »Wart mal.« Sie hält mir das Handy entgegen. »Es ist Ben. In Australien. Willst du Hi sagen?«

Ich sehe keine Möglichkeit, das abzulehnen, obwohl ich es am liebsten getan hätte. Ich hasse es, wenn ich so überrumpelt werde – Verna nennt das »auf dem falschen Fuß erwischt« –, aber das weiß Lucy noch nicht. Ich nehme das Handy, lächle hinein und sage: »Hi, Ben.« Ben lächelt zurück. Er sieht ganz anders aus als Lucy oder ich. Kurzes blondes Haar, hellblaue Augen, Typ sorgloser Surfer.

»Hi, Harriet.« Er gähnt, und es fehlt nicht viel, und ich könnte seine Mandeln sehen. Seine Zähne sind ohne Plomben. Meine auch. Liegt an den Genen, nehme ich an. »Schön, dich kennenzulernen.«

»Wie spät ist es bei euch?«, frage ich.

»Früh. Lucy kriegt das mit dem Zeitunterschied nie richtig hin.«

»Und ob ich das hinkriege!«, ruft Lucy empört. »Du bist bloß faul. Bei euch ist Vormittag.«

»Und ich hab bis zwei Uhr nachts gearbeitet«, sagt er.

»Ooops!«, kichert Lucy. »Tut mir leid, Ben.«

»Was arbeitest du?«, frage ich.

»Kellnern in einer Bar. Solange ich an der Schule bin.« Ben gähnt noch einmal. »Will die Schulden möglichst niedrig halten.«

»Er wird nämlich mal ein berühmter Architekt«, erklärt Lucy.

»Cool«, sage ich. Meine Konversationsfähigkeit, falls ich

überhaupt so etwas besitze, hat sich offenbar komplett verflüchtigt. Er muss mich für eine Idiotin halten. »Also, Ben, ich muss jetzt los«, sage ich. »Bin selber spät dran für meinen Job. Tschüs.« Ich gebe Lucy das Handy zurück, kann aber gerade noch den überraschten Ausdruck in Bens Gesicht erkennen. Heute enttäusche ich aber auch jeden. Lucy verabschiedet sich von Ben und steckt ihr Handy ein.

»Das war unhöflich, Harry«, sagt sie. »Total unhöflich. Ben ist ein netter Kerl. Und er ist dein Bruder. Ich geh jetzt zum Unterricht.« Sie schnappt sich ihre große Tasche und rauscht aus dem Café. Wirklich, das ist das einzig passende Wort für ihren Abgang. Einen Moment denke ich daran, ihr nachzulaufen, aber dafür reicht meine Energie nicht. Bis jetzt tauge ich als Schwester nicht gerade viel.

Ein paar Tage höre ich nichts von Lucy. Schon will ich ihr texten und mich entschuldigen, da kommt eine Mail von einer weiteren Halbschwester.

Mein Name ist Meredith Leatherby. Ich habe dich auf der DSR-Seite gefunden und nehme an, wir sind Schwestern. Halbschwestern. Ich komme ursprünglich aus Montana. Bin vor einer Weile nach Seattle gezogen. Da unser Spender eine Einrichtung in Seattle genutzt hat, hoffe ich, hier einige meiner Halbgeschwister zu finden. Hast du bei Gelegenheit Zeit auf einen Kaffee?

Nicht »Liebe Harriet«, nicht »Bis dann«. Nicht einmal »Mit freundlichen Grüßen«. Es ist nicht die herzlichste Mail, die ich in meinem Leben bekommen habe, und ich überlege, ob diese neue Schwester vielleicht auch Lucy über die DSR gefunden hat. Statt Meredith zu antworten, angle ich nach meinem Handy und schreibe Lucy eine Nachricht.

Tut mir leid, dass ich unhöflich zu Ben war. Ich will ihn gern anrufen und mich bei ihm entschuldigen. Gerade habe ich eine Mail von einem Mädchen namens Meredith bekommen. Auch eine Schwester. Sie will ein Treffen vereinbaren. Bist du dabei? Wenn ja, wann? Ich vermisse dich.

Ich sende den Text ab, ehe ich den letzten Satz löschen kann, dann lese ich Merediths Mail ein zweites Mal. Ihren Ton finde ich immer noch kalt. Vielleicht hat sie einfach eine zurückhaltende Art. Aber verglichen mit Lucy kommt mir sowieso jeder zurückhaltend vor. Und langweilig. Ich eingeschlossen.

Während ich auf Lucys Antwort warte, mache ich mich an die Tipparbeit eines weiteren Interviews für Mom. Anders als die meisten Mädchen, die Mom sonst interviewt, kommt Sonia aus einer Mittelstandsfamilie – sie findet sie *total uninteressant. Meine Eltern sind stinkreich und stinklangweilig. Mein Dad ist Anwalt, meine Mom Ärztin. Wie klischeehaft ist das denn?* Sie ist das einzige Kind, aufgewachsen in Ann Arbor, Michigan; zum ersten Mal weggelaufen ist sie mit dreizehn. Warum? Sie war nicht misshandelt worden, im Gegenteil, ihre Eltern hatten sie geliebt. Das gibt sie zu. Aber sie hat sich gelangweilt. Oder, wie sie sich ausdrückt, *abgrundtief, tödlich, hirnzersetzend gelangweilt.* Wenn man sie wieder einmal aufgegabelt hatte, wartete sie immer erst eine Weile, dann lief sie von Neuem weg. Wieder und wieder. Tausende Dollar gingen drauf für Therapeuten, von denen keiner glaubte, dass sich Sonia einfach nur langweilte, obwohl sie es immer wieder beteuerte. Spezielle Schulen, Schauspielunterricht, eine teure Gitarre, eine Reise nach Paris. Nichts davon interessierte sie. Die Familienkatze (Puschkin) langweilte sie. Essen (vor allem und aus unerfindlichen Gründen Pasta) langweilte sie. Musik langweilte sie. Ihre Freunde langweilten sie. Schule langweilte sie. Als ihre Eltern ihr schließlich eröffneten, dass sie nicht mehr nach ihr suchen würden, sollte sie noch einmal weglaufen – Sonia nennt diese Reaktion *so 'n Knallhart-aber-herzlich-Scheiß* –, hinterließ sie ihnen eine Nachricht mit den Worten *Es ist nicht eure Schuld* und machte sich davon. Jetzt lebt sie in Seattle, übernachtet mal hier, mal da, bettelt und trifft sich mit Leuten, die sie *faszinierend schräg* nennt. Ein paarmal ist sie schon zusammengeschlagen worden (*die ganze kieferorthopädische Kunst beim Teufel*), außerdem hat sie einen chronischen Husten, den sie mit geklautem Codeinsaft behandelt. Aber sie langweilt sich nicht. Kein bisschen. Am Muttertag, am Vatertag, an ihrem Geburtstag und zu Weihnachten ruft sie regelmäßig zu Hause an (per Rückruf). *Ich will ihnen ja nicht wehtun,* sagt sie, *ich will nur nicht so leben wie sie.* Mir scheint das eine ziemlich extreme Möglichkeit, mit Langeweile fertig zu werden, allerdings bin ich auch kein risikofreudiger Mensch. Ich kann mir nicht vorstellen, von Mom und Verna wegzulaufen. Schon der Gedanke ist mir unerträglich. Was Sonia sagt, klingt einfach nur egoistisch. Vielleicht gibt es etwas, das sie Mom nicht erzählt hat, etwas Schreckliches, das ihr Verhalten erklären würde, aber ich kann nur schreiben, was ich höre.

Ich schließe Sonias Akte und lese noch einmal Merediths Mail. Vielleicht ist *unterkühlt* die richtige Beschreibung für ihre Ausdrucksweise –, als habe unsere Begegnung mit Emotion nichts zu tun. Mein Handy pingt – Lucy: Ich habe auch eine Mail von ihr gekriegt. Na klar, gehen wir zusammen! Aber nicht in unser Café. Im Stadtzentrum? Ich vermisse dich auch, Schwester.

Unser Café. Ich muss lächeln und texte zurück: Montag @ Starbucks am PP Mkt? Um zwei. Als Ergänzung schreibe ich noch: Sie klingt nicht sehr freundlich.

Ist vielleicht nur schüchtern. Aber ich bin neugierig. Und du?

Neugierig genug für ein Treffen. Ich maile ihr und melde mich dann wieder.

Ich schicke Meredith eine Mail und bekomme eine Zwei-Wort-Antwort: Bis dann.

Der Rest der Woche verläuft ohne Überraschungen: Haarsalon und Gassigehen an den Vormittagen, Tippen an den Nachmittagen, Essen mit Mom, Filme gucken oder lesen an den Abenden und am Sonntag mit den Frauen quatschen. Die Titelliste dieser Woche: alte Musicals. Wir legen einen umwerfenden Chorauftritt hin von »I'm Gonna Wash That Man Right Outta My Hair«, was mir für meine momentane Situation sehr passend scheint.

Shanti ist zum Haarewaschen gekommen, und ich frage sie nach Brad, dem Kerl, von dem Annabeth vermutet, er könnte ein Zuhälter sein.

Sie schüttelt den Kopf. »Kenn ich nicht«, sagt sie, »aber ich frag mal rum. Sag ihr, sie soll erst mal vorsichtig sein. Gibt jede Menge abgedrehte Psychopathen da draußen. Und viele von denen sehen absolut normal aus.«

Ich nicke – als wüsste ich, wovon sie spricht.

Ben hat meine gemailte Entschuldigung angenommen – *Kein Problem, Schwester,* hat er geschrieben –, und sobald wir einen passenden Zeitpunkt finden, wollen wir mal skypen. Eines Abends, als Mom und ich auf dem Sofa sitzen – Mom liest, und ich schaue alte *Veronica-Mars*-Episoden auf meinem Laptop –, pingt mein Handy. Ich klicke die Nachricht an, und als ich über den Text von Lucy lachen muss, fragt Mom, ob ich wieder Kontakt zu Byron habe.

»Nö«, sage ich und schüttle den Kopf.

Sie blickt von ihrem dicken Wälzer auf und zieht eine Augenbraue hoch. »Das kenne ich eigentlich nicht von dir, dass du so geheimnisvoll tust, Harry.«

»Nur eine Freundin«, sage ich nuschelnd, ziehe meine Füße von ihrem Schoß und stehe auf.

Sie nickt und vertieft sich wieder in ihr Buch. Irgendwie wünschte ich fast, sie würde ein bisschen bohren, würde es mir aus der Nase ziehen wollen. Mich zum Reden bringen. Im Augenblick könnte ich nicht einmal sagen, warum ich eigentlich ein Geheimnis daraus mache. Vielleicht erzähle ich es ihr nach dem Treffen mit Meredith.

Ich weiß nicht, warum ich ausgerechnet das Starbucks am Pike Place vorgeschlagen habe. Es ist gerammelt voll, laut und von Touristen belagert. Schließlich entdecke ich Lucy an einem Ecktisch. Sie will wissen, wie wir Meredith erkennen werden. »Keine Ahnung«, sage ich. »In ihren Mails war sie nicht gerade gesprächig. Ich hab ihr geschrieben, sie soll sich nach einem kleinen asiatischen Mädchen mit langem Haar und einem großen Mädchen in rotem Pearl-Jam-T-Shirt umsehen.«

Wir sitzen da und beobachten die Menge. Es wird zwei

Uhr, dann später, und ich befürchte schon, wir sind versetzt worden, da kommen ein Mädchen und ein Junge herein, die – statt einen Kaffee zu bestellen – sich suchend nach allen Seiten umsehen. Das Mädchen, kleiner als ich, aber größer als Lucy, ist sehr blass und dünn. Sie trägt ein schwarzweiß gestreiftes Top mit U-Boot-Ausschnitt zu einer schwarzen Caprihose und schwarzen Ballerinas. Todschick. Über die Schulter hat sie einen kleinen schwarzen Lederrucksack geschlungen. Alles an ihr ist spitz: die Nase, das Kinn, die Knochen ihrer Handgelenke, die Schulterblätter. Ihr Haar ist schwarz und geradezu aggressiv kurz, kürzer als ein Kurzhaarschnitt. Sie hat kräftige Augenbrauen – kräftig wie die von Audrey Hepburn, aber auch nicht so, dass sie aussehen wie zusammengewachsen.

Der Junge neben ihr ist ungefähr so groß wie ich, schlank, fast dünn und hat die Haare ähnlich geschnitten wie das Mädchen. Es ist, als wären sie bei einem Frisör gewesen, hätten sich zur gleichen Zeit das Haar abrasieren lassen, und jetzt wächst es langsam wieder nach. Seines ist allerdings blond und kraus, weshalb es aussieht, als ob er einen Heiligenschein hätte.

Sie entdecken uns, und ich winke, während sie bereits unseren Tisch ansteuern. Ich stehe auf. »Meredith?«

Sie nickt und lächelt mit geschlossenen Lippen, als befürchte sie, dass zwischen ihren Zähnen Mohnkörnchen stecken könnten. »Ich freu mich so, euch kennenzulernen«, sagt sie. »Hoffentlich macht es euch nichts aus – ich hab meinen Freund mitgebracht, Alex.«

»Hi, Alex«, sagen Lucy und ich im Chor. Alex gibt uns die Hand. Sie ist kühl und trocken, sein Griff fest. Er trägt ein knittriges Hemd, die Ärmel bis an die Ellbogen hochgerollt, grau karierte Shorts und bunt karierte Slipper. Keine Socken. Meredith dreht sich zu ihm um und sagt: »Ich möchte gern einen *Eistee Soy Chai Latte.*«

»Kommt sofort«, sagt Alex. »Und ihr? Wunschlos glücklich?«, fragt er Lucy und mich. Als er lächelt, sehe ich, dass seine Schneidezähne schief sind. Nicht nur ein bisschen, sondern sehr.

Lucy und ich nicken und halten unsere Getränke hoch. Meredith greift nach einem Stuhl, zieht ihn an unseren Tisch und setzt sich. Nachdem sie uns eine ganze Weile ausgiebig gemustert hat, sagt sie: »Würde man doch nie erkennen, oder? Dass wir verwandt sind.«

»Liegt an dem japanischen Einschlag«, sagt Lucy. »Aber Harry sieht meinem Bruder Adam sehr ähnlich. Gleicher Spender, verschiedene Mütter.«

Merediths Blicke wechseln zwischen Lucy und mir hin und her. Ihre Augen sind hellblau wie gebleichte Jeans. »Dann sind eure Mütter lesbisch?«

»Meine«, sagt Lucy.

»Meine nicht«, sage ich. »Sie hat sich für ein Leben als alleinerziehende Mutter entschieden. Und wie ist es mit deinen Eltern?«

»Vorstadteltern. Standardausgabe. Ich spreche nicht mehr mit ihnen.«

»Das tut mir leid«, sage ich.

»Muss es nicht«, sagt Meredith. »Jetzt bin ich hier und lerne meine Schwestern kennen. Das ist es, was zählt.« Sie lächelt. Ihre Lippen sind schmal, und es sieht aus, als hätte sie ihre Milchzähne nie verloren, oder wenn doch, als wären ihre zweiten sehr klein ausgefallen. Ich kann schon verstehen, dass sie nicht viel lächelt.

Alex kommt mit dem Chai Latte für Meredith und einer Limo für sich wieder an den Tisch. Er setzt sich zwischen mich und Meredith, die sich bedankt und ihm ein Küsschen auf die Wange drückt.

»Wie viele Geschwister habt ihr bisher gefunden?«, fragt sie. »Außer Adam.«

»Also, ich weiß von einem«, sagt Lucy. »Ben in Australien. Der ist cool.«

»Und dann gibt's noch einen Mormonen – James Sowieso«, ergänze ich.

»Von dem hast du mir ja gar nichts erzählt.« Lucy sieht mich missbilligend an.

»Mormonen sind so was von merkwürdig«, sagt Meredith. »Mit diesen vielen Ehefrauen.«

Ich halte mich zurück, um hier nicht Moms Spruch *Nicht alle Mormonen sind Polygamisten* loszulassen. »Er scheint ganz nett zu sein«, sage ich stattdessen, obwohl ich nie auf seine Mail geantwortet habe und er keinen weiteren Kontaktversuch unternommen hat. Aus irgendeinem Grund habe ich das Gefühl, ihn verteidigen zu müssen. »Jedenfalls lebt er irgendwo in Florida. Er ist vor Kurzem erst aus Argentinien zurückgekommen.«

»Wahrscheinlich hat er da versucht, die Heiden zu bekehren«, sagt Meredith mit einem verhauchten Lachen.

Alex sagt: »Wir haben neben einer Mormonenfamilie gewohnt, als ich klein war. Supernette Leute. Großherzig. Ich war viel bei ihnen zu Hause.«

Zwischen Alex und Meredith geht ein Blick hin und her, aus dem ich nicht recht schlau werde. Vielleicht will er damit andeuten, dass sie sich in Sachen Mormonen lieber zurückhalten soll. Aber ich kann mich irren.

»War das in Montana?«, fragt Lucy.

Alex schüttelt den Kopf. »Texas. Montana war später, als ich sechs war. Da habe ich Meredith kennengelernt – in der ersten Klasse.«

»Ja, er hat gleich am ersten Tag der Lehrerin Grießbrei auf die Schuhe gekotzt. Miss Oakley, weißt du noch?«

Alex zieht eine Grimasse. »Du sorgst schon dafür, dass ich es nicht vergesse. Ich war so aufgeregt. Neue Stadt. Neue Schule. Meredith hat mich gerettet. Sie hat mich zum Krankenzimmer gebracht. Seitdem sind wir Freunde.«

»Beste Freunde«, sagt Meredith, als hätte einer von uns das bestritten.

»Und wie kommt ihr dann nach Seattle?«, frage ich.

»Wir mussten weg aus Missoula, beide, und außerdem wollte ich meinen Dad finden. Da haben wir uns Richtung Westen aufgemacht und sind schließlich hier gelandet.«

»War dein Dad nicht in Missoula?«, sagt Lucy.

»Ich rede von meinem richtigen Dad. Von unserem gemeinsamen Vater, versteht ihr. Ich bin jetzt achtzehn, kann also von Rechts wegen nach ihm suchen. Wollt ihr ihn denn nicht kennenlernen?«

Ich schüttle den Kopf. Lucy ebenso.

»Seid ihr sicher?«, sagt Meredith. »Ich meine, er ist unser *Vater.*« Ihre Augenbrauen schieben sich zusammen.

»Nein, ist er nicht«, sagt Lucy. »Er ist unser *Spender.* Das ist ein Unterschied.«

Meredith zuckt mit den Schultern. »Wie ihr meint. Aber ich bin überzeugt, dass er irgendwo in dieser Gegend wohnt. Ich hab sogar ein Foto. Wollt ihr sehen?« Als sie anfängt, in ihrem Rucksack zu kramen, lege ich schnell die Hand auf ihren Arm, um sie daran zu hindern. Da zuckt sie zusammen, als hätte ich ihr wehgetan, was ganz sicher nicht der Fall ist.

»Tut mir leid, Meredith«, sage ich, während sie sich den Arm reibt. »Aber darauf bin ich einfach nicht gefasst.«

»Ich auch nicht«, sagt Lucy. »Ich glaube nicht mal, dass meine Mütter je ein Foto von ihm gesehen haben. Und deine Mom?«, fragt sie mich.

»Glaube ich auch nicht«, sage ich. »Falls doch, hat sie es mir jedenfalls nicht gezeigt. Wenn man ein Bild sieht, ändert das alles, findet ihr nicht? Das macht die Sache so persönlich, wo doch in Wirklichkeit nichts persönlich war.«

»Da muss ich dir widersprechen«, sagt Meredith. »Es ist sogar zutiefst persönlich. Wann habt ihr herausgefunden, dass ihr Spenderkinder seid?«

»Daran kann ich mich nicht erinnern«, sage ich. »Ich habe es immer gewusst. Also muss ich noch ziemlich klein gewesen sein.«

»Angela und Nori sagen, sie haben sofort, als ich auf der Welt war, angefangen, mit mir über meinen Spender zu reden«, setzt Lucy hinzu. »Nicht, dass ich das schon verstanden hätte, das kam erst, als ich älter war, aber es ist nie ausdrücklich erklärt worden oder so. Es hat einfach immer zu mir gehört.«

»Ich habe es nicht gewusst, bis ich zwölf war«, sagt Meredith. »Bis dahin bin ich mit einer Lüge aufgewachsen.«

»O nein!«, sagt Lucy. »Das ist hart.«

»Aber du hast deinen Vater doch geliebt, ich meine den Mann, der dich großgezogen hat, oder?«, frage ich.

Meredith sieht mich missbilligend an. »Das ist nicht der Punkt. Er hat mich betrogen. Meine Mutter hat mich betrogen. Als sie es mir sagten, hatte ich nur den einen Gedanken: Ich muss meinen richtigen Vater finden. Und das kann ich jetzt tun. Ich hatte gehofft, dass ihr diesen Weg mit mir zusammen gehen wollt. Es würde mir so viel bedeuten. Die Sache gemeinsam mit meinen Schwestern durchzuziehen.«

Tränen bilden sich in ihren hellen Augen und bleiben an ihren dichten schwarzen Wimpern hängen. Sie nimmt Lucys Hand zwischen ihre beiden Hände, und dabei rinnt eine einzelne Träne über ihre blasse Wange. »Ich habe das Gefühl, als ob ich dich schon immer kenne.« Sie wendet sich mir zu. »Und dich auch, Harry.«

Was soll ich darauf sagen? Ich habe dieses Gefühl überhaupt nicht. Sie ist eine Fremde. Eine Fremde, die zum Teil die gleiche DNA hat wie ich.

»Tut mir leid«, sagt Lucy. »Das ist jetzt eine so neue Vorstellung. Aber vielleicht hast du recht. Kann ich darüber nachdenken? Mit meinen Müttern reden?«

»Klar«, sagt Meredith und lässt Lucys Hand los. »Es ist eine wichtige Entscheidung. Ich denke schon ein paar Jahre darüber nach. Da sollte ich euch schon mehr als nur ein paar Minuten Zeit lassen, um euch zu entscheiden!« Sie lacht. »Alex sagt immer, ich bin wie eine Dampfwalze, wenn ich erst mal in Fahrt komme, hab ich recht, Schatz?« Sie streckt den Arm aus und tätschelt ihm die Wange. Bilde ich es mir nur ein, oder sieht er tatsächlich aus, als sei ihm das etwas unangenehm?

»Wie lange seid ihr schon in Seattle?«, frage ich. Es ist ein lahmer Übergang, ich weiß, aber ich will nicht länger über die Suche nach unserem Spender reden.

»Fast ein Jahr«, sagt Alex. »Und ihr?«

»Hier geboren und aufgewachsen. Lucy auch.«

»Ihr Glücklichen«, sagt er. »Es gibt auffallend weniger Spießer hier in der Gegend. Verglichen mit Texas und Montana. Man sieht nicht so viele Pick-ups mit Gewehrablagen vor den Bio-Supermärkten stehen.«

»Schon eher Smarts mit grünen Stickers *Things-Go-Better-With-Kale*«, sage ich.

Lucy kichert, und Alex lächelt – ein breites, aufrichtiges Lächeln, bei dem sich kleine Fältchen in seinen Augenwinkeln bilden –, und ich stelle fest, dass seine Augen von einem tiefen Dunkelblau sind, es ist dieselbe Farbe wie der Lapislazuli-Stein in meinem Lieblingsring.

»Witzig«, sagt er zu mir, und ich werde bestimmt rot.

»Wir sollten jetzt los, Alex.« Meredith steht auf. »Ich muss zur Arbeit.«

»Wo arbeitest du?«, fragt Lucy.

»Ich habe zwei Jobs«, erklärt Meredith. »Den einen in einem Ballettshop und den andern in einem Bioladen.«

»In einem Ballettshop?«, sagt Lucy. »In welchem?«

»Pirouette.«

»Diesen Shop liebe ich! Nori sagt, von dem Geld, das wir dort schon gelassen haben, hätten wir ein neues Auto gekriegt.«

»Du tanzt?«

»Schon seit meinem dritten Lebensjahr.«

Meredith hakt sich bei Lucy unter, und lachend, die Köpfe zusammengesteckt, gehen sie aus dem Café.

»Nach dir«, sagt Alex mit einer kleinen Verbeugung, und wir verlassen das Starbucks.

»Sie ist schon in Ordnung«, sagt er. »Eine gute Freundin.« Ist er Gedankenleser? Wie sonst kann er wissen, dass ich mich noch nicht gerade erwärmt habe für Meredith.

»Meinst du, sie wird ihn finden?«, frage ich. »Unseren Spender?«

»Weiß nicht. Sie ist jedenfalls überzeugt, dass er hier ist. Er hat in Seattle Medizin studiert, aber inzwischen kann er überall sein. Sie hat über die DSR eine Suche eingeleitet, hat aber bis jetzt keine Antwort. Jetzt können wir weiter nichts tun als warten.«

Wir. Ob sie mehr als nur gute Freunde sind? Er scheint nett zu sein. Klug, witzig, aufmerksam. Sie scheint ... sonderbar zu sein, ein besseres Wort fällt mir im Moment nicht ein.

Wir gehen einen Hügel hinauf.

Oben wartet Lucy auf uns, von Meredith keine Spur. Alex dreht den Kopf nach allen Seiten, schaut sich suchend nach ihr um.

»Sieht aus, als hat sie uns stehen lassen«, sage ich.

»Sie muss den Bus erwischen, hat sie gesagt«, berichtet Lucy. »Sie wollte nicht zu spät zur Arbeit kommen.«

»Und das will ich auch nicht«, sagt Alex. »Die Hunde warten nicht gern.«

»Welche Hunde?«, fragt Lucy. »Du hast Hunde?«

»Nein, zurzeit nicht. Aber ich arbeite ehrenamtlich in einem Tierheim. Wenn ich nicht gerade als Hilfskellner Tische abräume. Ratet, welcher Job mir lieber ist.« Er lacht.

»Ist ja cool«, sagt Lucy.

»Schmutziges Geschirr abräumen?«

Lucy boxt ihn leicht gegen den Arm. »Nein, Dummi, in einem Tierheim arbeiten natürlich.«

»Ja, du hast recht«, sagt Alex. »Ich wünschte nur, ich würde es bezahlt kriegen.« Er zögert. »Wisst ihr, Meredith war wirklich nervös wegen des Treffens mit euch heute.

Dass sie euch gefunden hat, bedeutet ihr sehr viel. Ich bin sicher, sie wird mit euch in Kontakt bleiben. Oder ich tu's, wenn ihr mir eure Nummern gebt.«

Wir nicken wie zwei Wackeldackel, geben ihm unsere Nummern und sehen dann hinter ihm her, als er geht.

Neben mir atmet Lucy hörbar aus. »Das war ... stark.«

»Und ob.«

»Was denkst du?«

»Worüber?«

»Meredith. Alex.«

Ich schüttle den Kopf. »Keine Ahnung.«

Schweigend trotten wir die Pike Street entlang. Als wir uns der Bushaltestelle nähern, fragt Lucy: »Erzählst du's jetzt deiner Mom?«

Ich bleibe stehen und schaue sie an – meine kleine Schwester –, und auf einmal spüre ich, wie froh ich bin, dass sie bei mir ist, froh, dass wir zusammen Meredith begegnet sind, froh, dass sie jetzt zu meinem Leben gehört. »Ja«, sage ich. »Ja, das mach ich.«

5

Als ich nach Hause komme, sitzt Verna auf dem Sofa und häkelt. Mom ist noch in ihrem Zimmer, kommt aber, als sie mich hört.

»Da bist du ja«, sagt sie. »Verna bleibt zum Abendessen und auf eine Partie Scrabble. Ich hab Hühnchen im Backofen. Machst du Salat?«

»Klar«, sage ich. Verna ist ziemlich oft zum Abendessen bei uns, aber heute liegt irgendetwas in der Luft – möglicherweise eine Spannung zwischen den beiden –, und ich frage mich, ob sie vielleicht eine Art Einmischung in mein Leben planen. Wenn ja, dann dürfen sie sich auf eine dicke Überraschung gefasst machen.

Ich wasche mir die Hände, dann schneide ich Tomaten, Paprika und Gurken für einen griechischen Salat und probiere dabei in Gedanken eine höflich formulierte Präsentation der Tatsache, dass ich mehrere Halbgeschwister gesucht und auch gefunden habe. Bei Tisch werden dann aber erst mal die üblichen Themen behandelt – die Sonntagsfrauen (Bonnie ist wieder auf Entzug), Moms Arbeit (eins ihrer Mädchen ist verhaftet worden, ein anderes nach Hause zurückgekehrt), und es geht um die Zahl der Quadrate, die Verna für ihre Decke noch häkeln muss (siebzehn). Nach dem Essen räume ich das Geschirr weg, damit der Tisch frei ist zum Scrabblespielen, und als wir alle wieder sitzen, feuert Mom die Eröffnungssalve ab. »Verna und ich machen uns Sorgen um dich, Harry.«

Verna nickt und reicht mir den Beutel mit den Buchstabenplättchen. »Du bist in letzter Zeit so weit weg. Trauerst du immer noch Byron hinterher?«

Ich schüttle den Kopf. Jetzt ist nicht der richtige Moment, um Verna darauf aufmerksam zu machen, dass es zum Trauern auch andere Gründe geben kann.

»Was ist es dann?«, fragt Mom. »Du weißt, dass ich dich nicht gern ausfrage, aber so wie du im Moment drauf bist ... also, das ist nicht deine Art.«

»Was ist nicht meine Art?«

»So geheimnisvoll zu tun. Verschwinden, ohne zu sagen, wohin. Ständig das Handy vor Augen. Uns ausschließen. Hat es was mit der Karte zu tun, die vom Kühlschrank verschwunden ist?«

Ich ordne meine Buchstaben auf dem kleinen hölzernen Gestell. Ich mag es gern, wie die Plättchen sich anfühlen, wie sie klickern, wenn sie im Beutel aneinanderstoßen. Q-A-W-J-I-O-O. Gut, dass Mom anfängt. Sie legt das Wort ATMEN aufs Spielbrett, und Verna notiert ihre Punkte. Sogar ich erkenne ein Zeichen, wenn es so deutlich vor mir liegt.

Also hole ich tief Luft und lasse beim Ausatmen die Worte aus dem Mund sprudeln. »Ich habe über die DSR meine Halbgeschwister gesucht und habe bis jetzt zwei Schwestern und drei Brüder gefunden, und meine Schwestern sind beide hier.«

Einen Moment herrscht Stille. Ausnahmsweise sind die beiden mal sprachlos. Doch nicht lange. »Heilige Scheiße«, sagt Mom, und Verna heult geradezu auf.

Und dann hagelt es Fragen:

»Wann können wir sie kennenlernen?«

»Wie alt sind sie?«
»Wie heißen sie?«
»Wo sind deine drei Brüder?«
»Hast du Fotos auf deinem Handy?«
»Warum hast du's uns nicht früher erzählt?«

Die letzte Frage kommt von Verna, und bevor ich antworten kann, sagt Mom: »Ich kann schon verstehen, warum du nichts gesagt hast, Harry. Das gehört zu den Dingen, die man einfach tun muss, bevor man davon erzählen kann.« Sie schießt Verna einen Blick zu, den ich nur zu gut kenne: *Nur nicht drängen* heißt das.

Verna sagt: »Also, wir freuen uns, dass wir es jetzt wissen, nicht wahr, Della?«

»Aber sicher«, sagt Mom. »Du bist am Zug, Harry. Lass dir Zeit.« Mir ist klar, dass sie nicht nur das Scrabblespielen meint. Ich lege KIEFER, dann kommt Verna mit RASSE, mault aber, dass sie Bonuspunkte für das Wort bekommen hätte, wenn sie noch ein T und ein S gehabt hätte, um STRASSE zu legen. Mom sagt, sie solle mit dem Gejammer aufhören, und notiert die Punkte. Alles wie gehabt.

»Zuerst habe ich Lucy kennengelernt«, sage ich endlich. »Aber vorher habe ich von einem Mormonen erfahren, er heißt James. Er ist schon älter und lebt in Florida. Komische Vorstellung, dass ich mit einem Mormonen verwandt bin.« Ich warte fast darauf, dass Mom über die Notwendigkeit einer unvoreingenommenen Haltung referieren wird, aber sie nickt nur, und ich erzähle weiter. »Lucy ist fünfzehn und zur Hälfte Japanerin. Sie macht Ballett. Ihr Bruder Adam ist in Portland auf dem College. Und sie hat einen weiteren Bruder gefunden, Ben, in Australien. Oder er hat sie gefunden – das weiß ich nicht so genau. Lucys Mütter heißen

Nori und Angela. Meredith habe ich erst heute kennengelernt. Sie ist aus Montana. Sie ist achtzehn. Also, richtig kenne ich sie alle noch nicht.«

Mom legt ÄCHZEN. »Das ist eine Menge zu verdauen. Wann, sagst du, hast du Lucy getroffen?«

»Vor etwas über einer Woche. Sie ist cool. Sehr herzlich und temperamentvoll. Meredith – eher weniger.«

»Was meinst du damit?«

»Sie wollte mir ein Foto von unserem Spender zeigen, und weil ich das verhindern wollte, habe ich sie am Arm gefasst. Nicht etwa fest, aber das hat ihr nicht gefallen.«

»Dass du sie am Arm gefasst hast?«, fragt Verna.

»Wahrscheinlich. Vielleicht aber auch, weil ich kein Foto von ihm sehen wollte. Ich wusste nicht einmal, dass man Fotos von Spendern bekommen kann.«

»Doch, auf Wunsch«, sagt Mom, »aber ich kann verstehen, warum du es nicht anschauen wolltest. Ich hab nie eins gesehen.«

»Meredith ist überzeugt, dass er in Seattle wohnt, weil er hier Medizin studiert hat.«

»Möglich«, sagt Mom. »Aber wer weiß, er kann sonst wo sein. Willst du ihn auch finden?« Sie klingt nicht verärgert, einfach nur neugierig.

Ich schüttle den Kopf. »Lucy auch nicht. Noch nicht jedenfalls. Mir reichen für den Augenblick Geschwister.« Ich schaue auf meine Buchstabensteinchen und stelle fest, dass ich keine neuen nachgenommen habe. Ich angle ein R und ein P aus dem Beutel und stelle sie auf mein Ablagebänkchen. Dann starre ich auf das Spielbrett und komme auf kein einziges Wort, das ich legen könnte. Ich muss schon eine ganze Zeit so dasitzen und die Buchstaben anstarren, denn Verna sagt irgendwann: »Du bist dran, Harry.«

»Tut mir leid. Ich kann mich nicht konzentrieren. Vielleicht ist es besser, wenn ihr ohne mich weiterspielt.«

Mom steht auf und setzt Teewasser auf. Verna nimmt ihr Häkelzeug zur Hand und sagt: »Also, ich würde schon gern mehr über diese Mädchen erfahren, Harry.«

Ich werfe Mom einen verzweifelten Blick zu. Heute Abend kann ich einfach nicht mehr erzählen. Ich bin müde, und außerdem will ich nachsehen, ob meine Schwestern getextet haben. *Meine Schwestern.* Wie ungewohnt das klingt.

»Komm, Verna, wir beide trinken Tee und spielen noch ein bisschen«, sagt Mom. »Ich denke, Harry ist müde.«

Verna nickt. »Dann gib einer alten Frau einen Kuss«, sagt sie und beugt sich vor. »Und komm morgen nicht zu spät zur Arbeit.« Ich küsse sie auf die Wange und umarme Mom flüchtig.

»Danke«, flüstere ich.

»Schlaf gut, Harry«, sagt sie.

In meinem Zimmer schaue ich aufs Handy (nichts), dann krieche ich, noch in Klamotten, unter die Decke. Mein letzter Gedanke vor dem Einschlafen ist: *Hoffentlich ruft Alex an.*

Aber wer anruft, ist nicht Alex, es ist Meredith. Mein Handy klingelt, als ich am Dienstag gerade den Salon verlasse. Das Erste, was Meredith sagt, ist: »Lange kann ich nicht reden. Ich hab nur Mittagspause.«

»Okay«, sage ich. Ich finde es unmöglich, wenn Leute anrufen und sofort erklären, sie hätten eigentlich gar keine Zeit. Das ist unverschämt.

»Hör zu, es tut mir leid, dass ich am Montag gegangen bin,

ohne mich von dir zu verabschieden.« Ihre Stimme zittert und hört sich an, als würde sie gleich heulen.

»Mach dir mal keine Gedanken«, sage ich. »Es war ja auch eine verrückte Situation.«

»Ich würde dich und Lucy gern wiedersehen. Vielleicht Donnerstagvormittag? Bevor ich zur Arbeit muss? Ich fange um zwölf an.«

Sie klingt so eifrig, dass ich es nicht über mich bringe, ihren Vorschlag abzulehnen. Und wer weiß, vielleicht war der Montag einfach ein schlechter Tag für sie gewesen. Vielleicht hat sie gerade ihre Tage gekriegt, oder vielleicht hat eine der Millionen Möwen einen Klecks auf sie fallen lassen. Es scheint mir richtig, ihr eine zweite Chance zu geben. Außerdem könnte es sein, dass sie Alex mitbringt.

»Ich arbeite vormittags immer in einem Friseursalon, aber du könntest vorbeikommen, dann würde ich Pause machen. Ob Lucy es schafft, weiß ich nicht – sie hat vielleicht Ballettstunde –, aber ich texte ihr.«

Bevor ich es mir anders überlegen kann, gebe ich Meredith die Adresse und schlage elf Uhr vor. Wenn alles gut geht, können wir uns also schon bald wieder treffen. Wenn nicht – mal sehen.

Als ich nach Hause komme, ist Mom nicht da, und bevor ich mit einem weiteren Interview anfange, mache ich mir ein Schinkensandwich. Ich texte Lucy wegen des Treffens mit Meredith am Donnerstag.

Mein Handy pingt. Lucy. Wo und wann? Ich schreibe ihr Adresse und Zeit. Was sagt Verna immer? *Wenn schon, denn schon.* Was bei ihr im Wesentlichen bedeutet »Hau auf den Putz, oder geh nach Hause«. Gut, dass ich ein Zuhause habe, wo ich hingehen kann.

»Heute Vormittag schauen Lucy und Meredith mal vorbei«, sage ich zu Verna, als ich in den Salon komme. Ich sage es möglichst beiläufig, als wäre es ganz normal, dass meine Schwestern mal vorbeischauen. »Hoffentlich ist es dir recht.«

Verna hört auf, Handtücher zu falten, legt den Kopf schräg und starrt mich an. »Natürlich ist es mir recht. Aber warum hier? Warum nicht zu Hause? Ich bin sicher, dass deine Mutter die beiden gern kennenlernen würde.«

Ich tippe die Mailbox-Nummer des Salons ins Telefon und höre die Nachrichten ab. Termine, Absagen, Fragen wegen Produkten und Preisen. Das Übliche.

»Meredith arbeitet«, erkläre ich Verna, was ja auch stimmt. »Sie hat nur um elf Zeit. Ich hab ihr gesagt, dass ich da auch arbeite. Aber ich denke, du wirst nichts dagegen haben, wenn ich um elf eine Pause einlege.« Ich werfe einen Blick ins Terminbuch. »Sieht nicht allzu voll aus heute.«

Ein Teil von mir würde zu gern hören, wenn Verna sagte: *Nein, du kannst unmöglich Pause machen.* Aber das ist lachhaft. Schließlich muss ich hier keine Stempelkarte in eine Stechuhr stecken. Sie nickt und faltet weiter Handtücher. Die nächste Stunde verbringe ich mit Rückrufen, mehreren Haarwäschen und Fußbodenfegen – Letzteres so häufig, dass mir Verna irgendwann den Besen wegnimmt. Am liebsten würde ich auch noch die Waschbecken schrubben und alle glatten Oberflächen polieren, aber ich beherrsche mich. Schließlich schäme ich mich weder für den Haarsalon noch für Verna. Ich werde mich nicht bemühen, Meredith und Lucy zu beeindrucken. So bin ich nicht erzogen worden. Und außerdem kenne ich sie nicht gut genug, um zu wissen, was sie überhaupt beeindrucken würde. Warum also bin ich so hibbelig?

»Was soll das alberne Theater?«, sagt Verna, als sie sieht, wie ich zum zehnten Mal die Stifte und das Terminbuch gerade rücke. »*Es ist, wie's ist.* Lass das Getue und bring lieber den Abfall raus. Morgen kommt die Müllabfuhr.« Sie lächelt mir zu und macht sich daran, Mrs. Wallace die Haare zu trocknen.

Ich trage den Abfalleimer zu den Mülltonnen auf der Gasse hinter dem Haarsalon, und als ich zurückkomme, stehen Meredith und Lucy neben dem ramponierten Ikea-Schreibtisch, der als Rezeptionstresen dient. Bis ich ungefähr elf war, hat dieser Schreibtisch mir gehört. Man kann noch die Stelle erkennen, an der ich mit glitzerndem Nagellack meinen Namen aufs Holz geschrieben habe.

Ich schnippe ein paar lose Haare von meinem T-Shirt. »Hi, ihr beiden, sorry, wie ich aussehe«, sage ich. »Aber Haare gehören nun mal dazu, wenn man hier arbeitet.«

»Was für ein reizender Salon«, sagt Meredith. »Total retro.« Sie trägt heute eine schlichte weiße Bluse zu dunklen engen Jeans. Der rote Lackledergürtel passt zu ihren Schuhen. Lucy hat einen sehr weiten, sehr kurzen türkisfarbenen Rock an und ein orangefarbenes bauchfreies Trägerhemdchen, sodass man ihre gebräunte Taille sieht. Ihre Füße stecken in knöchelhohen Converseschuhen. Auf den ersten wie auf den zweiten Blick: Ich bin wieder mal die graue Maus.

Verna ist mit Mrs. Wallace fertig, die gerade eine lange Geschichte über ihren Sohn erzählt. Er ist vor Kurzem aus dem Gefängnis entlassen worden, wo er immerhin seinen Highschool-Abschluss nachholen konnte.

»Du erinnerst dich doch an Lenny, Kindchen?«, sagt sie zu mir, als Verna den Drehsessel herumschwingt.

»Aber ja, Mrs. Wallace«, antworte ich. »Freut mich, dass er wieder draußen ist.« Lenny war ein paar Klassen über mir gewesen. Gut aussehend, aber ein Kiffer vor dem Herrn. Verhaftet wurde er, weil er gedealt hatte. Große Überraschung.

Als sie Meredith und Lucy sieht, reißt sie die Augen auf. »Und wer sind diese hübschen Damen?«

»Wir sind Harrys ...«

»Das sind Harrys Freundinnen«, ergänzt Verna, bevor Lucy *Schwestern* sagen kann. »Wollt ihr Mädchen euch nicht eine Limo nehmen oder Kaffee machen, während ich Mrs. Wallace abkassiere?«

Verna hilft Mrs. Wallace aus dem Sessel – sie ist nicht gerade eine zierliche Frau – und geleitet sie zum Schreibtisch, wo bezahlt wird. Unterdessen führe ich Lucy und Meredith in den winzigen Raum hinter dem Salon, in dem ein Minikühlschrank steht, ein Kaffeeautomat und eine vollgestopfte Waschmaschine mit Trockner.

»Kaffee oder« – ich werfe einen Blick in den Kühlschrank – »Pepsi Light?«

»Pepsi Light, bitte«, sagt Lucy.

»Hast du Mineralwasser?«, will Meredith wissen. »Diese Diätgetränke sind nämlich voller Chemikalien. Und Kaffee trinke ich grundsätzlich nicht.«

Warum überrascht mich das kaum?

»Bloß Leitungswasser. Tut mir leid. Willst du ein Glas?«

Meredith schüttelt den Kopf, während Lucy den Verschluss ihrer Pepsi-Dose aufreißt und ausgiebig trinkt. »Ahhh.« Sie fährt sich mit dem Handrücken über den Mund. »Tut das gut.«

Wir gehen wieder in den Salon, wo Verna gerade die Tür

hinter Mrs. Wallace schließt. »Habt ihr, was ihr braucht?«, sagt sie.

Ich nicke. Lucy rülpst, kichert und entschuldigt sich anschließend. Meredith sieht sich um. »Sind das richtig alte Stühle?«, sagt sie und zeigt auf die drei Drehsessel mit den ausgeblichenen roten Vinylbezügen.

»Wenn du mit *richtig alt* meinst, ob sie schon in dem Laden standen, als ich ihn vor fünfzig Jahren gekauft habe, dann ja.« Verna lacht. »Ich hab hier nichts verändert.«

»Cool«, sagt Meredith, setzt sich in einen der Sessel und dreht sich leicht hin und her. »Das Linoleum gefällt mir auch gut.«

Ich blicke auf den Fußboden, den ich schon immer abscheulich gefunden habe. Weiß gesprenkelter Untergrund (inzwischen grau) mit komischen Strahlenmustern in Rot und Schwarz, die wie Atome aussehen. Ich setze mich auf das Zweiersofa und versuche zu sehen, was Meredith sieht, aber es gelingt mir nicht. Ich mag den Salon, klar, aber schäbig kommt er mir trotzdem vor.

»Ob du's glaubst oder nicht, hier kommen dauernd irgendwelche Leute an, die meine Stühle kaufen wollen.« Verna lacht leise vor sich hin. »Und zwar nicht, um sie in Frisiersalons zu stellen, sondern in ihre Wohnzimmer. Einer wollte sogar mal eine Linoleumplatte haben – zum Rahmen. Könnt ihr euch so was vorstellen?«

Meredith nickt feierlich. »Absolut.«

Lucy, die Pirouetten auf dem hässlichen Linoleumboden gedreht hat, lässt sich neben mir auf dem Sofa nieder und sieht zu, wie Meredith sich im Sessel hin und her dreht. Verna hat sich in einen der anderen Stühle gesetzt und wendet sich jetzt an Lucy: »Harry sagt, du machst Ballett?«

Lucy nickt. »Seit meinem dritten Lebensjahr.«

»Ich tanze auch«, sagt Meredith. »Aber nicht Ballett. Angefangen hab ich zwar mit Ballett, aber ich fand es zu« – sie sucht nach dem richtigen Wort – »zu steif. So viele Regeln. Und Spitzenschuhe! Die reine Tortur.« Sie dreht sich zu mir um. »Hast du auch mal Ballettstunden gehabt, Harry?« Ihr Lächeln mit geschlossenem Mund wirkt beinahe albern. Sie muss doch sehen, dass ich nicht die Statur zum Balletttanzen habe. Zu groß zum einen, und nach Ballettgesichtspunkten wahrscheinlich auch zu schwer.

Ich schüttle den Kopf. »Ich steh' mehr auf Basketball«, sage ich, obwohl ich seit Jahren nicht mehr gespielt habe. Verna wirft mir einen verständnislosen Blick zu, der bedeutet *Was wird hier eigentlich gespielt?*.

»Es braucht einen ungeheuren Einsatz«, fährt Meredith fort. »Fast eine Berufung. Eine Zeit lang dachte ich, ja, genau das möchte ich mit meinem Leben anfangen, aber nach ein paar Jahren in einem Ensemble ... also, ich will mal so sagen, für mich ist es nicht das Richtige. Ich konnte das Hungern und das Konkurrieren mit den anderen Tänzerinnen nicht mehr ertragen. So was vergiftet die Atmosphäre.«

»Du hast in einem Ensemble getanzt?« Lucy scheint von tiefer Ehrfurcht erfüllt. »Wo?«

»In Denver.« Meredith nennt eine Gruppe, von der ich noch nie gehört habe, aber Lucy ist schwer beeindruckt.

»Und du vermisst das nicht?«, fragt sie.

Meredith zieht die Schultern hoch. »Manchmal schon. Aber ich konzentriere mich jetzt auf andere Dinge.«

»Wie zum Beispiel?«, fragt Verna.

»Unseren Vater finden. Arbeiten. Geld sparen.«

»Euren Vater?«

»Hat Harry Ihnen das nicht erzählt? Deshalb bin ich ja in Seattle.«

Verna nickt. »Sie hat so was erwähnt, ja. Scheint mir aber eine rechte Sisyphosaufgabe zu sein – wenn er nicht gefunden werden will.«

Fast rechne ich damit, dass Meredith jetzt entweder in Tränen ausbricht oder wütend wird oder beides, aber sie sagt nur: »Na ja, dann bin ich wohl ein Sisyphos.« Sie lächelt Verna zu, ohne ihre Zähne zu entblößen.

»Wie willst du die Sache anfangen?«, fragt Verna. »Ich vermute, dass er nicht bei der DSR registriert ist, sonst hättet ihr euch ja schon gefunden. Und was macht dich eigentlich so sicher, dass er hier ist?«

»Er ist nicht bei der DSR eingetragen, das ist richtig«, sagt Meredith, »aber mein Bauchgefühl sagt mir, dass er Seattle nie verlassen hat. Ich weiß nicht, warum. Und irgendwo muss ich ja anfangen.« Sie holt ihr Handy aus der Tasche, tippt hier und da und hält es dann Lucy unter die Nase. »Ich habe eine Facebook-Seite eingerichtet. Auch einen Twitter-Account. Und ein Video bei YouTube werde ich auch noch posten. Alles, was mir eben so einfällt, um mit ihm in Kontakt zu kommen.«

Lucy blickt wie gebannt auf das Display. »Das musst du sehen, Harry«, sagt sie. »Das glaubst du nicht.« Sie reicht mir das Handy, und mich packt die Neugier. Die eine Hälfte des Titelbilds zeigt das Foto eines kleinen Mädchens, das auf einer Schaukel sitzt und ernst in die Kamera blickt. Ihr dunkles Haar ist zu Zöpfen geflochten. Meredith, nehme ich an. Auf der anderen Hälfte sieht man das verblichene Passbild eines jungen Mannes mit dunklem gewelltem Haar, dichten Augenbrauen und dunklen Augen. Er lächelt schwach. Soweit ich erkennen kann, sind seine Zähne normal groß. *Habt ihr meinen Daddy gesehen?* steht über der Seite. Das Profilbild zeigt ein neueres Foto von einer nicht lächelnden Meredith.

Ich starre auf den Mann auf dem Foto. Mein Spender. Nicht mein Vater, ermahne ich mich selbst. Er sieht sympathisch aus. Intelligent. Nicht superattraktiv, aber auch nicht hässlich. Durchschnitt sozusagen. Er sieht mir ähnlich. Besser gesagt, ich sehe ihm ähnlich. Ich bin die einzige Tochter hier, von der man das behaupten könnte. Für den Bruchteil einer Sekunde überkommt mich ein Schock des Erkennens und ein unbekanntes Gefühl von ... Erregung. Etwas, das ich so nicht erwartet habe.

Unter den Fotos sind Posts, sehr viele Posts.

Beiträge von Leuten, die schreiben, sie hätten ihn in Paris gesehen, in Singapur, in Toronto.

Beiträge von anderen Spenderkindern – manche ermutigen Meredith, und manche raten ihr, die Sache lieber sein zu lassen.

Aus einem dieser Posts springt mir mein Gesicht entgegen, und ich muss nach Luft schnappen. Das Foto ist aus einiger Entfernung aufgenommen, zeigt aber deutlich Lucy und mich im Starbucks, wo wir uns zum ersten Mal mit Meredith getroffen haben. Sie muss es gemacht haben, bevor sie an unseren Tisch kam. So was von dreist! Oder vielleicht hat Alex es gemacht, was noch dreister wäre. Unter dem Foto steht: *Das erste Treffen mit meinen Schwestern. Hoffentlich können sie mich leiden!*

»Du hast einfach ein Foto von uns auf deine Seite gestellt?« Wütend funkle ich Meredith an, die aufgehört hat, sich ständig im Sessel hin und her zu drehen. »Ohne uns zu fragen?«

Meredith zuckt mit den Schultern. »Er soll doch wissen, dass es nicht allein um mich geht.«

»Es geht aber allein um dich!«, sage ich. »Lucy und ich wollen kein Treffen mit ihm.« Wieder blitzt in mir dieser Sekundenbruchteil der Erregung auf, und ich frage mich, ob ich lüge. Wer weiß, vielleicht will ich ihn ja doch kennenlernen, aber das werde ich ganz sicher nicht zugeben.

»Ich weiß nur, dass *du* ihn nicht treffen willst. Aber du solltest nicht für andere sprechen.« Meredith entblößt ihre Zähnchen zu einer Art Lächeln – ich nehme an, dass es ein Lächeln sein soll. »Hab ich recht, Lucy?«

Lucy hat den Blick gesenkt und murmelt etwas wie: »Ich weiß nicht mehr ...«

Ich stoße Lucy mit dem Ellbogen an, und sie sieht mich an. »Sei nicht sauer«, sagt sie. »Meredith und ich haben viel darüber geredet. Vielleicht ist es ja doch keine schlechte Idee, ihn kennenzulernen? Ich bin mir nicht sicher.« Ihr Blick geht zwischen Meredith und mir hin und her, und ich sehe ihr an, wie dringend sie sich wünscht, dass sich die Wogen glätten und wir drei so ähnlich sein würden wie die Schwestern aus *Stolz und Vorurteil* oder aus *Betty und ihre Schwestern*. Liebevoll, nett, einander zugetan. Nicht zickig, manipulativ und konkurrierend. Im Moment fühle ich mich eher wie eine der boshaften Schwestern aus *King Lear*. Wobei Lucy vermutlich die Rolle der armen Cordelia zukommt.

»Ich bin nicht sauer«, sage ich, obwohl es nicht stimmt. »Nur irritiert. Ich dachte, wir beide waren uns einig, dass so ein Kontakt im Moment keine gute Idee ist.«

»Meredith meint, wir brauchen Geschlossenheit.«

»Geschlossenheit? Warum?«

»Wegen ... na ja, wegen der schmerzlichen Entbehrung, weil wir doch ohne Vater aufgewachsen sind und so.« Wieder weicht Lucy meinem Blick aus.

Am liebsten würde ich sie anschreien, sie schütteln, sie daran erinnern, dass sie großartige Eltern hat, aber ausgerechnet in diesem Moment bimmelt die Glocke über der Tür, und hereingetippelt kommt Miss Mathers, unsere älteste und liebenswerteste Kundin, ihre Gehhilfe vor sich herstoßend und umhüllt von einer Lavendelparfümwolke – sie nennt es ihren »Erkennungsduft«.

Begleitet wird Miss Mathers von ihrer Betreuerin Consuela, einer kleinen fröhlichen Frau aus Ecuador, deren langes dunkles geflochtenes Haar von grauen Strähnen durchzogen ist. Sie kommen zum wöchentlichen Waschen und Föhnen. Verna ist die Einzige, die es versteht, Miss Mathers' taillenlanges Haar in eine sieben Tage lang haltende, komplizierte Hochsteckfrisur zu bringen. Jede Woche schlägt sie ihr einen Haarschnitt vor. Und jede Woche sagt Miss Mathers *Das Haar einer Frau ist ihre krönende Pracht.* Vielleicht hat sie da nicht so unrecht.

Ich springe auf und helfe Miss Mathers aus dem Mantel, einem schweren Tweed, den sie jahrein, jahraus trägt. Sie lächelt mir mit ihren strahlend weißen, falschen Zähnen zu. Während ich sie zu dem Sessel neben dem von Consuela führe und anfange, die Haarnadeln aus ihrer Frisur zu ziehen, streben Meredith und Lucy zur Tür.

»Ihr müsst nicht gehen«, sage ich, obwohl es mir am liebsten wäre – jedenfalls, was Meredith betrifft –, und gleichzeitig frage ich mich, ob man mir das ansehen kann.

»Ich muss zur Arbeit«, sagt Meredith. »Und du hast offenbar zu tun.«

»Ich muss zum Unterricht«, setzt Lucy hinzu.
»War nett, euch kennenzulernen, Mädels«, ruft Verna.
»Ja, war nett«, rufen die beiden im Chor, als sie gehen.
»Ade!«, sagt Miss Mathers.

6

Ein paar Tage später bekomme ich eine Nachricht von Alex.

Kommst du heute Nachmittag mit auf Hunderunde?

Von Lucy und Meredith habe ich seit dem Tag, an dem sie im Salon waren, nichts gehört, und auch ich habe mich nicht bei ihnen gemeldet. Ich denke, wir alle brauchen Zeit, um zu überlegen, wie es weitergehen soll. Also ich jedenfalls. Viel Zeit habe ich damit verbracht, das Foto meines Spenders anzustarren, als könnte er mir helfen herauszufinden, was ich tun soll. Bis jetzt hat es aber nichts genützt. Gemeinsam mit einem gut aussehenden Jungen einen Hund auszuführen ist genau das, was ich brauche.

Gern, texte ich zurück. Wo und wann?

15 Uhr am Tierheim. Unter der Adresse ein Emoticon eines lächelnden Hundes.

Bis dann, schreibe ich. Es ist schon 13 Uhr. Ich muss noch duschen, Beine rasieren, Haare waschen und föhnen, ein für Hunde und Jungen passendes Outfit heraussuchen und rechtzeitig an der Bushaltestelle in Richtung Tierheim sein. Meine Klamotten kommen mir alle total unmöglich, um nicht zu sagen ausgesprochen schäbig vor. Das Beste, was ich finde, sind verblichene grüne Shorts, eine niedliche karierte Hemdbluse und rote Sneakers. Meine Haare binde ich zu einem hohen Pferdeschwanz zusammen und vergewissere mich, dass weder Lipgloss noch Mascara verschmiert sind. Es ist nur ein Hundespaziergang, bete ich mir immer wieder vor. Keine Verabredung. Aber es ist lange her, dass ich diese seltsame Gefühlsmischung aus Erregung und Unsicherheit empfunden habe. Zuletzt, als ich vor der ganzen Schule meinen preisgekrönten Aufsatz über den Klimawandel vorlesen musste. Wenn ich ehrlich bin – aus der Zeit mit Byron kann ich mich nicht an einen solchen Zustand erinnern. Da war nie etwas wie Unsicherheit. Oder besondere Erregung. Was ich jetzt empfinde, ist kein rundum angenehmes Gefühl – ich bin leicht benommen –, und das hat absolut nichts mit Vernunft zu tun. Du begleitest ihn auf einen Hundespaziergang, sage ich mir, nicht zum Essen und nicht ins Kino, verdammt noch mal.

Als ich am Tierheim ankomme, bin ich verschwitzt, und mir ist schlecht. Zu gern würde ich mir einreden, es käme von der Busfahrt, aber in dem Augenblick, als ich Alex mit einem sehr großen, sehr struppigen schwarzen Hund vor dem Tierheim stehen sehe, weiß ich, dass ich mir nur was vormache.

»Hi, Harry. Das ist Churchill«, sagt Alex, als ich auf die beiden zugehe. »Sitz, Churchill!«

Churchill setzt sich, sabbert und sieht mich vertrauensvoll an.

»Hey, Churchill«, sage ich. »Wie geht's dir?«

»Besser, jetzt, wo du da bist«, sagt Alex mit tiefer rollender Stimme. Churchills Stimme. »Ich brauche einmal Bauchkraulen von dir.«

»Echt?« Ich muss lachen. »Aber ich kenne dich ja kaum.« Flirten wir etwa schon? Es scheint zu schön, um wahr zu sein.

»Leg dich, Churchill«, sagt Alex mit seiner normalen Stimme. Churchill gehorcht, dann wälzt er sich auf den Rücken und bietet seinen Bauch dar. Die Zunge lässt er seitlich aus dem Maul hängen, und dabei sieht er aus, als ob er grinst. Ich geh neben ihm in die Hocke, reibe ihm ausgiebig den Bauch und wünschte dabei zum x-ten Mal, Mom würde mir einen Hund erlauben.

Als ich mich aufrichte, springt Churchill auf die Füße und fängt an, Alex die Straße hinunterzuziehen.

»Nicht so schnell, du Zottelriese«, sagt Alex. »Er hat unwahrscheinlich viel Kraft. *Bei Fuß* versteht er noch nicht richtig. Ich arbeite dran, aber es dauert. Früher hat er auf einem großen umzäunten Grundstück gelebt, ist nie an die Leine gewöhnt worden.«

»Warum ist er im Tierheim?«, frage ich.

»Sein Besitzer ist gestorben, glaube ich. Die Erben haben das Grundstück verkauft und Churchill hierhergebracht. Er ist ein großartiger Hund, aber wenn er ein Eichhörnchen oder eine Katze sieht, geht er ab wie eine Rakete. Einmal hat er mir fast den Arm ausgerissen. Aber so langsam scheint er das mit der Leine zu kapieren. Und mit den einfachsten Kommandos kommt er auch schon besser klar.«

Ich gehe neben Alex, und Churchill kurvt vor uns hin und her. Ab und zu verfängt sich die Leine in unseren Beinen, und einmal muss ich mich bei Alex festhalten, um nicht zu stürzen. Kann es sein, dass er mich einen Augenblick länger hält als nötig? Ich glaube es beinahe, aber sicher bin ich nicht. Allmählich hoffe ich sogar, Churchill würde mich noch mal zum Stolpern bringen. Als wir den Park erreichen – es ist ein Bereich, in dem Hunde frei laufen dürfen –, lässt Alex Churchill von der Leine. Augenblicklich läuft er zu anderen Hunden hin, und da sagt Alex: »Meredith hat erzählt, dass du deinen Vater gar nicht kennenlernen willst.«

Wow, der Typ kommt wirklich schnell auf den Punkt. Vielleicht interpretiere ich das alles sowieso ganz falsch. Vielleicht ist er Merediths Abgesandter und an mir überhaupt nicht interessiert.

»Er ist nicht mein Vater. Er ist mein Spender.« Noch immer bin ich nicht so weit, jemandem zu erzählen, dass ich es mir möglicherweise anders überlegt habe.

»Ja, verstehe ich.«

»Warum versteht sie's dann nicht?«

Er zuckt mit den Schultern. »Vielleicht braucht sie einfach jemanden, mit dem sie sich austauschen kann über das, was gerade in ihrem Leben geschieht. Jemanden, der sie versteht.«

»Aber ich versteh' sie nicht. Wirklich nicht. Ich bin nicht mit der Sehnsucht nach einem Vater aufgewachsen.«

»Na ja, sie schon.«

Ich soll mich wohl noch schuldig fühlen, dass ich eine wunderbare Mutter habe?

»Wie war ihre Mutter?«, frage ich.

»Schwer zu sagen. Ich meine, ich bin oft bei Meredith zu Hause gewesen, ihre Mom war immer total fürsorglich, *Trink Milch, iss noch Plätzchen* und so. Aber wenn sie unter sich waren? Man weiß es nie wirklich, oder? Kann sein, da ist eine total andere Geschichte abgelaufen. Zu mir waren ihre Eltern jedenfalls sehr nett, besonders ihr Vater.«

Ich muss an die Mädchen in Moms Studie denken, an all die Gründe, weshalb sie von zu Hause weglaufen und schließlich auf der Straße enden. Vielleicht sollte ich versuchen, etwas mitfühlender Meredith gegenüber zu sein. Etwas freundlicher.

Schweigend stehen wir da und sehen Churchill zu, wie er durch den Park rennt.

Schließlich sagt Alex: »Tut mir leid, dass ich davon angefangen habe. Ich hab dich ja nicht gefragt, ob du mitkommst, damit du deine Meinung änderst.«

»Nein? Warum dann?« An Alex ist etwas, das zu Offenheit auffordert. Er scheint, anders als Meredith, gar nicht fähig zu Heuchelei zu sein. Ich drehe mich zu ihm um und bemerke, dass er rot wird, was unheimlich süß aussieht.

»Weil ich dich mag«, sagt er.

»Du hast mich doch erst ein einziges Mal getroffen«, sage ich, obwohl es über meinen Verstand geht, warum ich unbedingt mit ihm streiten will.

»Ja. Und du hast mir gefallen. Ist das so schwer zu glauben?« Die Röte lässt nach, und er grinst mich an. »Erzähl mir nicht, dass du eins dieser Mädchen mit dramatisch unterentwickeltem Selbstwertgefühl bist.«

Ich muss lachen. »Dramatisch unterentwickelt nicht. Einfach nur durchschnittlich.« Wie alles Übrige an mir, denke ich.

»Den Bauchkraul-Test hast du schon mal bestanden. Ich könnte nicht mit einem Mädchen zusammen sein, das keinen Hundebauch kraulen mag.«

»Völlig klar«, sage ich. »Bauchkraulen ist der Schlüssel zu einer guten Beziehung.« Ich stecke zwei Finger in den Mund und lasse einen durchdringenden Pfiff los. Sämtliche Hunde im Park bleiben stehen und schauen zu mir her. »Churchill, komm!«, rufe ich, und er saust heran. Alex drückt mir ein Hundeleckerli in die Hand, und bevor ich es Churchill gebe, muss er sich artig hinsetzen und Pfote geben. Danach legt er mir die Pfoten auf die Schultern, leckt mein Gesicht ab und stürmt wieder davon.

»Sieht aus, als ob Churchill eine neue beste Freundin aufgetan hat«, sagt Alex. »Ich fühle mich total hintergangen. Und neidisch bin ich auch. Ich wollte schon immer so pfeifen können.«

»Das hat mir meine Mom beigebracht. Ihr Pfiff ist Wahnsinn. Fast schmerzhaft. Besser als jede Trillerpfeife, behauptet sie. Ich kann's dir zeigen. Man muss eigentlich nur wissen, wie man Lippen, Finger und Zunge in Stellung bringt.«

Kaum sind die Worte aus meinem Mund, fällt mir auf, wie anzüglich sich das anhört. Alex prustet los: »*... sagt die Schauspielerin zum Bischof.*« Wir brechen beide in Gelächter aus und können uns nicht mehr einkriegen. Tränen laufen uns über die Gesichter, und schon kommt Churchill angewalzt, um zu sehen, was los ist. Diensteifrig springt er an mir hoch und leckt mir Tränen und Rotz vom Gesicht. So viel also zum Thema: *Ein unvergessliches erstes Date.* Falls es überhaupt eins ist.

Alex und ich umrunden den Park und behalten dabei Churchill im Auge, der jetzt mit einem fluffigen weißen Hündchen herumtollt – es ist gerade mal so groß wie Churchills Kopf. Hin und wieder kommt er angeprescht, als müsse er seine Rolle als Anstandswauwau erfüllen, bettelt um ein Leckerli und trollt sich wieder. Beim Gehen streift meine Hand die von Alex, und ich muss mir ins Gedächtnis rufen, dass wir uns heute erst zum zweiten Mal sehen. Zu kurz, um Händchen zu halten, oder? Byron und ich haben uns jahrelang gekannt, bevor wir so weit waren. Aber das hier ist etwas anderes. Etwas ganz anderes.

»Was passiert, wenn sich niemand für Churchill findet?«, frage ich, obwohl ich glaube, dass ich die Antwort kenne: Er wird eingeschläfert. Bei dem Gedanken springen mir die Tränen in die Augen, wenn ich Churchill zusehe, wie er mit seiner kleinen Freundin im Schlepptau durch den Park tobt.

»Er ist ein wunderbarer Hund«, sagt Alex mit fester Stimme. »Jemand wird ihn nehmen. Und er ist ja auch erst seit einer Woche im Tierheim.«

»Wie kommst du mit so was klar?«

»Mit was?«

»Du weißt schon ... wenn ein Hund eingeschläfert werden soll.«

»Hab ich bis jetzt erst einmal erlebt. Und das war brutal. So weit wird es mit Churchill nicht kommen. Nicht, wenn ich es irgendwie verhindern kann.«

Bevor ich fragen kann, was er damit meint, ruft er Churchill, nimmt ihn an die Leine und sagt, wir müssten jetzt zum Tierheim zurück. Eine Weile gehen wir schweigend nebeneinander her, und ich frage mich, ob ich unser Treffen irgendwie versemmelt habe. Aber dann sagt er: »Ich geh bald wieder mit Churchill in den Park. Donnerstag wahrscheinlich. Bist du dabei?«

»Klar«, sage ich. »Dann bring ich dir das Pfeifen bei.«

»Wenn Meredith nicht arbeiten muss, kommt sie vielleicht auch mit.«

»Cool.« Auf keinen Fall werde ich ihm erzählen, dass ich kein großer Fan seiner besten Freundin bin, selbst wenn sie meine Halbschwester ist. Wer weiß, vielleicht ist es ja ganz gut für mich, wenn ich öfter mit ihr zusammen bin. Vielleicht habe ich sie falsch eingeschätzt. Wenn Alex sie gut findet, muss mir wohl irgendetwas entgangen sein.

Am Tierheim angekommen, sagt Alex: »Ich muss noch bleiben und ein paar Dinge erledigen – die Zwinger sauber machen, Wasser nachfüllen, solche Sachen. Spazieren gehen ist der vergnügliche Teil der Arbeit. Also Donnerstag um die gleiche Zeit?« Er lächelt, und ich erwidere sein Lächeln. Wie zwei grinsende Idioten stehen wir da, während Churchill um uns herumspringt und uns dabei die Leine um die Beine wickelt. Es gelingt mir, mich zu befreien, ohne zu stürzen, dann kraule ich Churchill ein letztes Mal den Bauch und mache mich auf den Weg zur Bushaltestelle.

Plötzlich scheint mir der Donnerstag sehr weit weg zu sein.

Als ich schon im Bus sitze, kommt eine Nachricht von Lucy:

Kannst du mal kommen?

Wohin?, antworte ich.

Zu mir. Muss mit dir reden.

Ich zögere einen Moment, bevor ich zurücktexte, da erscheint eine weitere Nachricht von ihr: Meine Mütter sind nicht zu Hause.

Ok. Wo wohnst du? Welchen Bus muss ich nehmen?

Sie gibt mir ihre Adresse, und ich schreibe ihr, ich käme so schnell wie möglich. Worum es geht, hat sie nicht angedeutet, wenn ich aber raten müsste, würde ich darauf tippen, dass es mit Meredith zusammenhängt.

Das Haus, in dem Lucy wohnt, ist eins von der Sorte, die meine Mom sich immer gewünscht hat und sich nie leisten konnte – ein moosgrüner Craftsman-Bungalow mit einem großem Vorbau, in Stein gefassten Säulen und Schindelverkleidung. Die breite Eingangstreppe führt empor zu einer Haustür in dunklem Bordeauxrot, an der ein silberner Türklopfer in Form einer überdimensionalen Biene angebracht ist. Bevor ich klopfen kann, geht die Tür auf, und Lucy greift nach meiner Hand und zieht mich ins Hausinnere. Zu ihrem heutigen Outfit gehört ein Strohhut, was zwar niedlich, aber auch komisch aussieht. Ich meine, wer trägt bei sich zu Hause einen Hut?

In der Eingangsdiele ist es kühl und dämmrig. Während ich Lucy zur Küche im hinteren Bereich des Hauses folge, fallen mir etliche Dinge auf, von denen Mom schon seit Jahren schwärmt: holzgetäfelte Wände, frei liegende Balken, bleiverglaste Fenster, Parkettböden, ein gemauerter Kamin. Die Küche ist offensichtlich renoviert worden, es gibt einen leuchtend roten Gasherd, eine große Insel mit Spüle und überall Fenster.

»Gehen wir auf die Terrasse«, sagt Lucy. Sie führt mich durch eine breite Doppeltür auf eine Holzterrasse mit mehreren Ebenen, von wo aus sich der Blick auf einen üppigen Garten weitet. Ein großer ziegelroter Sonnenschirm wirft Schatten über einen runden Holztisch, auf dem ein Tablett mit Gläsern und einem Krug steht. Das Getränk darin scheint eine pinkfarbene Limonade zu sein. »Magst du?«, fragt Lucy.

Ich nicke. »Das ist ja mal ein Garten!«

»Noris ganzer Stolz«, sagt Lucy, während sie mir ein Glas Limo reicht. »Im *Seattle Magazin* war mal ein Foto davon. Er ist sogar ausgezeichnet worden – beste Hausgartenanlage von Seattle oder so ähnlich. Man sollte meinen, sie hätte die Nase voll vom Gärtnern, nachdem sie die ganze Zeit bei andern Leuten im Garten arbeitet, aber sie sagt, das hier ist ihr Heiligtum. Für Angela hat sie sogar einen besonderen Ort zum Meditieren angelegt. Willst du mal sehen? Ist echt cool. Sehr japanisch.«

Als sie aufspringen will, lege ich meine Hand auf ihren Arm. »Worüber wolltest du mit mir reden?«

Sie setzt sich wieder und starrt in ihr Limoglas. »Ich hab was Dummes gemacht«, sagt sie. »Was ganz Dummes.«

Ich warte ab – Mom sagt immer, Schweigen sei die beste Möglichkeit, jemanden zum Reden zu bringen. Während wir so sitzen, merke ich auf einmal, dass Lucy weint. Ihr Gesicht kann ich nicht richtig erkennen – der breite Hut verdeckt es –, aber ich sehe Tropfen auf die hölzerne Tischplatte fallen.

»Was ist passiert, Lucy?«, frage ich. »So schlimm kann es doch nicht sein.«

Sie schaut mich an, Tränenspuren im Gesicht, und dann nimmt sie den Hut ab. Der prachtvolle Vorhang aus seidigem schwarzem Haar ist verschwunden. Übrig geblieben ist eine stachlige Igelfrisur wie die von Meredith. »Ach, du Scheiße«, entfährt es mir, und da heult sie erst richtig los.

»Angela und Nori sind schrecklich sauer. Sie finden, Meredith hat einen schlechten Einfluss auf mich. Und sie wollen, dass ich mich nicht mehr mit ihr – oder mit dir – treffe, bevor sie euch beide kennengelernt haben. Ich habe ihnen erklärt, dass du nichts damit zu tun hast, aber verstehst du, sie sind so total überfürsorglich geworden, und jetzt hab ich Angst, dass ihr sie gar nicht kennenlernen wollt und ...«

Bevor sie sich weiter in ihre Befürchtungen hineinsteigern kann, ziehe ich meinen Stuhl neben den ihren und drücke sie an mich. Es ist, als würde ich ein Kind umarmen: Klein ist Lucy sowieso, und im Augenblick wirkt sie mehr denn je wie ein Kind, ein trauriges, verwirrtes Kind. So sitzen wir noch, als die Doppeltür aufgeht und eine kleine drahtige Frau in Jeans und einem schmuddeligen weißen T-Shirt auf die Terrasse kommt, hinter ihr eine große, sonnengebräunte Frau in einem himmelblauen ärmellosen

Kleid. Das lange Haar hängt ihr in einem Zopf über den Rücken. Keine der beiden Frauen lächelt – im Gegenteil, sie wirken eher wütend –, aber als die größere der beiden mich sieht, reißt sie die Augen auf und schnappt nach Luft. Ich habe vergessen, wie sehr ich ihrem Sohn Adam ähnlich sehe. Es muss ein Schock für sie sein, plötzlich einer Fremden gegenüberzustehen, die Adams Zwillingsschwester sein könnte.

Ich stehe auf. »Hi, ich bin Harriet«, sage ich. »Also, ihr Haus finde ich einfach toll. Craftsman-Stil, nicht? Meine Mom liebt solche Häuser. Dieses hier ist wunderschön. Und der Garten ein Traum.«

Während ich so plappere, schüttle ich den beiden die Hände. Erst Angelas trockene, kühle, dann Noris schmutzige. »Wir trinken gerade Limo«, sagt Lucy. »Wollt ihr auch?«

Nori und Angela wechseln einen Blick, und ich kann förmlich die Gedanken zwischen ihnen hin- und herfliegen sehen: *Machen wir das Beste aus der Situation. Sehen wir uns dieses Mädchen mal an. Nicht gleich feindselig auftreten. Nicht zickig.*

»Gern, Liebes«, sagt Angela. »Das wäre jetzt gut.« Ich könnte wetten, dass sie die Nachgiebige ist und Nori die Resolute. Nori zieht nur die Schultern hoch, und beide Mütter setzen sich, während Lucy in die Küche läuft, um noch zwei Gläser zu holen. Ihren Hut hat sie wieder aufgesetzt.

»Du wohnst wohl in der Nähe, Harriet?«, fragt Nori.

»Eigentlich nicht. Ich bin gerade mit dem Bus vom Tierheim nach Hause gefahren, als Lucy mir geschrieben hat. Da hab ich mich einfach selber eingeladen. Hoffentlich ist das okay.«

Angela nickt. »Wir freuen uns immer, wenn Lucy Freundinnen hierhat. Aber du kannst sicher verstehen, dass uns die jüngsten Ereignisse ein bisschen« – sie zögert – »ein bisschen perplex gemacht haben.«

Nori schnaubt. »Perplex trifft es nicht mal annähernd! Hast du ihre Haare gesehen? Lucy hat sie noch nie schneiden lassen, noch nie. Und jetzt ist alles ab. Und nur, weil eure Schwester« – sie spuckt das Wort geradezu aus – »sie dazu überredet hat.«

»Sie hat mich nicht überredet.« Lucy ist mit den Gläsern zurück und gießt Angela und Nori Limo ein. »Sie hat zugesehen, wie ich vor dem Ballettunterricht mein Haar aufgesteckt habe, und da hat sie gefragt, warum ich es nicht einfach schneiden lasse. Sie hat früher auch getanzt und hatte langes Haar. Sie hat gesagt, es sei ein befreiendes Gefühl.«

»Und ist es das?«, will Nori wissen.

Lucy setzt sich und trinkt einen Schluck. Sie nimmt den Hut ab und fährt mit den Fingern über ihren Kopf. »Ich weiß nicht. Kann sein. Komisch, wenn man den Wind im Nacken spürt. Und klar, es ist ... leichter.«

Das klingt so unsicher und zögerlich, dass ich mich einmische. »Also, ich finde es schon süß. Und es wächst ja wieder, oder?«

Nori funkelt mich böse an. »Ich habe mir die Haare abschneiden lassen, als Lucy ein Baby war. Und habe es immer bereut.« Sie löst ihren Pferdeschwanz und schüttelt den Kopf. Das Haar fällt ihr üppig auf die Schultern. Tiefschwarz mit grauen Strähnen.

»Es sind nur Haare, Nori«, sagt Lucy, aber es klingt nicht recht überzeugt. Sie sieht aus wie ein junger Vogel, zaudernd und verletzlich. »Können wir davon aufhören?«

Angela seufzt. »Trotzdem macht uns der ... nun, der Einfluss, den deine Schwestern auf dich haben, Sorgen.« Sie wirft mir einen entschuldigenden Blick zu. »Wir müssen euch einfach erst kennenlernen, Harriet. Dich und Meredith. Du verstehst das, nicht wahr?«

»Ja, ich denke schon«, sage ich. »Meine Mom ist genauso.«

»Überfürsorglich?« Lucy sieht ihre Eltern wütend an.

Ich muss lachen. »Ja. Kann man so sagen. Sie erfährt zu viel über schlechte Eltern.«

»Wie das?«, fragt Nori.

Auf keinen Fall werde ich ihr erzählen, dass meine Mom selber von zu Hause abgehauen ist und dass sie damals jünger war als ich jetzt bin. »Wegen ihrer Arbeit«, sage ich also nur. »Sie ist Soziologin. Sie befasst sich mit den Lebensläufen obdachloser Mädchen, die von zu Hause durchbrennen. Das heißt, wenn sie sich nicht gerade nach Craftsman-Häusern verzehrt.«

Nori und Angela lachen. Sogar Lucy ringt sich ein Lächeln ab.

Nori steht auf. »Ich muss dringend unter die Dusche. War nett, dich kennenzulernen, Harriet. Und es tut mir leid, dass der Auftakt etwas ... barsch ausgefallen ist.«

»Kein Problem«, sage ich. »Und nennen Sie mich Harry. Das tun alle.«

Sie nickt und verschwindet im Haus.

»Meinst du«, sagt Angela, »nachdem wir uns nun also über den Weg gelaufen sind, du könntest mit deiner Mutter bald mal zum Essen zu uns kommen? Meredith und ihren Freund Alex laden wir mit dazu ein. Dann essen wir was Schönes, lernen uns näher kennen.«

»Gern«, sage ich. »Das wäre richtig gut.« Ich freue mich über jede Gelegenheit, Alex zu sehen.

»Kann Verna auch mitkommen?«, fragt Lucy. »Sie ist sowas wie Harrys Großmutter. Und sie kennt uns schon ein bisschen, Meredith und mich.«

»Außerdem«, ergänze ich, »könnte sie ihren berühmten *Biskuitkuchen* mitbringen. Der ist ein Gedicht.«

»Verna ist super«, sagt Lucy. »Sie hat einen total retromäßigen Frisiersalon.«

»Je mehr wir sind, desto vergnüglicher, denke ich«, sagt Angela. »Erst recht, wenn es Kuchen gibt. Doch um das mal festzuhalten, Lucy, wir sind trotzdem nicht glücklich über deine impulsive Reaktion. Oder Merediths Rolle dabei. Wir werden später darüber reden.«

Lucy zieht eine Grimasse, und ich stehe auf, um mich zu verabschieden. »Danke für die Limo«, sage ich. »Ich fahre jetzt besser nach Hause, bevor sich Mom Sorgen macht. Außerdem bin ich mit Kochen dran.«

Angela nickt anerkennend. Ich glaube nicht, dass sie und Nori befürchten, ich könnte Lucy auf Abwege bringen. Jeder mit ein bisschen Hirn kann sehen, dass ich keine Bedrohung darstelle. Die Zeit wird zeigen, wie das bei Meredith aussieht.

Nach einer Unzahl von Nachrichten hin und her wird unser Familienessen für Mittwoch festgesetzt, den Abend, bevor ich wieder mit Alex verabredet bin. Verna ist mit Kuchenbacken dabei, Mom kauft Wein. Ich bin drauf und dran, Blumen für Angela und Nori zu besorgen, da fällt mir Noris Garten ein. *Eulen nach Athen tragen,* würde Verna sagen. Als würde man einem Winzer eine Flasche Wein schenken. Oder einem Bäcker Brot. Aber irgendetwas sollte ich schon mitbringen, finde ich. Dann kommt mir ein Geistesblitz.

Letztes Jahr haben Verna und ich Erdbeeren gepflückt und Marmelade gekocht. Sie ist so köstlich geworden, dass wir sie sozusagen rationiert haben. Da ich dieses Jahr zu deprimiert war, um Erdbeeren zu pflücken, und Verna nicht allein gehen wollte, konnten wir unseren Vorrat nicht auffüllen, aber vielleicht ist ja noch was da. Ich durchstöbere den Küchenschrank und finde tatsächlich ein einsames ungeöffnetes Glas. Mom wird nichts dagegen haben, wenn ich es nehme. Immerhin ist es für einen guten Zweck. Ein Etikett ist drauf – kein kunstvolles, nur ein gewöhnlicher Büroaufkleber –, auf dem in Vernas krakeligen Buchstaben *Erdb. 2014* steht. Mit einem Rotstift verziere ich das Schildchen mit winzigen Beeren. Dann binde ich ein rotes Band um den Deckel, und voilà! Fertig ist das perfekte Gastgeschenk.

7

Als wir am Mittwochabend vor Lucys Haus stehen, bin ich nervös. Was, wenn sich die drei Mütter nicht ausstehen können? Wenn ich mit Meredith in Streit gerate? Wenn Mom Alex nicht leiden kann? Ach, wird schon gut gehen, sage ich mir immer wieder – jeder wird sich ja wohl von seiner besten Seite zeigen –, aber trotzdem muss ich gegen den Wunsch ankämpfen, kehrtzumachen und wegzulaufen. Verna scheint mein Unbehagen zu spüren: Sie streicht mir über den Rücken, während wir die Eingangstreppe hinaufsteigen.

»Wenn schon, denn schon«, sagt sie, als ich die Hand nach dem Bienen-Türklopfer ausstrecke. Verna hat einen unerschöpflichen Vorrat an merkwürdigen Redensarten und Sprüchen parat, scheinbar für jede Gelegenheit etwas, obwohl ich bei dieser jetzt keinen rechten Zusammenhang sehe.

Lucy öffnet uns. Sie sieht aus wie eine Kind-Braut aus einer New-Age-Sekte. Ihr knöchellanges weißes Kleid ist mit Spitzen besetzt, dazu trägt sie silberfarbene Birkenstocksandalen, und im Haar (zumindest in dem, was übrig ist) ein Kränzchen aus kleinen weißen Blumen. Ich stelle sie Mom vor, und Lucy umarmt uns alle nacheinander.

»Die andern sind draußen«, sagt sie. »Meredith und Alex kriegen gerade die Gartenführung. Und Angela will Sie durchs Haus führen, Ms. …«

Als sie stockt, sagt Mom: »Nenn mich Della. Und eine Runde durch euer Haus würde ich sehr gern machen.«

»Della«, wiederholt Lucy. »Ein hübscher Name.«

Sie führt uns in die Küche, wo Angela gerade dabei ist, am Spülbecken Salat zu waschen. Verna stellt den Kuchen auf die Arbeitsplatte, und Angela trocknet sich die Hände ab für die nächste Vorstellungsrunde – diesmal mit mehr Händeschütteln und weniger Umarmungen.

»Ich hoffe, weiß ist in Ordnung«, sagt Mom und hält die Weinflasche hoch.

»Ich habe Marmelade mitgebracht«, sage ich. »Verna und ich haben sie letzten Sommer gemacht.«

Ich reiche Angela das Glas. »Das ist nett von dir, Harry. Sehr aufmerksam«, sagt sie und strahlt mich an. »Erdbeermarmelade mag ich am liebsten. Lucy auch. Zum Essen gibt es Lachs, Della, der Weißwein ist also perfekt. Ihr seid doch keine Vegetarier? Oder Veganer?«

»Gott behüte«, sagt Mom, und Angela lacht.

»Heutzutage muss man so vorsichtig sein. Kein Gluten, keine Lactose – nichts, was ein Gesicht hat.«

»Wir essen alles«, sagt Mom. »Hab ich nicht recht, Harry?«

»Ziemlich alles. Außer Okraschoten. Okra mögen wir gar nicht.«

»Steht auch nicht auf der Speisekarte«, sagt Angela. »Harry sagt, Sie sind ein Fan von Craftsman-Häusern, Della. Kommen Sie, ich zeig Ihnen und Verna das Haus.«

Zu dritt ziehen sie los, um die Vertäfelungen und wer weiß was noch alles zu bewundern. Lucy und ich gehen inzwischen auf die Terrasse, wo der Tisch mit einem blauweiß gestreiften Tischtuch gedeckt ist, das von Gewichten in Form kleiner Silberbienen an Ort und Stelle gehalten wird. In die Wassergläser sind Bienen eingraviert. Die Servietten (passend zur Tischdecke) stecken in mit Bienenmustern verzierten Serviettenringen. Allmählich erkenne ich ein Motto. Mitten auf dem Tisch steht ein getöpferter blauer Krug voll wunderschöner Blumen. Eine echte Biene summt zwischen den Blüten, und ich muss lächeln. Lucy sagt, dass Meredith die Blumen mitgebracht hat – *Eulen nach Athen tragen* ist also ganz in Ordnung.

Alex kann ich nirgendwo im Garten sehen, vielleicht ist er in Angelas Zen-Heiligtum und meditiert. Ich stelle mir vor, wie ich im Schneidersitz neben ihm auf einer Tatamimatte sitze, die Augen geschlossen, unser Atmen begleitet von Vogelzwitschern. Da höre ich Meredith schwärmen: »Ich liebe Rittersporn, du auch?«, und das stimmungsvolle Bild bekommt einen Sprung. Ich erkenne Rittersporn nicht, auch wenn ich in ein ganzes Beet davon falle.

Meredith kommt die Gartentreppe herauf mit einem Armvoll langstieliger Blumen von intensivem Blau – haargenau das Blau von Alex' Augen.

Am Fuß der Treppe stehen Alex und Nori ins Gespräch vertieft. »Oh, hi, Harry«, sagt Meredith, als sei sie überrascht – und nicht sehr erfreut –, mich zu sehen. »Lucy, zeigst du mir mal, wo ich eine Vase finde?« Gehorsam folgt Lucy ihr ins Haus. Ich bin eindeutig nicht Merediths Lieblingshalbschwester. Und sie ist nicht meine. Warum, weiß ich immer noch nicht genau.

»Wenn die Bienen sterben, sterben wir auch«, sagt Nori zu Alex. »So einfach ist das. Keine Bestäubung, keine Pflanzen – keine Pflanzen, kein Leben, so wie wir es kennen.«

Alex nickt, dann schaut er zu mir herauf und lächelt. »Hey, Harry«, sagt er. »Du solltest den Garten sehen!« Er wendet sich an Nori. »Darf ich sie herumführen? Solange ich Ihre Erklärungen noch im Kopf habe?«

»Sicher«, sagt Nori. »Aber Schuhe aus in meinem Heiligtum.« Missbilligend blickt sie auf meine Flip-Flops, als wären es Stilettos.

»Wir werden vorsichtig sein«, sagt Alex.

Nori nickt, geht ins Haus und lässt mich mit Alex allein.

»So. Das ist mal ein Garten hier, was?«

Ich nicke und steige die Stufen hinunter, wo Alex neben einem Busch voll kleiner weißer Blüten steht – höchstwahrscheinlich die Quelle von Lucys Haarkranz.

»Riech mal«, sagt er, und ich beuge mich vor und atme tief ein. Es ist einfach unglaublich.

»Bauernjasmin«, sagt er, während ich den betörenden zitronenartigen Duft einatme.

»Meine Mom benutzt Parfüm, das so ähnlich riecht«, sage ich. »Ich mag es, obwohl ich sonst von den meisten Parfüms niesen muss.«

Alex lacht und geht über einen Weg aus zerstoßenen weißen Muschelschalen voran. »Nori hat diese Muscheln gesammelt, und Angela hat sie bei einer Gehmeditation zertreten«, erklärt er. »Sie stammen von Stränden in aller Welt. Nori sammelt schon jahrelang. Tut sie immer noch.«

Die Muschelschalen knirschen leise, während wir darüberlaufen. »Werden die nicht mit der Zeit zu Staub oder so was?«, frage ich.

Alex zuckt mit den Schultern. »Anscheinend streut Nori immer neue Muschelschalen nach, und Angela zertritt sie wieder. Auch Freunde sammeln für sie. Sie sagt, der Muschelpfad ist eine Metapher für Leben.«

Der Pfad endet vor einem zierlichen Holzsteg, der ein sanft geschwungenes Bachbett voller Flussgeröll überbrückt und direkt zu einer kleinen Zedernhütte inmitten eines weiten hellgrünen Moosteppichs führt. Zu beiden Seiten des offenen Eingangs stehen Steinbänke. Ich streife meine Flip-Flops ab und Alex seine Slipper. Seine Füße sind schmal und gebräunt, die Nägel geschnitten. Jungenfüße können abstoßend sein; seine sind es nicht. Die Härchen an seinen Beinen sind fein und goldfarben. Oberhalb des linken Knies hat er eine große hässliche Narbe. Der Boden im Innern der Hütte ist mit Strohmatten ausgelegt, genau wie ich es mir vorgestellt habe. Auf einem niedrigen Altar stehen eine weiße Kerze auf einem Ständer, eine Buddhastatue und eine weiße Orchidee in einem grünen Glas. Zwei runde rote Kissen liegen vor dem Altar. Keine Scheiben in den Fenstern, keine Tür. Es ist schön, wenn auch spartanisch. Ich kann mir nicht vorstellen, dass ich mich während eines Winters in Seattle danach sehnen könnte, hier draußen zu meditieren. Aber ich kann mir sowieso nicht vorstellen, dass ich mich jemals danach sehnen könnte zu meditieren.

Als würde Alex meine Gedanken lesen, sagt er: »Nori hat erzählt, Angela nutzt diesen kleinen Tempel nur bei gutem Wetter. Sie hat im Haus noch einen Ort zum Meditieren.«

Langsam gehen wir über den Steg zurück, und Alex zeigt während unserer Gartenrunde auf alle möglichen Pflanzen: Schmetterlingsstrauch, Frauenmantel, Rittersporn, Phlox, Lavendel. Ich habe das Gefühl, dass er mich beeindrucken will, und da ich nicht viel Ahnung von Pflanzen habe, gelingt ihm das mehr oder weniger. Endlich hört er auf, den Botaniker zu spielen – ich vermute, dass ihm einfach die Pflanzennamen ausgehen –, und ich habe nichts dagegen; in diesem Garten scheint Stille ganz angemessen. Ich stelle mir vor, meine Mom würde in ihrem vollgestopften Arbeitszimmer meditieren. Wie mag ihr hier zumute sein? Ob sie

Angela und Nori um ihr schönes Haus und den Garten beneidet? Um ihre zwei Einkommen, zwei Kinder? Ihre liebevolle Beziehung zueinander? Bereut sie etwas? Wünschte sie, dies wäre ihr Leben?

»War deine Mom mal verheiratet?«, fragt Alex, während wir uns dem Haus nähern. Dass er immer zu ahnen scheint, was ich gerade denke, wird mir langsam etwas unheimlich.

»Nee«, sage ich. »Das ist nicht ihr Ding, nehme ich mal an. Sie war noch sehr jung, als sie von zu Hause weggegangen ist, und Verna hat sie damals aufgenommen. Sie ist dann jahrelang zur Schule gegangen, und inzwischen arbeitet sie intensiv. Da bleibt kaum Zeit für eine Beziehung. So hat sie's mir jedenfalls erklärt.«

»Verna?«

Ich habe vergessen, dass Alex Verna noch nicht kennt, aber es wundert mich, dass Meredith ihm nichts über ihren Besuch im Salon erzählt hat.

»Sie ist meine Großmutter. Nicht meine blutsverwandte – meine richtigen Großeltern habe ich nie kennengelernt –, aber Verna hat mich mit aufgezogen. Sie ist auch hier. Es ist also ein ganz gewöhnliches Familientreffen.«

»Oder ein ganz ungewöhnliches«, sagt Alex.

Ich lache, und wir gehen die Stufen zur Sonnenterrasse hinauf, als Meredith und Lucy gerade aus dem Haus kommen.

»Unsere Mütter stecken schon die Köpfe zusammen wie drei Glucken«, sagt Lucy. »Sie haben festgestellt, dass deine Mom mit einer Freundin von Angela zusammen an der Uni lehrt. Es geht zu wie beim Ehemaligentreffen, stimmt's, Meredith? Verna und Nori richten schon das Spielbrett für eine Scrabblerunde nach dem Essen her. Angela kann Spiele nicht leiden. Sie hat nicht mal Uno mit uns gespielt, als wir klein waren. Sie findet, Spiele *fördern ein negatives Konkurrenzdenken*. Nori ist da anderer Meinung.«

»Also, Verna ist beim Scrabblespielen gnadenlos«, sage ich. »Nach außen wirkt sie wie eine liebenswürdige alte Dame, aber ruckzuck kann sie dir die Dreifach-Wortprämie vermasseln, die du dir gerade zurechtgelegt hast.«

Alex lacht, und Meredith spannt die schmalen Lippen über ihre kleinen Zähne. Sie trägt heute Abend ein pink-und-weiß kariertes Blusenkleid mit einem breiten pinkfarbenen Gürtel. Zurückhaltend, aber nicht hausbacken. Ihre Haare wirken diesmal eher jungenhaft als igelschnittmäßig. Was hat sie bloß an sich, das mir immer wieder gegen den Strich geht, außer dass sie mir ständig irgendwie verkleidet vorkommt? Retro-Movie-Star. Mädchen von nebenan. Alles scheint so berechnet. Oder aber sie interessiert sich einfach mehr für Mode als ich. Aber das tun fast alle.

Bevor wir mit Lachs, neuen Kartoffeln und Salat fertig sind, habe ich noch etwas an ihr entdeckt, das mich nervt: Meredith ist Expertin in allem, ganz egal, wovon gerade die Rede ist. Sie hat professionell getanzt, sie hat ein Praktikum in einem Heim für gefährdete Jugendliche gemacht, sie hat einen Sommer lang auf einer Biofarm gearbeitet, sie schreibt Gedichte, sie hat einen Wettbewerb für junge Köche gewonnen. Auf der Highschool hat sie natürlich Holzarbeiten gewählt, *weil Hauswirtschaft ja so öde ist.* Sie hat Bücherregale für die Schulbibliothek gebaut und Geld für eine Schule in Afrika gesammelt. Mich nervt schon das Zuhören, aber ich kann auch nichts Konkretes dagegen sagen; allerdings, was Hauswirtschaft betrifft, muss ich ihr recht geben. Die andern scheinen beeindruckt zu sein.

Als Mom fragt, wo dieses Heim ist, in dem sie gearbeitet hat, sagt Meredith: »Boise.«

»Oh, dann bist du wahrscheinlich in *Your Place* gewesen«, sagt Mom. »Die Leiterin ist eine Bekannte von mir. Ich wusste gar nicht, dass sie dort Jugendliche als Praktikanten haben.«

»Es ist ein neues Programm«, sagt Meredith, und bevor Mom weiterfragen kann, bringt Angela Vernas Kuchen auf den Tisch; er ist so lecker, dass für eine Weile jedes Gespräch verstummt. Meredith isst nicht viel davon – sie möchte »nur ein Scheibchen« –, aber ich sehe, dass ihre Blicke immer wieder verstohlen zu Mom wandern. Ihr Gesichtsausdruck ist merkwürdig – nicht direkt ängstlich, aber irgendwie misstrauisch, und das finde ich komisch. Mom kann hartnäckig sein, ja, aber doch nicht bedrohlich. Bei der ersten Gelegenheit entschuldigt sich Meredith, steht auf und geht ins Haus. Als sie zurückkommt, setzt sie sich auf die oberste Treppenstufe, den Rücken zu uns, und blickt in den Garten hinunter. Mom macht ein nachdenkliches Gesicht, als grübelte sie über ein interessantes Problem nach.

Als Verna und Nori zum Scrabblespielen ins Haus gehen, macht sich Angela daran, den Tisch abzuräumen. Meredith springt auf und will helfen, aber Angela ist streng: Lucy darf helfen, Gäste nicht.

Mom schlendert hinunter in den Garten, sodass ich mit Meredith und Alex allein auf der Terrasse zurückbleibe.

»Das ist der friedlichste Ort, an dem ich je gewesen bin«, sagt Meredith. »Lucy ist ein Glückspilz.«

Ich nicke. Gerade will ich sie fragen, wie es bei ihr zu Hause in Montana war, da redet sie schon mit Alex über einen Schrebergarten, in dem sie selber Gemüse anbauen könnten.

»Habt ihr einen Garten?«, fragt sie mich dann.

»Ja, aber nicht so einen wie hier«, sage ich. »Einen winzigen Vorgarten mit Rasen und ein paar Blumenbeeten. Gepflasterte Terrasse hinter dem Haus. Ein paar Blumenkübel. Gärtnern ist nicht gerade Moms Sache.«

»Vielleicht kannst du ja in Harrys Vorgarten was anbauen«, sagt Alex zu Meredith.

Soll das ein Witz sein? Hoffentlich. Ich weiß nicht, was ich sagen soll, deshalb frage ich Alex, ob unsere Hunderunde noch auf dem Programm für den nächsten Tag steht. Als Alex Ja sagt, funkelt Meredith ihn böse an.

»Wir sollten jetzt gehen«, erklärt sie.

»Wir können euch doch nach Hause bringen«, sage ich. »Das macht Mom bestimmt. Falls ihr nicht gerade in Edmonds draußen wohnt. Wir müssen nur warten, bis Nori und Verna mit ihrem Spiel fertig sind.«

»Wir nehmen den Bus«, sagt Meredith. »Wir müssen morgen zur Arbeit. Komm, Alex.«

»Ich würde gern noch eine Weile hierbleiben«, sagt Alex, und Meredith sieht plötzlich aus, als wäre sie geschlagen worden. Ihr Gesicht rötet sich.

»Wie du willst«, sagt sie. »Ich gehe.«

Sie steht auf und verschwindet im Haus; Alex folgt ihr. Ich bleibe allein auf der Terrasse sitzen. Als Mom aus dem Garten kommt, runzelt sie die Stirn. »Wo sind denn alle?«, fragt sie.

»Nori und Verna spielen Scrabble, Angela und Lucy waschen ab, und Meredith und Alex diskutieren, ob sie den Bus nehmen oder auf eine Mitfahrgelegenheit warten wollen.«

»Sie können gern mit uns fahren«, sagt Mom. »Falls sie nicht gerade draußen in Edmonds wohnen.«

Ich muss lachen. »Genau das habe ich auch gesagt. Warum sagen wir eigentlich immer, bis Edmonds ist es zu weit?«

»Weil es einfach so ist«, sagt sie. »Alex scheint wirklich nett zu sein.«

Ich nicke. »Außer dass er sich als Merediths Fußabtreter hergibt.« Die Worte springen aus meinem Mund wie Wunderkugeln aus einem Kaugummiautomaten.

Wieder gehen Moms Augenbrauen hoch. »Sie sind offenbar sehr eng befreundet«, sagt sie. »Schon lange?«

»Seit sie Kinder waren.«

Mom nickt. »Schwierig, da als Dritter reinzukommen, könnte ich mir denken.«

»Sie hasst mich«, sage ich.

»Sie hasst dich ganz sicher nicht, Harry. Vielleicht fühlt sie sich bedroht von dir – es ist ziemlich eindeutig, dass Alex dich mag.«

Ich ziehe die Schultern hoch und spüre, wie ich rot werde. »Kann sein.«

Mom lacht. »Kann sein? Man muss ihm hoch anrechnen, dass er auch Meredith ein guter Freund sein will.«

»Aber nicht, wenn er dauernd vor ihr einknickt.«

»Lass es langsam angehen«, sagt Mom. »Ihr habt euch gerade erst kennengelernt. Vielleicht, wenn sie begreift, dass du ihn ihr nicht wegnehmen willst ...«

Ich bin drauf und dran zu sagen *Aber das würde ich ja gern*, als Alex auf der Terrasse erscheint.

»Wir nehmen den Bus. Wollen keine Umstände machen. Bis morgen dann, Harry«, sagt er. »War nett, Sie kennenzulernen, Della.«

»Ganz meinerseits, Alex«, sagt Mom.

Plötzlich bin ich so wütend, dass ich gerade mal »Tschüs« murmeln kann. Vielleicht sollte ich einfach ins Café Allegro gehen und mit Nate flirten. Das wäre sehr viel einfacher.

Auf der Heimfahrt sitze ich auf der Rückbank und höre zu, wie Mom und Verna den Abend analysieren: das Haus (großartig, die Steuern aber sicher enorm), das Essen (köstlich, besonders der Kuchen), der Garten (wundervoll, aber eine Menge Arbeit), Angela und Nori (charmant, aber auch konsequent), Lucy (hübsch und talentiert). Als sie zu Alex und Meredith kommen, entsteht eine lange Pause, bevor Verna schließlich verkündet: »Er ist ein Schatz, aber sie, ich weiß nicht recht. Ich werd nicht schlau aus ihr.«

»Ich denke, Harry wird dir da recht geben«, sagt Mom mit einem Blick in den Rückspiegel.

»Sie hat etwas Sonderbares an sich«, redet Verna weiter. »Das dachte ich schon, als sie in den Salon gekommen ist. Und bevor du mir jetzt einen Vortrag über Vorurteile hältst, Della, gib lieber zu, dass du genauso denkst. Ich habe dein Gesicht gesehen, als Meredith von dem Heim in Boise erzählt hat. Glaubst du, dass sie jemals dort gearbeitet hat?«

Mom seufzt. »Nein. Die Frau, die das Heim leitet, hat eine sehr klare Meinung, was den Einsatz von jugendlichen Praktikanten angeht. Sie ist dagegen, und zwar aus vielerlei Gründen. Aber warum lügt Meredith? Das beschäftigt mich.«

»Wer weiß«, sagt Verna. »Jedenfalls hat sie Probleme, das ist mal sicher.«

»Aber warum lügen?« Ich beuge mich vor. »Weil sie unbedingt will, dass alle Leute sie toll finden?«

»Vielleicht hat sie's einfach schwer im Leben«, sagt Mom. »Hast du nicht gesagt, dass sie den Kontakt zu ihren Eltern abgebrochen hat? Und dass sie auf der Suche nach ihrem Spender nicht vorankommt?«

»Musst du immer die Soziologin spielen?«, frage ich. »Vielleicht ist sie ganz einfach eine bescheuerte Person. Ende der Geschichte.«

»Das ist nie das Ende der Geschichte«, sagt Mom. »Du solltest es besser wissen, Harry.«

»Keiner ist also ein Blödmann ohne Grund?«

»Normalerweise nicht.«

»Das ist doch Schwachsinn.«

»Ich werde nicht mit dir streiten, Harry.«

»Na klar, du bist ja die mit dem Doktortitel. Habe ich gerade ganz vergessen.«

»Hört auf, ihr zwei«, sagt Verna. »Wir kennen Meredith noch nicht gut genug, um zu wissen, was sie umtreibt. Ich hoffe aber, dass Nori und Angela ein Auge auf Lucy haben. Mir scheint, sie ist leicht zu beeindrucken.«

Mom nickt. »Da hast du recht, ja. Aber auch Meredith ist Harrys Halbschwester, und ich denke, wir sollten ihr trotz aller Zweifel glauben. Vorerst.«

»Sind wir überhaupt sicher, dass sie meine Halbschwester ist?«, sage ich. »Sie sieht weder Lucy noch Ben, Adam oder mir im Geringsten ähnlich.«

»Nur weil du sie nicht leiden kannst, heißt das nicht automatisch, dass ihr nicht verwandt seid«, sagt Mom.

Trotzdem grüble ich darüber nach, wie man es anstellt, einen DNA-Test zu machen. Im Fernsehen sieht das immer so leicht aus: ein Haar hier, ein Fingernagelschnipsel da. Ich google auf meinem Handy DNA Geschwistertest. Das Ergebnis ist, dass ich für 200 Dollar herausfinden könnte, ob Meredith wirklich meine Halbschwester ist. Ich würde nicht mal eine Speichelprobe von ihr brauchen (die bevorzugte Methode). Die DNA lässt sich aus allen möglichen unappetitlichen Dingen herausfiltern: gebrauchter Kaugummi, Heftpflaster, Zahnseide, Zahnstocher. Natürlich wäre ein solcher Schritt ein Eindringen in ihre Privatsphäre, doch im Augenblick bin ich mir nicht sicher, ob mich das groß kümmern würde.

8

Ich bin im Salon und fege Haare zusammen, als eine Nachricht von Alex kommt. *Muss Hundegang mit Churchill absagen. Was dazwischengekommen. Sorry. Wir reden bald.*

»Mist!«

»Na, na, na!«, sagt Verna, obwohl keine Kunden da sind.

»Entschuldige«, sage ich. »Alex hat unsere Verabredung abgesagt.«

»Eure Verabredung?«

»Ja. Zum Hundespaziergang. Romantisch, nicht?«

Verna lacht. »Kann doch romantisch sein. Kommt auf den Hund an. Und auf den Jungen. Aber dass er abgesagt hat, ist kein Grund, sich zu ärgern. Er muss vielleicht arbeiten. Gestern Abend hat er mir erzählt, dass er seine Schichten nie vorher planen kann. Und er ist anscheinend sehr verantwortungsvoll. Vielleicht spart er, weil er dich zu einem schönen Abend einladen will. Hast du da schon mal drangedacht?«

Ich schüttle den Kopf. Vielleicht hat sie recht. Natürlich kann er sich keine Schicht entgehen lassen. Er zahlt Miete, verpflegt sich selber, bezahlt Rechnungen. Ich habe keine Vorstellung davon, wie das ist. Aber warum sagt er nicht klipp und klar, dass er arbeiten muss?

Ich antworte ihm: *Kein Problem. Ein andermal.*

Dann texte ich an Lucy: *Wollen wir heute Nachmittag was zusammen machen?*

Ich höre nicht gleich wieder von ihr – möglich, dass sie gerade Ballettunterricht hat oder gibt – und im Salon ist jetzt viel los. Gegen dreizehn Uhr, als der Betrieb allmählich nachlässt und sie sich immer noch nicht gemeldet hat, mache ich mich auf den Heimweg, um was zu essen und danach einen Schreibnachmittag einzulegen. Ich habe das Haus für mich, was ich normalerweise schätze, aber heute kann ich mich auf nichts richtig konzentrieren. Der Fallbericht, an dem ich arbeite, fesselt meine Aufmerksamkeit nicht. Vielleicht habe ich aber auch einfach keine Lust, über all das Unglück in der Welt nachzudenken. Keine Ahnung, wie Mom das macht. Sie scheint für die Mädchen, die sie befragt, unerschöpfliches Mitgefühl zu haben. Meines lässt langsam nach. Ich schaffe nur ein halbes Interview mit Jessica, einem Mädchen aus reicher Familie, die sich am liebsten zudröhnt und immer wieder von zu Hause abhaut, was sie beides mit großer Beharrlichkeit tut. So lange, bis ihre Eltern sie rauswerfen. Ihr Ziel ist es, sich als Luxuscallgirl zu etablieren (sie hat die passende Garderobe und dazu ein Faible für reiche ältere Männer – hallo, Vaterkomplex). In der Zwischenzeit pennt sie bei jedem Kerl, den sie auftreiben kann und der sie mitnimmt. Eine Menge Typen sind nur zu gern bereit dazu. Jessica ist mir unsympathisch. Sie klingt berechnend und oberflächlich, nicht wie die anderen Mädchen in der Studie.

Ich versuche es mit einem Roman, der mir, wie Mom meint, gefallen könnte – eine Geschichte über eine Ärztin, die ins Amazonasgebiet geht –, aber ich schlafe darüber ein. Gegen siebzehn Uhr pingt mein Handy. Lucy.

Sehe eben deinen Text. War mit M & A im EMP. Es war super. Dachte, du musst arbeiten.

Ich mag das EPM, das Museum für Popmusik, auch wenn

es von Touristen überlaufen ist. An meinem zwölften Geburtstag ist Mom mit Byron und mir hingefahren. Danach waren wir noch zum Essen im Drehrestaurant auf der Space Needle. Auch das ist von Touristen überlaufen, aber mit zwölf ist einem das egal. Da will man nur seinen Lunar-Orbiter-Eisbecher haben. Später war ich mit Byron noch oft im EPM, manchmal nur, um uns in den schalldichten Kabinen alberne Songs auszudenken, rumzublödeln und als Rockstars aufzuführen. Inzwischen bin ich eine ganze Weile nicht mehr dort gewesen. Ich wäre gern mitgegangen. Einen Augenblick dauert es, bis ich wach genug bin, um zu kapieren, dass irgendjemand – ich kann mir schon denken, wer – Lucy weisgemacht hat, ich hätte keine Zeit. Und dass Alex sich für einen Nachmittag mit meinen Schwestern entschieden hat statt mit mir. Aber mir wird auch klar, dass es keinen Sinn hat, meine Enttäuschung an Lucy auszulassen.

Ich antworte: Hoffentlich ist die Hendrix Show noch gelaufen. War große Klasse!

Bevor ich auf *Senden* drücken kann, klingelt mein Handy – Alex' Nummer. Ich drücke den Anruf weg, sende meine Nachricht an Lucy und schalte das Handy aus. Ich muss nachdenken. Moms Devise ist: Wenn Zweifel bleiben, hilft niederschreiben. Sie ist fest davon überzeugt, dass die meisten Probleme zu lösen oder zumindest zu verstehen sind, wenn man sie auf einem Blatt Papier vor sich hat. Nicht auf einem Computer. Es muss dieses gelbliche linierte Papier sein und ein Stift, sonst funktioniert es nicht. Hat irgendwas mit dem physischen Akt des Schreibens und mit der Auswirkung aufs Gehirn zu tun. Ich habe Mom oft bei dieser Art von Problembewältigung beobachtet. Normalerweise gehört Wein dazu, auch Flüche sind nicht selten. Wer weiß, vielleicht ist jetzt der richtige Zeitpunkt, um die Sache auszuprobieren. Ohne Wein allerdings.

Ich hole Papier und Stift und setze mich an den Küchentisch. Die einzige Methode, die mir für eine derartige Niederschrift denkbar erscheint, ist eine zeitliche Reihenfolge der Ereignisse plus eine Liste der Dinge, die ich über Alex und Meredith weiß. Lucy lasse ich bei der ganzen Aufstellung weg – mit ihr habe ich kein Problem. Und worin mein Problem mit Meredith und Alex besteht, ist mir eben nicht richtig klar.

Als nach einer Stunde Mom nach Hause kommt, sitze ich immer noch am Küchentisch. Gerade bin ich beim Durchlesen der etwa fünf Seiten, die ich bis jetzt zusammengekritzelt habe. Ich habe das Gefühl, Moms Methode könnte hilfreich sein, denn in meinem Kopf fügen sich allmählich einige Dinge zusammen.

Was ich über Alex weiß:
Er hat Meredith in Montana kennengelernt, als er in der ersten Klasse von Texas dorthin zog.
Er ist achtzehn.
Er redet nie über seine Familie.
Er arbeitet in einem Restaurant und ist ehrenamtlicher Helfer in einem Tierheim.
Er trägt immer grau karierte Shorts, ein Hemd, Sneakers.
Er hat eine sanfte Stimme. Er lacht gern.
Er mag mich (wenigstens dachte ich das).
Er tut alles, was Meredith will.

Was ich nicht weiß:
Seinen Nachnamen.
Wo er wohnt.
Wo er arbeitet.
Warum er Meredith so mag.

Was ich über Meredith weiß:
Sie heißt mit Nachnamen Leatherby.
Sie kommt aus Missoula in Montana.
Sie sagt, sie hat in Denver getanzt
und in einem Jugendheim in Boise gearbeitet.
Meredith hat den Kontakt zu ihren Eltern abgebrochen
und will ihren »Vater« finden.
Ihre Klamotten wirken auf mich wie Verkleidungen.
Sie manipuliert andere Leute (Lucys Haar)
und ist superempfindlich (Armberührung).

Was ich nicht weiß:
Wo sie wohnt.
Wo sie auf einer Biofarm gearbeitet hat.
Wie sie es geschafft haben soll, all das zu tun.
Warum sie mich nicht leiden kann.
Warum sie Alex so unter Kontrolle hat.

Fragen:
Ist Meredith eine Lügnerin?
Was tue ich, falls – oder wenn – ich herausfinde, dass sie wirklich lügt? Ist es wichtig, das herauszufinden (falls es stimmt)?
Soll ich mit Lucy darüber reden? Mit Mom? Soll ich Alex zurückrufen?

»Alles in Ordnung, Harry?«, fragt Mom, während sie sich ein Glas Wein eingießt. »Du hast so geseufzt.«

»Geseufzt?«

Sie setzt sich mir gegenüber an den Tisch. Meine Notizen liegen noch vor mir. Bestimmt kann sie verkehrt herum lesen, doch scheint sie es nicht zu versuchen. Sie sagt nur: »Also, wenn du reden willst ...«

»... weiß ich, wo ich dich finde«, sage ich, und wir lachen beide. Diesen Spruch gibt es schon seit Jahren zwischen uns. Mom weiß, dass ich reden werde, wenn ich so weit bin. Aber mir ist nicht klar, ob ich diesmal überhaupt dazu bereit sein werde. Ich bezweifle nämlich, dass sie meinen Spionageplan in Sachen Meredith so richtig gut finden würde.

»Ich habe heute einen Teil getippt«, sage ich. »Das Mädchen ist mir ziemlich unsympathisch. Jessica.«

Mom nickt. »Eine harte Nuss, das muss ich zugeben. Nicht unbedingt eine Seelenverwandte. Trotzdem, sie ist obdachlos.«

»Wenn du zur Obdachlosigkeit zählst, dass eine mit jedem Arschloch ins Bett geht.«

»Das tue ich. Möglich, dass du ihre Methode der Problembewältigung nicht akzeptierst, aber trotzdem verdient Jessica meine Zuwendung. Und ein richtiges Zuhause.«

»Aber sie ist nicht so wie die anderen Mädchen«, sage ich. »Zum Beispiel Annabeth. Die hat eine echte Begabung, sie ist intelligent und optimistisch, obwohl ihr Leben wirklich schwer ist. Jessica dagegen will immer nur feiern und andere dafür zahlen lassen.«

»Du bist heute so schnell mit deinem Urteil bei der Hand. Was ist denn los? Ich dachte, du hast dich mit Alex getroffen.«

»Hat abgesagt.«

»Das ist enttäuschend.«

»Er, Lucy und Meredith sind ins EMP gegangen. Ohne mich.«

»Autsch!«

»Kannst du laut sagen.«

»Hast du mit ihm gesprochen?«

Ich schüttle den Kopf. »Er hat angerufen. Bin nicht drangegangen.«

»Vielleicht solltest du ihm eine Chance geben, alles zu erklären.« Mom nimmt einen Schluck Wein, dann springt sie auf. »Ich habe Fleisch für Burger mitgebracht. Könntest du schon mal den Grill anwerfen? Und dich um die Beilagen kümmern?«

»Klar.« Ich bringe die Notizen in mein Zimmer und schalte mein Handy ein. Alex hat dreimal angerufen und eine Nachricht auf der Sprachbox hinterlassen – die Nachricht mit seiner dämlichen Churchill-Stimme. »Alex, dieser Idiot, hat den Termin heute abgesagt – ich vermisse dich. Kannst du morgen kommen? Ich will dir übers Gesicht lecken. Dich pfeifen hören. Andere Hunde beschnuppern. Bringst du Leckerlis mit? Alex vergisst die manchmal. Er sagt, das mit heute tut ihm sehr leid. Er sagt, seine Nachricht hätte sich mit einer andern Nachricht gekreuzt, was immer das heißen mag. Vielleicht ist eine Nachricht so was wie eine Leine? Ich kann Leinen nicht ausstehen, besonders wenn sie sich kreuzen. Ich warte um 14 Uhr an der Bushaltestelle. Sabbel.«

Trotz allem muss ich lachen. Vielleicht hat Mom recht – ich sollte ihm die Chance für eine Erklärung geben. Bevor ich hinuntergehe, um bei den Vorbereitungen fürs Grillen zu helfen, texte ich Alex: Hi, Churchill. Bis morgen. Ich hab dich auch vermisst.

Nach dem Essen schau ich mir mit Mom eine interessante Dokumentation über Backgroundsänger an (wobei ich sofort an Annabeth denken muss und an all die Gelegenheiten, die sie wahrscheinlich nie haben wird). Danach gehe ich in mein Zimmer, um mit meinen Nachforschungen zu beginnen. Die Leatherbys in Missoula, Montana, sind unglaublich leicht zu finden. Nur gut, dass Meredith nicht Smith oder Jones mit Nachnamen heißt. In fünf Minuten habe ich Adresse und Telefonnummer einer Barbara Leatherby, die vermutlich Merediths Mutter ist. Wenn ich wollte, könnte ich sie sofort anrufen, aber was soll ich ihr sagen? *Hi, ich bin Harriet. Würden Sie mir bitte bestätigen, dass Ihre Tochter eine krankhafte Lügnerin ist?* Ich grabe ein wenig tiefer: Es gibt in Missoula auch einen Mark Leatherby. Seine Adresse samt Telefonnummer wird ebenfalls notiert.

Dann gebe ich Barbaras Anschrift auf Google Street View ein. Ihr Haus ist ein großer grauweißer Bungalow im Ranch-Stil mit Doppelgarage, großer gelblicher Rasenfläche und Blumenbeeten, die den Gehweg säumen – es könnten Rosen sein. In der Garage steht ein beigefarbener Sedan. Das Haus auf dem Nachbargrundstück ist nahezu identisch, nur ohne Rosen. Ebenso sieht es auf der anderen Straßenseite aus. Uninteressant und langweilig, überhaupt nicht das, was ich erwartet hatte. Aus irgendeinem Grund hatte ich mir Meredith immer in einer schmuddeligen Containersiedlung vorgestellt, ein verbeulter Pick-up vor der Tür, Bierdosen ringsum verstreut. An eine typisch amerikanische

Vorstadtsiedlung hatte ich auf gar keinen Fall gedacht. Erst recht nicht an Rosen.

Mark Leatherby, wer immer das ist, wohnt auf der anderen Seite der Stadt in einem alten herrschaftlichen Haus. In der Auffahrt ein Subaru Outback, neuestes Modell. So weit, so gut.

Allmählich komme ich mir vor wie Harriet, die Spionin, nur dass meine Spionage online erledigt werden muss. Ich wünschte, ich könnte mal schnell nach Missoula fahren, aber das ist eine achtstündige Fahrt, und Mom würde mich nie allein hinfahren lassen. Erst recht nicht, wenn ich ihr meinen Grund erklären würde. Bevor ich ins Bett gehe, notiere ich, was noch zu überprüfen ist: Zeitungen von Missoula – Tanzensembles in Denver – das Jugendheim in Boise.

Ich liege schon im Bett und lese einen Online-Artikel über Hundeausbildung, da pingt mein Handy.

Du fehlst mir. B.

Noch vor ein paar Wochen hätte mich diese Nachricht von Byron total aus der Bahn geworfen. Und bestimmt hätte ich ernsthaft mit dem Gedanken gespielt, ihm zu antworten. Unmittelbar nachdem er weg war, hatte die Trauer ihre Krallen nach mir ausgestreckt, hatte an mir gefressen, einen einsamen Tag um den andern. Aber seit ich Lucy kennengelernt habe, spüre ich nur noch ein gelegentliches Ziepen ab und zu, so ähnlich, wie wenn man sich versehentlich in die Wange beißt. Schmerzhaft für einen Moment, aber auch schnell wieder vergessen. Ich vermisse ihn natürlich, aber nicht mehr so wie vorher. Am meisten wünschte ich, ich könnte mit ihm über alles reden, was hier so läuft. Ich würde gern wissen, was er von meinen neuen Geschwistern hält oder wie er Alex findet. Bin ich etwa oberflächlich und unbeständig, weil ich auf diesen Text starre und wünschte, das *B* wäre ein *A*? Ich schalte das Handy ab, drehe mich um und versuche einzuschlafen.

Am nächsten Tag, als ich mich für das Treffen mit Alex fertig mache, versuche ich, mir nicht allzu viele Gedanken um meine Klamotten zu machen. Weiße Shorts, einfarbiges blaues T-Shirt, Turnschuhe. Haare zu einem französischen Zopf geflochten. Kein Make-up. Na gut, Wimperntusche, aber das zählt kaum. Wimperntusche trage ich immer auf. Ich will, dass Alex mich sieht, wie ich wirklich bin: keine Verkleidungen, keine Spielchen. Nichts als die schlichte, vernünftige Harry.

Doch kaum sitze ich im Bus Richtung Tierheim, gerate ich schon in Panik. Mein T-Shirt hat Flecke unter den Armen. Die Shorts sind ausgefranst. Die Turnschuhe trage ich schon seit der neunten Klasse. Was habe ich mir bloß gedacht? Andererseits, da steht er und sieht mir breit grinsend entgegen, als ich aus dem Bus steige. Und plötzlich bin ich ganz sicher, dass es ihm egal ist, was ich anhabe, genau wie es mir egal ist, dass er wieder dieselben alten grauen Shorts trägt, das knittrige Hemd und die ausgelatschten Schuhe. Churchill sitzt neben ihm, sabbernd wie versprochen.

Ich bin noch nicht vollends aus dem Bus, da tanzt Churchill schon um mich herum, reißt an der Leine, bellt wie verrückt.

»Du weißt wohl, dass ich Leckerlis dabeihabe, mein Freund?«, sage ich. »Dafür musst du aber erst schön *Sitz* machen.«

Als er weiter springt und tobt, sage ich streng: »Sitz!« Wie durch ein Wunder gehorcht er, und ich belohne ihn mit einem Hundekuchen aus meiner Tasche.

»Bei mir setzt er sich nicht immer so prompt«, sagt Alex. »Du hast eindeutig magische Fähigkeiten.«

»Und Leckerlis. Leckerlis sind der Schlüssel.«

Während Churchill übermütig an der Leine zerrt, machen wir uns auf den Weg zum Hundepark. Alex versucht immer wieder, ihn neben sich zu halten, aber Churchill hört nicht auf zu ziehen.

»Lass mich mal«, sage ich und nehme Alex, der ein zweifelndes Gesicht macht, die Leine aus der Hand.

»Er ist wirklich sehr kräftig«, sagt er.

»Ich auch.«

Ich lasse Churchill noch einmal Sitz machen, belohne ihn mit einem Leckerli, und als wir uns dann wieder in Bewegung setzen, trete ich ihm sofort in den Weg, sobald er vorpreschen will. Wir kommen nur langsam voran, aber ein paar Häuserblocks weiter zieht er schon nicht mehr so stark.

»Wo hast du das gelernt?«, fragt Alex. »Du bist ja der reinste Hundeflüsterer.«

»Eher nicht«, sage ich. »Hab nur so meine Erfahrungen gemacht. Ich gehe oft mit Hunden aus unserer Nachbarschaft spazieren. Die sind längst nicht alle ausgebildet. Deshalb habe ich ein paar Tricks gelernt.«

»Toll!«, sagt Alex. »Ein Mädchen, das nachforscht. Finde ich gut!«

»Du hast keine Ahnung. Ich habe meine Buchbesprechungen mit Fußnoten versehen – in der dritten Klasse! Einfach unmöglich. Das hat man davon, wenn man von einer Akademikerin erzogen wird.«

Und wenn du wüsstest, denke ich, wonach ich sonst noch

so forsche, würdest du's nicht mehr gut finden. Im Park lasse ich Churchill von der Leine, und als er davongesprungen ist, sagt Alex: »Tut mir leid wegen gestern. Es hat … Schwierigkeiten gegeben. Meredith hat sich wegen irgendwas unheimlich aufgeregt. Ist mitten aus der Arbeit weggelaufen und hat mich um ein Treffen gebeten, aber als ich hinkam, hatte sie schon Pläne mit Lucy gemacht.«

»Und da seid ihr dann alle ins EPM gefahren«, sage ich und versuche, keinen vorwurfsvollen Ton in meine Stimme zu legen.

Er nickt. »Tut mir leid. Ich hab's vermasselt. Ich hätte dich anrufen sollen.«

»Worüber hat sich Meredith so aufgeregt?«, frage ich.

»Ich weiß es nicht genau. Aber was auch immer, sie hatte es scheinbar schon überwunden, als ich hinkam. Sie muss mit Lucy geredet haben oder so.«

Ein paar Minuten beobachte ich Churchill. Sollte mal jemand eine Demonstration für *Tollen und Toben* brauchen, müsste er nur zusehen, wie Churchill mit seinen Hundefreunden spielt. Ich beneide ihn. Die Welt könnte wirklich mehr Ausgelassenheit und weniger Stress gebrauchen. Mehr Vergnügungen und weniger Kommandos. Ich hole tief Luft, dann sage ich. »Machst du immer, was Meredith will?«

Schweigen.

Jemand ruft von der anderen Parkseite her nach seinem Hund – »Scout! Hierher, Scout!« –, und ein Bordercollie rennt quer über die Wiese.

Als Alex endlich antwortet, ist seine Stimme hart und angespannt. »Ich habe mich entschuldigt. Aber Meredith ist meine beste Freundin. Du hast keine Ahnung, was sie für mich getan hat. Hast du nicht so einen Freund?«

Er schaut mir fest in die Augen. Verärgert wirkt er nicht, nur ernst. Ich wende den Blick ab. Ich kann ihm nicht von Byron erzählen, meinem Kindheitsfreund, ich kann nicht darüber reden, wie wir uns später ineinander verliebt haben und wie dann plötzlich … nichts mehr war. Ich kann nicht über Byron reden, der mich vermisst. Byron, der alles getan hat, was ich wollte, nur nicht … hierbleiben.

»Wie man's nimmt«, sage ich, drehe mich um und mache mich auf den Rückweg zur Bushaltestelle.

»Geh nicht, Harriet. Bitte«, sagt Alex. »Du hast mir den Pfiff noch nicht gezeigt. Und Churchill muss unbedingt noch besser an die Leine gewöhnt werden.«

»Das stimmt«, sage ich und weiß genau, dass ich nichts lieber tue, als zu bleiben.

Als ich nach Hause komme, ist es fast dunkel. Alex und ich haben an die acht Stunden miteinander verbracht, zuerst im Park mit Churchill (der sich viele Leckerlis verdient hat, indem er lernte, sich auf die Seite zu rollen) und danach in einer Sushi-Bar, in die ich oft mit Gwen gehe. Ich esse gern Sushi, deshalb konnte ich ein bisschen angeben und Sachen bestellen, die Alex noch nie gegessen hat. Wer weiß, vielleicht gibt es in Missoula nicht so viele Sushi-Restaurants. Würziger Meeresfrüchtesalat, Shumai, flambierte Muscheln. Hinterher haben wir Eis bei Gelatiamo gekauft (Schoko-Chili/Kokosnuss für mich, Haselnuss/Pistazie für Alex), sind endlos lange spazieren gegangen und schließlich im Myrtle Edwards Park gelandet, wo wir uns auf eine Bank setzten und zuschauten, wie die Sonne unterging. Wir redeten viel, aber über nichts Wichtiges. Manchmal schwiegen wir, aber es war nie peinlich. Als wir uns zuletzt an der Bushaltestelle voneinander verabschiedeten, war ich müde und gleichzeitig aufgedreht. Die Mischung aus Sonne, Sushi, Zucker und Glück machte mich kühner, als ich gewöhnlich bin. Als der Bus schon vorfuhr, habe ich Alex auf den Mund geküsst – flüchtig, aber fest, ohne Zunge. Ich konnte die Pistazien auf seinen Lippen schmecken. Himmlisch. Er machte ein verwirrtes Gesicht, fuhr aber nicht zurück und wischte sich danach auch nicht den Mund ab. Ich lachte. »Danke für den schönen Tag«, sagte ich und stieg in den Bus.

Jetzt kann ich nicht schlafen, also stehe ich wieder auf und forsche weiter nach den Leatherbys in Montana.

9

Es gibt eine ganze Menge Leatherbys in England, eine Eisdiele mit Namen Leatherby in Kalifornien und die Leatherby-Bibliotheken, die zur Universität in Kalifornien gehören. Und das ist nur die erste Seite. Google kann einen manchmal mit Informationen zuschütten, deshalb beschließe ich, mein Glück bei Facebook zu probieren. Die Eltern vieler meiner Freundinnen sind auf Facebook. Oft machen sich meine Freundinnen lustig über die Posts ihrer Mütter oder die Profilbilder ihrer Väter und lästern darüber, dass ihre Eltern jede ihrer Bewegungen verfolgen. Meine Mom hat keine eigene Seite und dass sie je auf meine geschaut hat, möchte ich stark bezweifeln. Sie sagt, sie hat keine Zeit für Facebook, und Selfies sind für sie der Beweis für den Niedergang der Zivilisation. Jetzt hoffe ich nur, dass Barbara Leatherby den sozialen Medien mehr zugeneigt ist. Wer weiß, vielleicht hat sie sogar ein Nutzerkonto bei Twitter.

Ich tippe ihren Namen in die Zeile *Freunde finden* und siehe da, schon taucht sie auf: Barbara Jean Leatherby aus Missoula, Montana. Blond, gebräunt, um die fünfzig. Sportliches Äußeres – kein bisschen wie Meredith. Ihr Titelbild ist eine Rose, was Sinn hat. Viel mehr kann ich nicht daraus entnehmen, ohne mich mit ihr zu befreunden, aber was ich sehen kann ist, wo sie arbeitet (Universität von Montana), ihr Beziehungsstatus (kompliziert) und wo sie studiert hat (UC Berkley).

Als Nächstes suche ich nach Mark Leatherby. Er ist ungefähr so alt wie Barbara, vielleicht etwas älter. Eindeutig nicht Merediths Bruder. Ich klicke sein Profil an. Dunkelhaarig, schmales Gesicht, Kinnbart, Brille mit Metallrahmen. Sein Titelbild ist ein Foto von zwei Hunden, der eine sieht aus wie ein verwilderter Fuchs, der andere muss eine Art Terrier sein. Auch Mark arbeitet an der Uni und hat eine komplizierte Beziehung. Wer hat die nicht? Und wie bei Barbara lassen es seine Privatsphäre-Einstellungen nicht zu, dass ich seine Freunde oder Posts sehen kann.

Ob Alex ein Facebook-Profil hat? Aber da ich seinen Nachnamen immer noch nicht weiß, ist es aussichtslos, danach zu suchen. Im Hinterkopf mache ich mir eine Notiz, die Frage unauffällig in die nächste Unterhaltung einzuflechten, sobald ich ihn wiedersehe. Meine Gedanken schweifen ein bisschen ab, gehen noch einmal unseren gemeinsamen Tag durch, besonders den Kuss, und ich frage mich, ob er auch noch so hellwach ist wie ich. Als ich auf Facebook nach Meredith Leatherby suche, finde ich weiter nichts als ihre Seite »Habt ihr meinen Daddy gesehen«. Ich probiere es also bei der Zeitung von Missoula, tippe im Suchfeld den Namen Leatherby ein und hoffe das Beste.

Als sich der Bildschirm mit Ergebnissen füllt, bin ich total aufgeregt – bis ich feststelle, dass es in Missoula ein Geschäft für Reitsportbedarf namens Leatherby gibt. Anscheinend haben sie dort die beste Auswahl an Cowboystiefeln in Montana. Cowboystiefel habe ich mir schon immer gewünscht. Rote. Ein Grund mehr, um nach Missoula zu fahren. Schließlich stoße ich auf eine Barbara Leatherby, Geschäftsführerin der Buchhandlung an der Universität. Sie äußert sich begeistert über einen berühmten Autor aus

Montana, der eine Lesung in der Buchhandlung halten wird. Interessant, aber nicht sehr hilfreich. Zum zweiten Mal taucht Barbara in einem Artikel über eine Keramikausstellung in einem örtlichen Gemeindezentrum auf. Es gibt da ein Foto von ihr, wie sie lächelnd eine wunderschöne Vase hochhält. Sie wird mit der Äußerung zitiert: »Töpfern ist für mich eine Meditation, eine Gelegenheit, mit meinen Gedanken allein zu sein.«

Barbara taucht noch mehrmals auf, aber von Mark finde ich vorerst keine Spur, bis ich irgendwann auf einen Nachruf von 1999 stoße, in dem er als Sohn des teuren Verstorbenen Jack Leatherby, Zahnarzt i. R., aufgeführt wird. Neben Marks Namen steht in Klammern der von Barbara, was bedeutet, dass sie Mann und Frau sind (oder waren). Heiliger Bimbam! Ich springe auf und gehe in meinem Zimmer auf und ab. 1999 war Meredith wie alt? Zwei oder drei? Aufmerksam lese ich jetzt den ganzen Nachruf. Mark ist das einzige Kind von Jack und seiner verstorbenen Frau Rose. Jacks geliebte Enkelkinder werden als Jackson, Elizabeth und Meredith angegeben. Ich finde von allen drei Kindern die Geburtsanzeigen in der Zeitung – Jackson und Elizabeth sind Zwillinge, drei Jahre älter als Meredith. Eltern: Mark und Barbara Leatherby.

Ich klappe den Laptop zu, lege mich wieder hin und zwinge mein müdes Hirn, Ordnung in all diese Entdeckungen zu bringen. Meredith hat zwei Geschwister (möglicherweise keine biologischen). Ihre Eltern leben getrennt oder sind geschieden. Ihr Großvater war Zahnarzt. Beim Einschlafen denke ich darüber nach, ob vielleicht auch Alex Geheimnisse hat.

Am nächsten Tag arbeite ich im Salon, schließe die schriftliche Übertragung von Jessicas Interview ab (ich kann sie immer noch nicht leiden) und mache mich dann an die wöchentliche Hausreinigung, eine Arbeit, die ich von Mom bezahlt bekomme. Von Alex höre ich nichts, nehme aber an, dass er arbeitet, auch wenn ich immer noch nicht weiß, wo. Zum Abendessen kommt Verna und schlägt uns hinterher beide im Scrabble – wie es aussieht, hat sie die neue Ausgabe des offiziellen Scrabble-Wörterbuchs auswendig gelernt. Sie legt *Qual* und *Exoten* und *Kajak* und besetzt damit Buchstabenfelder mit dreifachem Wortwert; Mom und ich haben keine Chance. Nach dem Spiel verabschiede ich mich und gehe hinauf, um den *Missoula Independent* zu durchsuchen.

Der *Independent* ist ein Gemeindeblättchen mit Beiträgen über Ortsansässige und lokale Ereignisse. Fast sofort finde ich einen Artikel über Elizabeth Leatherby, die nach Denver gezogen war und dort in demselben Ensemble tanzte, dem Meredith ihrer Behauptung nach angehört haben will. Auf dem Foto sieht man ein zierliches blondes, geschmeidiges Mädchen bei einer Sprungfigur. Mein Herz klopft schneller: Ich habe den ersten Hinweis gefunden, der meinen Argwohn gegen Meredith bestätigt. Nicht lange danach stoße ich auf ein Foto, das ehrenamtliche Helfer auf einer Biofarm zeigt. Der zweite von links, an einen Zaun gelehnt und breit grinsend, ist Jackson Leatherby. Er sieht seinem Vater ähnlich: dunkles Haar, drahtige Figur, Brille und ein etwas ungepflegt aussehender Bart. Neben ihm ein hübsches Mädchen mit langen, wild gelockten Haaren, die verliebt zu ihm aufsieht. Kein Wunder, dass er so glücklich wirkt. Biogemüse und Liebe sind scheinbar eine wirksame Mischung.

Jackson und Elizabeth tauchen auch in älteren Artikeln auf. Bei ihrem Abschluss an der Big Sky Highschool waren beide Jahrgangsbeste. Sie haben eine Bergwandergruppe gegründet und sie nach dem nahe gelegenen Mount Jumbo, dem Lieblingsziel ihrer Touren, *Jumbotrons* genannt. Wie cool ist das denn, in der Nähe eines Berges zu wohnen, der nach einem Disney-Elefanten benannt ist? Jackson und Elizabeth haben sich auch am jährlich stattfindenden, gemeinsamen Unkrautjäten am Mount Jumbo beteiligt. Ich wette, ihre Eltern waren stolz auf sie.

Auf Meredith finde ich erst einen Hinweis, als ich zufällig auf einen kurzen Artikel über ein Baseballteam stoße, das in der Kinder- und Jugendliga gespielt hat, als Meredith zwölf war. Sie war damals Shortstop-Star. Auf dem Teamfoto erkenne ich sie sofort: vorn in der Mitte, feixend mit zusammengepressten Lippen. Hinter ihr steht ein großes Mädchen mit lockigen blonden Haaren, das breit in die Kamera grinst. Ich studiere die Namen unter dem Foto: Das große Mädchen heißt Danielle Larson – und sieht haargenau so aus wie Alex.

Er muss eine Zwillingsschwester haben. Komisch, dass er sie nie erwähnt hat. Aber er hat ja auch sonst nichts über seine Familie erzählt. Und ich habe nicht gefragt.

Ich wache mit grausamen Kopfschmerzen auf und rufe Verna an, um ihr zu sagen, dass ich heute nicht im Salon helfen kann. Dann schreibe ich Mom eine Nachricht, dass ich mich wieder hinlege, weil mir nicht gut ist. Die Sonntagsfrauen kann ich heute auf keinen Fall ertragen. Ich bleibe im Bett, bis ich die Haustür zufallen und das Auto starten höre. Als ich später in die Küche komme, finde ich einen Zettel auf dem Tisch: *Gute Besserung, Harry. Melde dich, wenn du was brauchst.* Ich nehme eine Kopfschmerztablette, mache mir einen Toast und schaue eine Weile aus dem Fenster.

Gerade als ich meinen Teller in die Spülmaschine stelle, pingt mein Handy.

Eine WhatsApp von Lucy: Wollen wir heute was zusammen machen?

Ich texte zurück: Kann nicht. Krank. Sorry.

Zu blöd.

Leg mich wieder hin. Melde mich später.

Sie antwortet mit einem Toiletten-Emoticon und lol!

Ich muss lächeln und schicke ihr einen Smiley mit Mundschutz. Danach gehe ich wieder schlafen, und als ich nach ein paar Stunden aufwache, sind die Kopfschmerzen so gut wie weg. Ich öffne noch einmal den *Missoula Independent* und suche *Alex Larson*. Nichts. Ich google *Larson + Missoula*. Wie nicht anders zu erwarten, erscheinen seitenweise Larsons. Eine Nadel im Heuhaufen, würde Verna sagen. Ich begebe mich wieder auf meine beste Fährte – Barbara Leatherby. Soll ich ihr eine Facebook-Nachricht schicken? Aber es wäre wohl die längste Nachricht, die es je gegeben hat, und wer weiß, wie oft sie überhaupt auf Facebook ist. Ich habe ihre Telefonnummer. Ich male mir aus, wie sie mit einer Tasse Tee auf ihrer Veranda sitzt, einen Roman liest und den Blick auf ihre Rosen genießt. Will ich da wirklich eindringen? Habe ich eine Wahl?

Natürlich habe ich eine Wahl. Das hämmert Mom mir schon seit meiner Geburt ein – vielleicht sogar, seit ich in ihrem Bauch war. Ich stelle mir vor, wie Mom ihren dicken Bauch streichelt und dabei mit schmachtender Stimme ihren Nabel beschwört *Du hast immer eine Wahl, mein Kleines.*

Immer. Ich weiß also sehr gut, dass ich die Sache auf der Stelle beenden könnte, dass ich den Dingen einfach ihren Lauf lassen könnte. Aber will ich das? Nein. Was könnte denn schlimmstenfalls passieren? Barbara legt auf. Oder sie könnte ausflippen – das ist immer eine Möglichkeit. Oder sie erzählt mir Dinge, die ich nicht hören will. Ein Spruch, den Verna immer sagt, ist: *Stelle keine Frage, wenn du nicht bereit bist, die Antwort zu hören.* Bin ich dazu bereit? Ich weiß es nicht. Ich weiß nur, dass ich verrückt werde, wenn ich *nichts* tue.

Ich nehme mein Handy, hole tief Luft und wähle Barbaras Nummer. Ich habe keine Vorlage, nicht mal einen Plan. Als sie sich meldet, sage ich einfach: »Ich heiße Harriet Jacobs. Ich rufe aus Seattle an und möchte mit Ihnen über Ihre Tochter Meredith sprechen.«

Sie zieht hörbar den Atem ein. »Was? Wer ist da?«

»Mein Name ist Harriet Jacobs«, wiederhole ich. »Meredith ist hier in Seattle. Sie hat sich über die DSR mit mir in Verbindung gesetzt, die Donor Sibling Reg...«

»Ich weiß, was das ist«, sagt sie. »Ist mit Merry alles in Ordnung?«

Merry? Sie nennt sie Merry? Die Fröhliche? Das bringe ich beim besten Willen nicht auf einen Nenner mit dem Mädchen, das ich kennengelernt habe und das alles andere als fröhlich ist.

»Äh, ja, ich denke schon.«

Barbara schweigt einen Augenblick, dann fragt sie: »Kannst du skypen?«

Ich nicke, und erst als mir einfällt, dass sie mich nicht sehen kann, sage ich: »Ja.«

»Dann lass uns lieber skypen. Wie ist dein Skype-Name?

Ich melde mich in der nächsten Stunde.« Sie ist jetzt sehr zielstrebig, das Zittern in ihrer Stimme verschwunden.

»Harrietthespy«, sage ich. Mir fällt auf, wie gespenstisch sich das anhören muss, wenn man bedenkt, was ich hier gerade veranstalte. »Nach dem Buch, verstehen Sie? In einem Wort geschrieben.«

»Ich melde mich dann, Harriet«, sagt sie.

Siebenundfünfzig endlos lange Minuten später erscheint sie auf meinem Bildschirm. Sie sitzt genau dort, wo ich sie mir vorgestellt hatte – auf einem weißen Rattansofa auf ihrer Veranda. Sie sieht aus wie auf ihrem Facebook-Foto, nur ohne Lächeln. Neben ihr sitzt Mark Leatherby. Auch er lächelt nicht.

»Hi«, sage ich.

»Hallo«, sagt Barbara. »Das ist Mark, Merrys Vater. Aber das weißt du wahrscheinlich schon.«

Ich bin nicht sicher, was ich sagen soll, entscheide mich also für die Wahrheit. »Ich habe Sie beide auf Facebook gefunden. Und auch in den Zeitungen von Montana stand etwas über Sie.«

»Warum hast du nach uns geforscht? Ist Merry in Schwierigkeiten?«, sagt Barbara. Immer noch kein Lächeln.

»Nicht, dass ich wüsste«, sage ich. »Ihr Freund Alex ist auch hier. Sie scheinen sich ... wohlzufühlen.«

Mark nickt. »Es überrascht mich nicht, dass sie zusammen sind. Sie sind befreundet, seit sie sich im Baseball-Kinderteam kennengelernt haben. Gehen durch dick und dünn miteinander.«

Ich nicke. »Seine Schwester wird ihn sicher vermissen«, sage ich. »Wo sie doch Zwillinge sind, und überhaupt.«

Barbara und Mark machen verdutzte Gesichter. »Schwester?«, sagt Mark. »Alex hat keine Schwester. Nur einen älteren Bruder.«

»Aber ich habe sie auf einem Zeitungsfoto gesehen. Sie war zusammen mit Meredith im Baseball-Jugendteam. Danielle Larson.«

Zwischen Mark und Barbara geht ein Blick hin und her, der sich schwer deuten lässt. Mark zuckt leicht mit den Schultern, und Barbara sagt: »Darüber musst du mit Alex sprechen. Wir wissen deinen Anruf zu schätzen, Harriet, aber ich bin nicht sicher, was wir dir noch sagen können. Merry hat unmissverständlich klargemacht, dass sie nichts mehr mit uns zu tun haben möchte. Und es ist uns nicht wohl dabei, mit einer Fremden über sie zu sprechen.«

Mark sagt noch: »Aber bitte ruf wieder an, falls etwas schiefläuft mit Merry oder Alex. Falls sie unsere Hilfe brauchen.«

»Okay«, nuschle ich. »Und danke, dass Sie mit mir gesprochen haben. Tschüs.«

Ich beende die Verbindung und lege mich auf mein Bett.

Als ich die Augen zumache, sehe ich immer nur Danielle Larson in ihrem Baseballtrikot. Ich richte mich wieder auf, öffne noch einmal das Lokalblatt von Missoula und fahnde nach Geburtsanzeigen. Schließlich finde ich die gesuchte: *Danielle Margaret Larson, geboren am 12. April 1997, Eltern Darrell und Donna Larson. Der große Bruder Donnie freut sich riesig. Gelobt sei Jesus Christus.* Mark hatte recht. Keine Zwillingsschwester. Nur Danielle. Ich öffne den Artikel über das Baseball Jugendteam und betrachte das Foto von Danielle Larson. Ich bin sicher, wenn es farbig wäre, würde man das Lapislazuli-Blau ihrer Augen erkennen.

Auf Google suche ich nach den Eltern, Darrell und Donna Larson. Es dauert nur ein paar Minuten, dann habe ich Anschrift und Telefonnummer. Bevor ich es mir anders überlegen kann, wähle ich die Nummer. Eine Frau meldet sich. Ihre Stimme hört sich an, als habe sie in den vergangenen fünfzig Jahren pro Tag eine Packung Zigaretten geraucht.

»Ist Danielle da?«, frage ich. Schweigen. Es dehnt sich so lange, dass ich schon befürchte, die Frau könnte aufgelegt haben.

»Wer will das wissen?«, sagt sie endlich.

»Äh ... ich sitze hier gerade an einem Artikel für die Zeitung von Missoula, und zwar über ... äh ... also wie ...« Ich weiß nicht weiter, doch zum Glück präzisiert sie selber meinen lahmen Erklärungsversuch.

»... wie es möglich ist, dass eine anständige christliche Familie ein Monster hervorbringen kann? Sie sind nicht die Erste, die das fragt.« Sie lacht, zumindest nehme ich an, dass es ein Lachen sein soll. Es hört sich an, wie wenn eine Metallschere durch Blech schneidet. »Danielle ist für mich tot«, fährt sie fort. »Schreiben Sie das in Ihrer Zeitung. Oh, ich weiß, dass sie sich jetzt Alex nennt. Ich weiß, dass sie sich jetzt für einen Mann hält. Ha, ein Mann! Dieses Mädchen ist so wenig ein Mann, wie ich einer bin! Ich habe getan, was ich konnte, habe sie ordentlich erzogen. Aber sie war von Grund auf verdorben, und egal, was wir gemacht haben, da ließ sich nichts dran ändern. Das ist alles, was ich dazu zu sagen habe.«

Sie legt auf, und ich kann nichts anderes mehr denken als *Alex ist ein Mädchen*. Auch wenn er keines ist. Hätte ich bloß nie nach Informationen über Meredith gesucht. Hätte ich bloß den Dingen ihren Lauf gelassen. Ob Meredith meine Halbschwester ist oder eine Serienmörderin oder beides, interessiert mich nicht mehr. Mich interessiert nur noch, wer Alex ist und ob er mir das je sagen wird.

Mein Herz rast, Schweißperlen bilden sich an meinem Haaransatz, mein Mund ist trocken. Alex wurde als Mädchen geboren. Als ein Mädchen, das Danielle hieß. Er ist jetzt ein Junge, das heißt also, er ist Transgender. Ich kenne den Unterschied zwischen geschlechtlicher Orientierung und geschlechtlicher Identität. Letztes Jahr ist ein Transmädchen namens Sabrina zu uns auf die Schule gekommen, und ein paar Idioten, die sie schikaniert haben, wurden zeitweilig vom Unterricht ausgeschlossen. Die Homo-Hetero AG unserer Schule hat in einer Schülerversammlung eine Veranstaltung zum Thema Transsexualität gemacht. Damals habe ich zum ersten Mal den Spruch gehört: »Sex ist, was du zwischen den Beinen hast, Gender hast du zwischen den Ohren.« Aber im Augenblick fällt es mir schwer, *nicht* daran zu denken, was Alex zwischen den Beinen hat (oder nicht hat).

Soweit ich feststellen konnte, interessiert sich Alex für Mädchen. Ich für Jungen. Kein Problem also. Theoretisch klingt das einfach, geradezu logisch, aber die Wirklichkeit sieht anders aus. Ich habe noch nicht mal mit einem Jungen *mit* Schwanz geschlafen. Wer weiß, vielleicht ist es besser, dass ich keinen Vergleich habe. Und doch bleiben die Fragen nicht aus: Nimmt Alex Hormone? Hat er sich operieren lassen? Wie ist das, wenn man mit einem Jungen knutscht, der Brüste und eine Vagina hat? Und wenn ich das gern tun würde, bin ich dann eine Lesbe? Ich weiß wohl, dass es nicht so ist, aber trotzdem stelle ich mir die Frage.

Ich lege mich wieder hin, dreh mich herum, werfe mich auf die andere Seite, schwitze, schlage auf mein Kissen ein. Nichts hilft. Es gibt nur eine einzige Möglichkeit, Antworten auf meine Fragen zu finden: mit Alex sprechen. Aber im Moment bin ich zu verstört.

Am frühen Nachmittag klingelt mein Handy. Lucy. Ich habe jetzt nicht die Kraft für sie. Außerdem habe ich Angst, ich könnte ihr erzählen, was ich über Alex und Meredith herausgefunden habe, und das will ich nicht. Jedenfalls jetzt noch nicht. Lucy soll so lange wie möglich Gutes über mich denken. Wer weiß, wenn wir zusammen aufgewachsen wären, würde ich mir vielleicht keine Gedanken darüber machen, dass ich sie enttäuschen muss. Bei meinen Freundinnen habe ich schon oft gesehen, dass sie ihre Geschwister wie Dreck behandeln, was trotzdem ihrer Beziehung nichts anzuhaben scheint. Die zwischen Lucy und mir ist viel fragiler.

Nach ein paar Minuten kommt eine Nachricht von ihr: Unser Spender hat sich bei Meredith gemeldet!!!!!!!

Kurz darauf eine Nachricht von Alex: Muss dich unbedingt treffen.

Und eine von Byron: Vermisse dich sehr. Komme vielleicht nach Hause.

Verna sagt immer: Wenn es regnet, dann richtig.

10

Die Wahl zwischen Pest und Cholera. Ich liege auf dem Sofa und versuche, mir all die Sprüche ins Gedächtnis zu rufen, die Verna auf meine derzeitige Situation anwenden würde. Bei *Wie man's macht, macht man's verkehrt* bleibe ich hängen.

Als mein Handy klingelt, fahre ich erschrocken zusammen. Es ist Mom. Ich erzähle ihr die (halbe) Wahrheit: Liege auf dem Sofa, fühle mich nicht besonders. Sie will mir eine Packung mit verschiedenen Sorten Rachels Ingwerbier mitbringen, sagt sie. Das ist mir, ob krank oder nicht, das liebste Getränk auf der Welt. Eine Flasche Rachels Ingwerbier, egal welche Geschmacksrichtung, macht alles gleich besser. Ich habe ein schlechtes Gewissen, als ich mich bedanke. Schwindeln ist furchtbar anstrengend. Wie schafft Meredith das bloß?

Ich schalte das Handy ab und gehe mit einem meiner Lieblingshunde spazieren, einem ruhigen, intelligenten Schätzchen namens Ketch. Meine Gedanken rasen wie unkontrollierbare Autoscooter durcheinander, aber mit Musik bringe ich sie langsam wieder auf die Reihe – Fox Glove, Halsey, St. Vincent. Ich laufe kilometerweit und genieße das dumpfe Geräusch meiner Schuhe auf dem Pflaster, die leichte Brise, die vom Sund herüberweht. Eine Zeit lang vergesse ich beinahe, über Halbschwestern, Spenderväter und transidentische Jungs nachzudenken. Beinahe.

Als ich zurückkomme, sind sieben Nachrichten auf meinem Handy. Je zwei von Lucy, Alex und Byron. Eine von

Meredith. Alle wollen im Prinzip dasselbe wissen: *Wo zum Teufel steckst du?*

Ich ignoriere alle bis auf die von Alex. Dieses ganze Spenderdrama kann warten. Und Byron? Hätte er mir vor einem Monat gesagt, dass er wieder nach Hause kommt, ich wäre total begeistert gewesen. Jetzt weiß ich es nicht so genau. Einerseits kann ich mit ihm wohl kaum über Alex sprechen. Andererseits würde ich ihn wirklich gern fragen, ob wir nicht einfach wieder Freunde sein sollten. Im Augenblick ist mir das aber zu viel. Er wird ja nicht schon morgen hier auftauchen.

Ich schreibe Alex: Was ist?

Er antwortet sofort: Würde dich gern wiedersehen.

Wann?

Heut Abend?

Passt. 19 Uhr dieselbe Eisdiele?

Perfekt.

Ich schalte mein Handy ab. Den Rest des Tages verbringe ich am Computer und lese über Menschen, die eine Geschlechtsumwandlung hinter sich haben. Ich finde viel über Medikamente zur Pubertätsunterdrückung, bin aber ziemlich sicher, dass Alex das nicht gemacht hat. Zum einen braucht man die Erlaubnis der Eltern und viel Unterstützung durch die Familie. Zum andern Geld. Keine Alternative für Alex. Ein Arzt sagt, *ohne medikamentöse Pubertätsunterdrückung besteht bei geschlechtsumgewandelten Jugendlichen immer das Risiko einer Depression und der Neigung zum Selbstmord. Außerdem werden sie leicht zur Zielscheibe für Mobbing, Missbrauch, Ausgrenzung und Belästigung.* Ich hoffe, dass Alex nie depressiv oder selbstmordgefährdet war, wenn aber doch, würde es mich nicht wundern. Ich wäre es nämlich, wenn ich in seine Familie hineingeboren worden wäre. Wer weiß, vielleicht hat ihn Meredith davor bewahrt. Wenn es so ist, sollte ich ihr dankbar sein.

Ich stoße auf einen Artikel mit der Überschrift »Was geschieht, wenn du den Einen findest und er ganz und gar nicht so ist, wie du erwartet hast?«. Ich glaube nicht unbedingt an das Konzept »des Einen«, doch die Autorin hat viel Interessantes zu sagen über das Problem, wenn sich ein Mädchen in einen Transjungen verliebt. Sie schreibt, echte Liebe, wahre Liebe *schüttelt dein Innerstes wie Buchstaben in einem Würfelbecher durcheinander und ordnet sie zu völlig neuen Wörtern; von manchen hast du noch nie gehört, und doch werden sie dir sofort bekannt erscheinen.*

Sie schreibt auch, *eine transidentische Person zu sein bedeutet, die Wahrheit so intensiv zu fühlen, wie man es niemals vortäuschen könnte. Es bedeutet, so erfüllt zu sein von der eigenen, wahren Identität, dass der oder die Betroffene willens ist, alles zu riskieren, um diese Identität zu leben. Die Rolle zu verweigern, die andere festgelegt haben, ist ein mutiges Unterfangen, das nur wenige wagen.*

Habe ich den Mut, nach meiner Wahrheit zu leben? Und was ist diese Wahrheit? Ich bin völlig aus dem Gleichgewicht. Aber ich bin auch erregt – und voller Hoffnung. Dass es vielleicht gelingen könnte.

Nach dem Essen leihe ich mir Moms Wagen und bin zu früh in der Eisdiele. Ich lasse meinen Blick über die verschiedenen Sorten schweifen und will mich gerade zwischen Mango und Schokosahne entscheiden, als mir jemand von hinten die Hände über die Augen legt.

»Ich lade dich ein«, sagt Alex. »Lass dich überraschen.«

Das hast du schon getan, möchte ich am liebsten sagen,

aber dann lege ich meine Hände über seine, und wir bleiben ein paar Sekunden so stehen. Ich kann ihn riechen – es ist nichts Aufdringliches, nur ein Hauch von etwas Minzigem, Zahnpasta vielleicht oder Mundwasser, auch ein kaum wahrnehmbarer Duft wie von Zedern. Seine Hände sind sanft und ein kleines bisschen schwitzig. Wir lassen beide die Hände sinken, und ich trete einen Schritt vor, damit ich mich umdrehen und ihm ins Gesicht schauen kann.

»Normalerweise bin ich kein Fan von Überraschungen«, sage ich, »aber ich will mal eine Ausnahme machen. Immerhin habe ich gesehen, dass ich die Eissorten alle mag. Es kommt vor allem auf die Zusammenstellung an. Auf die Geschmacksexplosion im Mund. Auf den Nachgeschmack auf der Zunge.«

Er lächelt. Ich lächle zurück. Hinter uns murmelt eine Frau: »Nehmt euch ein Zimmer.«

Alex dreht sich nach ihr um. »Damit warten wir bis zur Hochzeit«, sagt er.

»Und wenn wir unser Eis gegessen haben«, sage ich, »gehen wir Keuschheitsringe kaufen.«

Die Frau zieht ihr Handy aus der Handtasche und fängt an *Candy Crush* zu spielen.

Alex grinst mich an und sagt: »Suchst du uns schon mal einen Tisch, Schatz?«

»Aber sicher, mein Liebling«, antworte ich. Dann beuge ich mich zu der Frau und sage flüsternd: »Ist er nicht hinreißend?«

Mit finsterem Gesicht traktiert sie weiter ihr Handy.

Ich finde einen freien Tisch und beobachte Alex am Tresen. Mit einem Blick tiefster Konzentration kostet er eine Reihe von Eissorten und leckt nacheinander die winzigen

Probierlöffel ab. Das Mädchen hinter dem Tresen scheint nichts dagegen zu haben. Im Gegenteil, nach ihrer Körpersprache zu urteilen – wie sie das Haar zur Seite schnippt, wie sie ihn bei jedem neuen Löffelchen, das sie ihm reicht, anlächelt –, sieht das eher aus wie ein kleiner Flirt. Erleichtert stelle ich fest, dass ich nicht die Einzige bin, die ihn sexy findet.

Alex trägt, was er immer trägt – Shorts und ein am Hals offenes Hemd – allerdings eins, das ich bisher noch nicht gesehen habe. Es hat feine rotweiße Streifen, von Weitem wirkt es pinkfarben. Seine Shorts sind marineblau kariert. Sowohl Hemd wie Shorts sehen aus, als seien sie gebügelt worden. Um die Ohren herum beginnt das Haar sich zu kringeln. Nichts an ihm erscheint mir weiblich. Er hat markante Gesichtszüge: kräftige gerade Nase, breite Stirn, hohe Wangenknochen. Sein Mund ist groß, die Lippen sind voll, wirken aber nicht wie ein Schmollmund. Auf den Wangen hat er vereinzelte Sommersprossen, auf den Unterarmen ein paar mehr. Er ist bei Weitem nicht so hübsch wie Johnny Depp oder Zac Efron. Seine Hände und Füße sind groß. Seine Brust flach. Ich frage mich, ob er eine Binde trägt.

Als er an den Tisch kommt, balanciert er ein rundes Tablett, beladen mit sechs kleinen weißen Eisschälchen, zwei Löffeln und zwei Gläsern Wasser mit Eiswürfeln. Er stellt das Tablett auf den Tisch, dann zaubert er plötzlich ein rotes Halstuch aus seiner Hosentasche.

»Wofür ist das?«, frage ich.

Er kommt um den Tisch herum, stellt sich hinter mich und verbindet mir mit dem Tuch die Augen.

»Für eine Aufgabe. Nach jeder Sorte Eis, die du richtig geraten hast, darfst du mich etwas fragen. Nach jeder, die du falsch geraten hast, stelle ich dir eine Frage. Wir müssen aber schnell und ehrlich antworten – das Eis soll ja nicht schmelzen. Okay?«

Wäre ich nun die nüchterne besonnene Harriet wie immer, würde ich wahrscheinlich sagen *Warum fragen wir einander nicht ohne diesen ganzen Hokuspokus?*. Aber die vernünftige Harry ist heute Abend nirgends in Sicht. Eine euphorische Harriet hat übernommen. Froh bin ich nur, dass ich mit verbundenen Augen nicht sehen kann, ob uns die Leute anglotzen. Und außerdem kenne ich mich mit Eis aus. Mit etwas Glück werde ich also einiges über Alex erfahren. »Dann los.«

»Fertig?«, sagt er.

Ich nicke und sperre den Mund auf. Der erste Löffel Eis landet auf meiner Zunge. »Das ist ja leicht«, sage ich. »Lavendelhonig.«

»Richtig«, sagt Alex. »Deine Frage?«

Ich überlege, ob ich gleich mit der großen Frage beginnen soll – wann ist dir klar geworden, dass du kein Mädchen bist –, aber dann gebe ich mich zufrieden mit: »Wie sind deine Eltern so?«

»Meine Eltern?« Er klingt überrascht. Ich wünschte, ich könnte jetzt sein Gesicht sehen. »Meine Eltern sind« – er stockt – »ungebildet.«

»Ungebildet? Das ist alles?«

»Ja. Nächste Probe.«

Der zweite Löffel Eis ist von einer Sorte, die ich noch nie hatte. Mit meiner wilden Vermutung – Guave Fruchteis – habe ich kein Glück, es ist Passionsfrucht.

»Was möchtest du wissen?«, frage ich.

Er schweigt einen Augenblick, dann sagt er: »Warst du schon mal verliebt?«

So viel zum Thema, *schwere Waffen stecken lassen.*

»Ja«, sage ich. »Glaube schon. Kann sein. Weiß nicht genau.«

»Nicht sehr überzeugend«, sagt Alex. Bilde ich es mir ein, oder klingt er tatsächlich erleichtert? »Nächste Sorte.«

Bei der dritten liege ich richtig – es ist Wassermelone, was wegen des feinen Geschmacks ziemlich knifflig ist –, und ich frage Alex, ob er jemals anderer Meinung ist als Meredith.

»Nicht sehr oft«, erklärt er.

Nachdem ich Milchkaramell identifiziert habe, frage ich: »Warum nicht?«

»Weil sie meine beste Freundin ist und weil sie auf meiner Seite steht. Wir sind ein Team. Schon seit unserem sechsten Lebensjahr.«

Zabaglione ist ein Fehlschlag, und Alex fragt, ob ich noch einmal darüber nachdenken will, meinen Spender zu treffen.

Das ist der Punkt, an dem ich mir das Tuch von den Augen zerre und auf den Tisch werfe. Es landet im Passionsfrucht-Sorbet. Meine Augen brennen, und ich glaube nicht, dass es nur damit zusammenhängt, dass sie verbunden waren.

»Darum geht es also in Wirklichkeit?«

Er schüttelt den Kopf. »Meredith hat mir erzählt, dass er sich bei ihr gemeldet hat. Hab mich nur gefragt, ob du nicht neugierig bist. Das ist alles. Sie und Lucy sind total aufgeregt.«

»Ja, ich weiß. Ich habe bestimmt an die zwanzig Nachrichten von ihnen bekommen.«

»Und?«

Ich ziehe die Schultern hoch. »Trotzdem nicht interessiert«, sage ich. Obwohl – vielleicht doch?

Alex zeigt auf das einzige Eis, das wir noch nicht gekostet haben. »Noch eins für draußen?«, fragt er, schabt ein Löffelchen voll Eis und hält es mir hin. Ich beuge mich vor, lecke es ab. Kinderleicht.

»Stracciatella.«

»Perfettamente. Und deine letzte Frage?«

Ich hole tief Luft und sage: »Wann wolltest du mir sagen, dass du als Mädchen geboren wurdest?«

Alex lässt den Löffel in eine Pfütze Karamelleis fallen und steht auf. »Komm, wir gehen«, sagt er.

Ich blicke auf das rasch zerfließende Eis und nehme noch einen Löffel Lavendelhonig. Dann greife ich nach dem klebrigen roten Halstuch und laufe hinter Alex her aus der Eisdiele. Er geht zügig die 3rd Avenue entlang, vorbei an der Benaroya Hall. Um mit ihm Schritt zu halten, muss ich fast rennen. Ich kann nicht erkennen, ob er aufgebracht, zornig oder sonst irgendwie aus der Fassung ist.

Wir überqueren University Street und Seneca Street, dann biegt er links Richtung Spring Street ab und steuert die Bibliothek an. Nicht unbedingt ein Ort, den ich ungestört nennen würde, aber ich sage nichts, als er sich in der Nähe des Eingangs auf eine Bank unter den Bäumen setzt.

»Hier bin ich gern«, sagt er. »Als ich zum ersten Mal hier war, konnte ich es kaum glauben. So ein fantastisches Gebäude, und voller Bücher. Ein Paradies. Es liegt auf meinem Weg zwischen Arbeit und Wohnung, deshalb komme ich oft her. Der Ort beruhigt mich immer.«

»Wo wohnst du?«, frage ich. Ich setze mich neben ihn auf die Bank, aber nicht zu dicht.

»Beacon Hill. Bei Meredith. Es ist eine winzige Wohnung, ich schlafe auf einer Ausziehcouch, aber mehr können wir uns im Moment nicht leisten. Ich möchte gern umziehen. Vielleicht nach Georgetown oder Columbia City.«

»Columbia City? Echt?« Normalerweise ist Columbia City nicht gerade erste Wahl.

Er zieht die Schultern hoch. »Mir gefällt's da. Es ist ... ich weiß nicht ... authentisch. Meredith will lieber in die Unigegend. Vielleicht landen wir ja mal dort.«

»Oh, besoffene Studenten und Sportevents«, sage ich. »Ist das die Szene, die zu Meredith passt?«

»Nicht wirklich. Und ganz bestimmt ist es nicht meine. Aber Capitol Hill oder Queen Anne können wir uns nicht leisten.«

»Was ist mit Edmonds?« Ich stupse ihn mit dem Ellbogen an.

Er lächelt. »Na, das ist zu weit draußen. Da finde ich doch nie einen, der mich in die Stadt mitnimmt.«

Ein paar Minuten schweigen wir und sehen den Leuten zu, die in die Bibliothek gehen und herauskommen.

»Wie hast du es gemerkt?«, fragt er schließlich.

Ich will schon eine schwachsinnige Geschichte erfinden, doch da fällt mir wieder einer von Vernas Sprüchen ein: *Fang so an, wie du weiterreden willst, rede weiter, wie du angefangen hast.* Alex anzulügen wäre nicht der richtige Weg. Nicht, wenn er zu meinem Leben gehören soll.

»Ich habe Merediths Eltern angerufen«, sage ich. »Und deine Mom.«

»Du hast ... was?« Für einen Moment ist seine Stimme so hoch wie meine.

»Ich habe sie im Netz gesucht und angerufen.«

»Warum?«

»Weil ich mehr über Meredith erfahren wollte. Ich weiß, es klingt blöd, aber ich konnte mir einfach nicht vorstellen, wie sie diese vielen unterschiedlichen Dinge gemacht haben will, tanzen in Denver, ehrenamtlich helfen in einem Jugendheim in Boise, auf einer Biofarm arbeiten ... Ich konnte mir das nicht zusammenreimen. Deshalb habe ich nachgeforscht. In Zeitungen aus Missoula, bei Google, auf Facebook. Es war nicht schwer.«

»Und? Haben sie dir was über mich erzählt?« Es hört sich an, als ob er mit den Zähnen knirscht und jedes Wort nur mit Anstrengung über die Lippen bringt. Ich schüttle den Kopf. Er soll nicht denken, Barbara und Mark hätten ihn verraten. »Nein«, sage ich, »aber ich bin in der Zeitung auf ein Foto von deinem Baseball-Jugendteam gestoßen. Danielle und Meredith. Ich dachte erst, du hättest eine Zwillingsschwester. Merediths Eltern haben gesagt, du hast keine – das ist alles.«

Alex wendet sich ab. Sein Nacken ist fleckig, seine Schultern sind nach vorn gesunken.

»Danach habe ich deine Mom angerufen, und die hat gesagt, dass Danielle und Alex dieselbe Person sind.« Wie schroff und abfällig seine Mom reagiert hatte, werde ich ihm bestimmt nicht erzählen.

»Hat sie dir auch erzählt, wie ich im Krankenhaus gelandet bin, nachdem mein Vater mich mit meinem eigenen Baseballschläger geschlagen hat? Und das von der Narbe auf meinem Bein? Das war an dem Tag, an dem mein Bruder und seine Freunde auf mich losgegangen sind. Mein Bruder hatte ein Messer.« Alex' Stimme klingt gedämpft. Ich muss mich vorbeugen, um ihn verstehen zu können. »Hat sie dir erzählt, dass sie mich zu diesem verrückten Pentecostal-Exorzisten geschleppt hat, als ich zwölf war? Und dass mein Bruder allen in der Schule verkündet hat, ich wäre lesbisch? Was ich nicht bin, nebenbei bemerkt. Hat sie dir erzählt, dass andere Kinder mich *Er/Sie* oder *Es* genannt haben? Hat sie dir erzählt, dass ein paar Typen mir den Kopf in die Kloschüssel gedrückt haben, als ich in der Schule auf die Jungstoilette gehen wollte?«

»Nein, von alldem hat sie nichts gesagt. Wir haben nicht lange geredet.« Am liebsten würde ich ihn jetzt in die Arme nehmen, ihm sagen, dass ich verstehe, aber das würde sich falsch anhören. Es würde falsch *sein*. Ich verstehe eben nicht. Für Mom habe ich Dutzende Horrorgeschichten über alle möglichen Mädchen getippt, aber diese Mädchen kenne ich nicht. Annabeth mal ausgenommen, berühren deren Leben nicht das meine. Aber das hier ist Wirklichkeit. Das hier betrifft einen Menschen, der mir etwas bedeutet. Ich kann nicht so tun, als wüsste ich, wie es ist, wenn man von der eigenen Familie gehasst wird. Kein Wunder, dass Meredith so wichtig für ihn ist.

»Du hast ihnen aber nicht unsere Telefonnummern oder so gegeben?«, sagt er.

»Sie haben gar nicht danach gefragt. Und wenn, hätte ich nichts gesagt.«

»Meredith ist nicht bereit, mit ihren Eltern zu sprechen. Vielleicht, wenn sie ihren Spender kennengelernt hat …«

Ich will nicht über das Spenderthema reden. Eigentlich will ich nicht mal über das Transsexuellenthema reden. Als Alex sich nach mir umdreht, steht in seinem Gesicht die eine Frage: *Ist zwischen uns alles okay?*

Als Antwort nehme ich seine Hand in meine. So sitzen

wir nebeneinander und sehen einem kleinen Mädchen zu, das gerade mit einem enormen Bücherstapel aus der Bücherei kommt.

»Ich hätte es dir erzählt«, sagt er endlich. »Aber ich hatte Angst, verstehst du? Viele Mädchen würden da ausflippen.«

»Du dachtest, ich würde ausflippen? Ich? Das vernünftigste Mädchen der Welt?«

Er lacht. »Ja, sogar du. Es ist schließlich keine Kleinigkeit.«

»Ja, versteh' ich. Und ein bisschen ausgeflippt bin ich ja auch. Es war schon ein Schock.«

Er fasst meine Hand fester. »Ich weiß nicht genau, was ich dir erzählen soll.«

»Was du willst«, sage ich. »Ausflippen werde ich nicht noch mal, versprochen.«

»Als wir hierherkamen, habe ich mit einer Hormontherapie angefangen«, sagt er. »Manches verändert sich allmählich – meine Stimme ist tiefer geworden, ich habe ernst zu nehmende Bartstoppeln bekommen. Ich trage eine leichte Bandage, aber ich spare auf eine Brustoperation.«

»Du hast sozusagen den BH mit einer Bandage vertauscht«, sage ich. »Und statt Beine und Achselhöhlen zu rasieren, rasierst du jetzt dein Gesicht.«

Alex lächelt schwach. »So kann man das sehen, ja.«

»Tut mir leid«, sage ich. »Ich versuche nur, na ja ... die Stimmung aufzulockern.«

»Ich versteh' schon«, sagt Alex. »Du musst dich nicht entschuldigen. Aber du bist das erste Mädchen, dem ich es wirklich erzählen wollte. Das erste Mädchen, das ich wirklich mag. Und deshalb bin ich froh, dass du es weißt. Ich bin ein Mann – was immer das heißt. Es ist einer der Gründe, weshalb ich nach Seattle gekommen bin: Ich will als Mann leben, offen, in einer Stadt, in der mich niemand als *dieses Monster* kennt. Aber das bedeutet nicht, dass ich jedem erzählen werde, dass ich transsexuell bin.«

Meine Hand in seiner wird allmählich feucht, aber ich ziehe sie nicht zurück. Stattdessen beuge ich mich vor und küsse ihn auf die Wange. Ich spüre ein bisschen Flaum unter meinen Lippen. Und ich schmecke einen Hauch von Salz.

»Magst du gern Tacos mit Fisch?«, frage ich und ziehe ihn auf die Füße.

»Ja, warum?«, sagt er.

»Ich kenne ein Lokal«, antworte ich.

»Danke«, sagt er.

»Wofür? Weil ich ein gutes Taco-Lokal kenne?«

»Dass du nicht ausgeflippt bist. Oder weggerannt.«

»Was? Und das nächste Treffen mit Churchill verpasst hätte?«

Als ich nach Hause komme, ist Mom schon im Bett, aber das Licht in ihrem Zimmer brennt noch. Sie sitzt im Bett und liest.

»Na? Schöner Abend?«, fragt sie. Ich schlüpfe aus den Schuhen und strecke mich neben ihr auf dem Bett aus. Sie legt das Buch auf den Nachttisch und nimmt ihre Lesebrille ab. Ihre Kissen duften nach Orangenblüten, und ich muss daran denken, wie ich mit Alex durch Noris Garten gewandert war.

»Ich muss dir was sagen«, fange ich an.

»Okay.« Sie kuschelt sich an mich, unsere Köpfe berühren sich fast.

»Du weißt, dass ich Alex ganz gern mag, ja?«

Sie nickt.

Einen Moment überlege ich, ob ich nicht gerade im Begriff bin, Alex' Vertrauen zu missbrauchen, aber ich muss einfach mit jemandem reden. Und Mom schweigt wie ein Grab. Ich vertraue ihr.

»Er ist als Mädchen geboren.«

»Ja«, sagt Mom. »Ich hab mir fast so was gedacht.«

Ich stütze mich auf den Ellbogen und schaue auf sie nieder. »Das hast du dir gedacht?«

»Ich hatte schon mit Transjugendlichen zu tun«, sagt Mom. »Kann sein, dass mir Anzeichen in dieser Richtung deshalb eher auffallen. Und vielleicht ist es ganz gut, dass du's nicht gemerkt hast. Dass du in ihm nur den Menschen gesehen hast.«

»Du findest es also nicht ... unheimlich?«

Sie wirft mir einen strengen Blick zu. »Unheimlich? Nein. Kompliziert? Ja.«

»Aber er hat keinen ... du weißt schon ... keinen Penis.«

»Und? Was läuft wie ein Junge und spricht wie ein Junge ...«

»... ist auch ein Junge. Ich weiß, aber so einfach ist es nicht.« Seufzend lasse ich mich wieder aufs Kissen fallen. »Und um es noch zu toppen, hat sich unser Spender bei Meredith gemeldet.«

Jetzt setzt Mom sich auf. »Das ist ja eine große Neuigkeit.«

Stöhnend vergrabe ich mein Gesicht im Kissen. »Warum passiert bloß immer alles gleichzeitig?«

Sie lacht und reibt über meinen Rücken. »Das habe ich mich auch schon viele Male gefragt. Dummerweise können wir uns nicht aussuchen, was das Leben für uns parat hält. Das Beste für den Augenblick wäre jedenfalls schlafen.« Sie zieht die Bettdecke über mich und löscht das Licht. Über mir im Dunkeln schwebt ihre Stimme: »Morgen früh, Harry, sieht alles besser aus. Das verspreche ich dir.«

11

Als ich am nächsten Morgen mein Handy anschalte, sind zwei neue Nachrichten da, drei verpasste Anrufe und noch einer auf der Mailbox. Die höre ich mir zuerst an. Sie ist von Byron.

Hey, Harry. Ich weiß, dass wir nicht mehr miteinander reden wollten, aber es ist schwer. New York City ist cool, aber mir fehlt die Küste – sie fehlt mir sehr. Und du fehlst mir. Ein paar Leute habe ich ja inzwischen kennengelernt, aber da ist keiner dabei, mit dem ich unbedingt viel zu tun haben mag. Zachs Eltern sagen, falls ich nach Seattle zurückkommen will, kann ich bei ihnen wohnen. Rufst du mich mal an? Aber ich versteh auch, wenn du nicht willst. Hoffe trotzdem, du rufst an. Bis dann also.

Verdammt. Er klingt so ratlos. Alle beide sind wir ratlos. Einerseits würde ich ihn am liebsten anrufen und ihm sagen, er soll nach Hause kommen. Sagen, wir könnten doch einfach da weitermachen, wo wir aufgehört haben. Andererseits würde ich ihm gern die Wahrheit sagen, wenigstens einen Teil der Wahrheit: Ich habe einen andern kennengelernt, möchte aber trotzdem, dass wir Freunde bleiben. Ich würde ihn mir gern vorstellen, wie er mit einem Mädchen durch New York zieht, ein Mädchen mit Hornbrille, das ihn anhimmelt und mit ihm in einem trendigen Pop-up Restaurant Designer-Donuts isst. Vor allen Dingen möchte ich, dass er glücklich ist, damit ich auch glücklich sein kann. Wer weiß, vielleicht geht es ihm ja ähnlich. Vielleicht werde ich ihn mal anrufen, dann sehe ich ja, wie es bei ihm läuft.

Seufzend wende ich mich den Nachrichten auf meinem Handy zu.

Eine ist von Meredith: Bitte ruf an. Wichtig.

Der andere kommt von meiner Freundin Gwen: Bald aus Frankreich zurück. Gibt sooo viel zu erzählen!

Gwen und ich sind schon seit der sechsten Klasse befreundet. Ihr Freund Zach ist Byrons bester Freund, und wir haben viel Zeit zu viert miteinander verbracht. Gwen findet, Byron und ich sind verrückt, weil wir uns getrennt haben. Sie ist eine wahre Romantikerin, schon immer gewesen. *Liebe überwindet alles. Liebe wächst mit der Entfernung. Liebe hält die Welt in Schwung. Liebe bedeutet, nie um Verzeihung bitten zu müssen.* Man muss Gwen allerdings zugestehen, dass sie nicht nur romantisch, sondern auch superschlau und sehr witzig ist. Sie möchte Ärztin mit dem Fachgebiet pädiatrische Onkologie werden, Grundgütiger! Dass ich mit einem Transjungen gehe, würde sie vermutlich locker sehen, aber ich kann noch nicht mit ihr darüber reden, schon gar nicht über Skype. Höchstens die Sache mit dem Spender könnte ich ihr erzählen. Gwen ist eine gute Zuhörerin.

Ich beschließe, Lucy anzurufen. Als sie meine Stimme hört, kreischt sie los: »Wo *warst* du? Ich hab mir solche Sorgen gemacht! Hast du meine Nachrichten nicht gekriegt? Ist alles in Ordnung?«

Nachdem sie sich endlich beruhigt hat, sage ich: »Alles okay. Hatte viel zu tun, mein Handy war abgeschaltet. Aber die große Neuigkeit habe ich mitgekriegt. Meredith muss total begeistert sein.«

»Sie hat recht gehabt, Harry. Er ist wirklich von hier. Nicht direkt, aber aus der Nähe. Whidbey Island. Zurzeit ist er in

Mexiko, deshalb wollen wir erst mal mailen. Vielleicht telefonieren. Damit man sich ein bisschen kennenlernt, bevor wir uns treffen.«

»Ich dachte, du willst ihn gar nicht kennenlernen.«

»Dachte ich erst auch, aber jetzt bin ich neugierig. Ich habe mit Angela und Nori darüber gesprochen, und sie sagen, die Entscheidung liegt bei mir. Aber sie wollen auch mit dabei sein. Kannst du dir das vorstellen? Angela wird total freundlich und interessiert sein, und Nori wird ihm mächtig auf den Zahn fühlen.« Sie lacht, und ich kann nicht anders – ich lache mit.

»Ich wünschte wirklich, du würdest mitmachen, Harry«, sagt sie dann. »Verstehst du, wie die drei Musketiere. Einer für alle und alle für einen.«

»Dann würde meine Mom auch dabei sein wollen. Und Verna.«

»Und Alex«, sagt Lucy. »Vergiss Alex nicht.«

Als ob ich das könnte.

»Der Arme«, sage ich.

»Alex? Warum?«

»Nicht Alex. Unser Spender. Der wird nicht wissen, wie ihm geschieht. Drei Töchter, drei Mütter, eine Oma und ein bester Freund. Das ist ja wohl mehr als das, womit er gerechnet hat. Vielleicht bedauert er schon, dass er aus der Deckung gekommen ist.«

»Meinst du?« Lucy klingt so irritiert, als sei sie noch gar nicht auf die Idee gekommen, dass dieser Schritt für ihn eine schwere Entscheidung gewesen sein könnte. »Meredith sagt, er scheint ganz nett zu sein. Ich habe ein bisschen Angst, ihm eine Mail zu schreiben. Was ist, wenn er mich nicht mag?«

Ich muss wieder lachen. »Dich nicht mögen? Da müsste er aber bescheuert sein.«

»Hilfst du mir?«, fragt sie.

»Womit?«

»Mit der Mail.«

»Äh, ja. Schon. Wenn du das möchtest.«

»Kannst du herkommen? Jetzt gleich?«

»Kann ich erst frühstücken?«

»Ich mach dir was! Speck, Eier, Toast, was du willst.«

»Klingt gut. Mal sehen, ob ich Mom rumkriege, dass sie mich fährt.«

»Pfannkuchen?«

»Stopp«, sage ich. »Mit Speck hast du mich schon gefangen.«

Mom hat verschiedene Besorgungen zu erledigen, deshalb ist sie gern bereit, mich zu Lucy zu fahren. Bevor ich aussteige, sagt sie: »Weißt du, Harry, es ist schon in Ordnung, wenn du ihn gern kennenlernen möchtest. Falls du dir etwa Gedanken machst, wie ich darüber denke.«

Noch ehe ich antworten kann, kommt Lucy die Treppe heruntergerannt und klopft an das Fenster auf Moms Seite. »Angela ist gerade für ein paar Stunden zu Hause«, sagt sie, als Mom die Scheibe herunterlässt. »Sie möchte Sie gern zum Frühstück einladen. Wenn Sie keine Eier mögen, wir haben Muffins im Backofen. Schoko-Banane. Die sind superlecker.«

Mom lächelt und wendet sich an mich. »Ist dir's recht, wenn ich noch bleibe? Ich weiß, dass ihr allerhand zu besprechen habt, Lucy und du.«

»Du kannst deine Lieblings-Muffins nicht gut sausen lassen«, sage ich, und sie schaltet den Motor ab.

Auf dem Weg zum Haus hüpft Lucy neben uns her. »Ich kann kaum glauben, dass ich so gespannt auf das Treffen mit unserem Spender bin. Ich meine, früher habe ich so gut wie nie einen Gedanken an ihn verschwendet. Schon komisch. Angela und Nori meinen, wir sollten die Sache langsam angehen, aber, weißt du, das ist nicht mein Ding.«

»Ich weiß«, sage ich. »Aber in dem Punkt bin ich ganz bei deinen Müttern. *Eile mit Weile,* würde Verna sagen.«

»Wenn man eine Schildkröte ist, ja«, sagt Lucy. »Sogar Meredith benimmt sich, als hätte sie auf einmal kalte Füße gekriegt. Dabei war sie es, die von Anfang an Feuer und Flamme war.«

»Das passiert, wenn etwas Realität wird«, sagt Mom.

Im Haus empfängt uns der beste Duft der Welt (mal abgesehen von Moms Parfüm) – Speck und frisch Gebackenes. Angela kommt aus der Küche und umarmt Mom und mich.

»Gut, dass du da bist, Della. Ich backe nämlich immer, wenn ich nervös bin. Und dann esse ich alles allein auf.«

»Freut mich, wenn ich dabei helfen kann«, sagt Mom. »Freut mich aber auch, wenn ich höre, dass du genauso nervös bist. Ich dachte, ich wäre vielleicht die Einzige.«

»So geht's mir auch«, sagt Angela. »Wir haben ja gewusst, dass dieser Tag kommen würde, aber die Wirklichkeit fühlt sich dann doch anders an als erwartet. So ... nervenaufreibend. Deshalb die Backerei. Nori scheint überhaupt nicht besorgt zu sein. Umso schöner, wenn jemand da ist, mit dem man mal reden kann.«

Wir setzen uns an den Küchentisch. Niemand redet viel, alle haben genug mit essen zu tun. Lucy verputzt trotz ihrer Größe mehr als alle andern. Vier Scheiben Speck, einen

Berg Rühreier, drei Scheiben Toast mit Erdnussbutter und Marmelade, zwei Muffins. Dazu becherweise Kaffee mit Milch. Als sie sieht, dass ich sie beobachte, sagt sie grinsend: »Ja ja, ich weiß. Nori sagt dauernd, ich esse wie ein Scheunendrescher – keine Ahnung, was das heißen soll. Aber ich esse schon immer so viel. Stimmt's, Angela?«

»Vom Tag ihrer Geburt an«, sagt Angela. »Ich dachte immer, Adam wäre der, der den Kühlschrank leer räumt, aber verglichen mit Lucy isst er wie ein Spatz.«

»Sie macht es wie ein Kolibri«, sage ich. »Der frisst jeden Tag so viel, wie er wiegt. Ihr hättet sie Anna nennen sollen.«

»Wieso Anna?«, fragt Lucy.

»Der Annakolibri ist die einzige Art, die hier überwintert«, erkläre ich. Als Lucy mich verwundert anguckt, ergänze ich: »Schulprojekt, siebte Klasse.«

»Cool«, sagt sie, während wir den Tisch abräumen und Mom und Angela bei ihrem Tee sitzen lassen.

Lucys Zimmer hat türkisfarbene Wände, eine orangefarbene Steppdecke im Paisleymuster und passende lose Kissen.

Überall liegen Klamotten herum, aber wirklich überall. Auf dem Boden, auf dem Bett, unter dem Bett, auf dem türkis-orange gestreiften Sessel am Fenster, auf dem Nachttisch, sie quellen aus den Schubladen einer großen Kommode und aus den offenen Schranktüren.

»Wow!«, sage ich. »Hast du einen Haufen Sachen.«

»Ich weiß, ich weiß. Nori und Angela sind schon total genervt. Aber ich kaufe mir alles selber und wasche es auch, sie können also nicht viel dagegen sagen.«

Ich kann mir nicht vorstellen, in solcher Unordnung zu arbeiten, aber Lucy ist offenbar daran gewöhnt.

Sie fegt ein paar Anziehsachen vom Schreibtisch und vom Stuhl und bringt ein MacBook zum Vorschein. Ich leere den Sessel ab und ziehe ihn neben den Schreibtisch.

»Schau, so weit bin ich schon.« Sie klappt den Laptop auf und dreht mir den Bildschirm zu.

»*Lieber Dr. Ramos*«, steht da.

»Ist das alles?«

Sie nickt. »Deshalb brauche ich ja deine Hilfe. Du kannst dich doch gut ausdrücken, oder? Ich will mich nicht anhören wie eine Schwachsinnige.«

»Okay. Was möchtest du ihm sagen?«

»Das ist es eben. Ich weiß selber nicht genau.«

Ich sage ihr, was Mom mir immer geraten hat, wenn ich etwas schreiben wollte: Sei direkt. Sei, wie du bist. Fasse dich kurz.

»Erzähl mir doch einfach, was du ihm sagen willst, und ich schreibe mit. Danach können wir es so bearbeiten, dass es eine richtig gute Mail wird.«

Lucy tauscht den Platz mit mir und fängt an zu reden. Schnell. Immer wieder muss ich sie auffordern, langsamer zu sprechen – ich bin nicht schlecht im Tippen, aber so gut nun auch wieder nicht –, und Lucy gibt sich alle Mühe. Sie hat *sehr* viel zu sagen, aber das meiste davon schafft es nicht in die Endfassung der Mail.

Nach zwei Stunden – einschließlich Kaffeenachschub für Lucy und Wasser für mich – haben wir schließlich Folgendes zustande gebracht:

Lieber Dr. Ramos,
ich heiße Lucy Tanaka und bin Ihre Tochter. Ich bin fünfzehn Jahre alt und wohne mit meinen beiden Müttern, Angela und

Nori, in Seattle. Ich habe einen Halbbruder namens Adam, der Ihr und Angelas gemeinsamer Sohn ist. Er geht in Portland, Oregon, zur Schule. Ein anderer Halbbruder, Ben, lebt in Australien. Mein Leben ist super, und ich bin sehr glücklich. Ich habe nie daran gedacht, mit Ihnen Verbindung aufzunehmen, bis ich meine Halbschwestern Meredith und Harriet (Harry) kennenlernte. Meredith ist von Montana hierhergekommen, um Sie zu suchen (aber das wissen Sie wohl inzwischen). Harriet und ich wohnen schon immer hier. Es ist komisch, wenn man sich vorstellt, dass wir auf der Straße an Ihnen vorbeigegangen sein könnten.
Ich mache Ballett. Meine Mütter haben mich zur Ballettschule gebracht, als ich noch ganz klein war, weil ich SEHR viel Energie habe. Tanzen macht mir viel Spaß. Ich gebe jeden Samstag Ballettstunden für Kleinkinder. Wenn es nach mir ginge, würde ich am liebsten schon morgen ein Treffen mit Ihnen vereinbaren – ich kann Warten nicht ausstehen –, aber alle sagen, wir sollten es langsam angehen lassen und uns vorher per Mail kennenlernen, deshalb schreibe ich.
Ich habe mich so gefreut, dass Sie sich bei Meredith gemeldet haben. Jetzt bin ich sehr neugierig zu erfahren, wie Sie herausgefunden haben, dass sie auf der Suche nach Ihnen war. Ich bin total gespannt, Sie kennenzulernen. Falls Sie das auch möchten. Bitte mailen Sie mir und erzählen ein bisschen von sich (wenn Sie Lust haben).
Ihre Tochter
Lucy

Am liebsten würde sie auch ihre Telefonnummer dazuschreiben, aber das halte ich für keine gute Idee – noch nicht. Immer schön eins nach dem andern. Sie stöhnt und wirft ein Kissen nach mir. »Warum musst du bloß immer so vernünftig sein, Harriet?«

Ich ziehe die Schultern hoch. »Wahrscheinlich bin ich schon so aus dem Bauch gekommen – so wie du von Anfang an die Muttermilch auf ex getrunken und dich wie ein Derwisch aufgeführt hast.«

»Gemein«, sagt sie. »Sollen wir es abschicken?«

»Liegt bei dir.« Ich schiebe ihr den Laptop rüber, und sie liest den Text noch einmal durch. Als sie auf *Senden* drückt und die Mail davonrauscht, wünschte ich, ich hätte ein paar Zeilen hinzugefügt.

Ich bin Harriet. Ich war dagegen, Sie zu suchen, aber jetzt bin ich gar nicht mehr so sicher. Ich sehe Ihnen ziemlich ähnlich. Sie sind ein Spender, kein Vater, ich weiß – doch jetzt, wo Sie gefunden sind, möchte ich Sie wohl doch gern kennenlernen. Ich habe nur nicht den Mumm, es zuzugeben.

12

Mom ist längst weg, als wir mit der Mail fertig sind, deshalb setzt mich Angela auf dem Weg zur Arbeit zu Hause ab. Sie fragt nicht nach der Spenderangelegenheit, und von mir aus erzähle ich auch nichts. Auf dem Küchentisch liegt eine Nachricht von Mom: Musste zum College. Ich habe dir ein Interview zum Tippen hingelegt, das ich sofort bräuchte. Hoffe, ihr habt Spaß gehabt, du und Lucy. Ich habe zu viele Muffins gegessen. Muss nachher noch dringend ins Fitnessstudio. Zum Abendessen Brathähnchen?

Ich suche mir meine Arbeitsutensilien zusammen – Laptop, Ohrstöpsel, Aufnahmegerät – und setze mich an den Küchentisch. Diesmal geht es um ein Mädchen namens Brandi. Sie besucht die Highschool, obwohl sie kein Zuhause hat. Sie möchte Jura studieren und Anwältin für Arme werden. Vor einer Weile hat ihr Vater seine Stelle verloren – er war eine Art leitender Angestellter – und fing dann zu trinken an. Ihre Mutter hat als Hausfrau kein eigenes Einkommen. Einer ihrer kleinen Brüder (sie hat drei) ist Epileptiker. Die Familie verlor ihr Zuhause, der gute Dad verlor sich in der Flasche und ließ die Mutter mit vier Kindern in einem Obdachlosenheim sitzen. Sie stehen auf einer Warteliste für eine Sozialwohnung, aber bisher war keine groß genug für vier Kinder. Anscheinend gibt es Regelungen dafür, wie viele Kinder in einem Zimmer untergebracht werden dürfen, besonders wenn eins von ihnen besondere Förderung braucht.

Mit siebzehn beschloss Brandi, sich allein durchzuschlagen, während ihre Mom versuchen wollte, wieder auf die Beine zu kommen. Sie schläft mal hier, mal da, versorgt sich mit Lebensmitteln aus Müllcontainern oder holt sich Brot und Erdnussbutter von der Tafel und schleppt sich jeden Tag zur Schule. Dort hat man keine Ahnung, dass sie obdachlos ist. Ihre Hausaufgaben macht sie in der Bibliothek, danach hält sie sich so lange in der Schule auf, bis die Hausmeister sie rauswerfen. Manchmal versteckt sie sich, kurz bevor die Schule abgeschlossen wird, im Mädchenumkleideraum. Dann duscht sie, wäscht ihre Unterwäsche und schläft auf einer Yogamatte, die sie bei den Fundsachen entdeckt hat. Sie nimmt keine Drogen, sie trinkt nicht, sie geht nicht auf den Strich. Hier und da erbettelt sie sich ein bisschen Geld und erlaubt sich einmal pro Woche eine Mahlzeit von Subway. Ihre Noten sind gut, aber sie fürchtet, nicht gut genug für ein Uni-Stipendium. An den Sonntagen kümmert sie sich um ihre kleinen Brüder und verschafft dadurch ihrer Mutter etwas Luft.

Dieses Mädchen ist eine verdammte Heilige. Ihre beste Freundin auf der Highschool schmuggelt sie nachts in ihr Zimmer und bringt ihr, wenn möglich, etwas zu essen. Doch darf sie ihren Eltern nicht erzählen, dass Brandi kein Zuhause hat. Sie fürchtet die Sozialfürsorge. In ein Heim geschickt zu werden erscheint ihr schlimmer, als nie zu wissen, wo sie nachts schlafen wird. Sobald ihre Mutter eine Wohnung bekommt, will Brandi vielleicht zum Essen und Duschen hingehen, aber auch nur, wenn sie damit nicht das Familienleben durcheinanderbringt.

Ich höre zu tippen auf und ziehe die Stöpsel aus den Ohren. Wenn ich solche Interviews höre, muss ich jedes Mal daran denken, wie gut ich es habe. Dach über dem Kopf – ja. Regelmäßige Mahlzeiten – ja. Gute Schule – ja. Schöne Klamotten – ja. Zugang zu einem Auto – ja. Freunde – ja. Familie – ja. Geld zum Studieren – ja. Wer weiß, vielleicht ist das der Grund, weshalb Mom mich für den Job angestellt hat: um mir einen Einblick in andere Lebensperspektiven zu geben. Falls es so ist, hat sie ihr Ziel erreicht. Ich liebe mein behütetes Leben, aber vielleicht ist es an der Zeit, es etwas aufzumischen.

Ich hole tief Luft, öffne eine neue Mail und fange an zu tippen.

Lieber Dr. Ramos,
ich heiße Harriet Jacobs, genannt Harry. Ich weiß nicht, wie viel Ihnen Meredith von mir erzählt hat, aber ich dachte, ich schreibe Ihnen lieber selber. Ich wohne mit meiner Mom hier in Seattle. Von der DSR wird empfohlen, nichts zu überstürzen, wenn man zum ersten Mal mit seinem Spender Kontakt aufnimmt (und umgekehrt), und das ist mir sehr recht. Eigentlich habe ich Meredith und Lucy gesagt, dass ich Sie gar nicht kennenlernen möchte, aber ich merke jetzt, dass das nicht stimmt. Ich weiß nicht genau, warum. Eins muss aber klar sein: Ich brauche Sie nicht als meinen Vater, und ich will es auch nicht. Ein paar Dinge möchte ich aber schon gern wissen, deshalb hoffe ich, dass es Ihnen nichts ausmacht, mir ein paar Fragen zu beantworten.

1. Wo sind Sie aufgewachsen?
2. Was für ein Arzt sind Sie?
3. Haben Sie Kinder? (außer Spenderkindern)
4. Sind Sie verheiratet?
5. Wann waren Sie Spender?

6. Wie haben Sie von uns erfahren?
7. Möchten Sie uns kennenlernen?
8. Leben Ihre Eltern noch?
9. Haben Sie Geschwister? Wenn ja, haben die Kinder?
10. Was essen Sie am liebsten?

Bestimmt wird mir noch mehr einfallen, aber fürs Erste war's das.

Mit freundlichen Grüßen
Harry

Bevor ich lange überlegen kann, schicke ich die Mail ab.

Jetzt kann ich nur noch warten. Gerade will ich mit Gwen skypen, da klingelt es an der Haustür. Ich gehe öffnen – und augenblicklich bedaure ich, dass ich mich nach dem Treffen mit Lucy nicht umgezogen habe und immer noch die Yogahose und das graue Kapuzenshirt trage.

Auf der Schwelle steht Alex, in der Hand eine dieser Boxen, die Floristen als Verpackung für langstielige Rosen benutzen. Rosen im Garten liebe ich, aber die Sorte, die in Südamerika gezüchtet und in Kühlcontainern auf Schiffen hierhergebracht wird, mag ich nicht. Die riechen nicht mal nach Rosen. *Frankensteinrosen* nennt Mom sie. *Die eindeutige, klischeehaft romantische Geste.* Als diesen Typ Junge hätte ich Alex nicht eingeschätzt, es ist auch nicht Valentinstag, aber ich fürchte das Schlimmste.

»Hey«, sage ich. »Das ist ja eine Überraschung. Wie hast du rausgekriegt, wo ich wohne?« Nicht eben die freundlichste Begrüßung, aber er hat mich überrumpelt.

»Ich habe meine Mittel und Wege«, sagt er. Wahrscheinlich sehe ich ihn zweifelnd an, denn er ergänzt: »Okay, ich habe Verna angerufen. Ich wollte dich überraschen.«

»Mission erfolgreich durchgeführt«, sage ich und versuche mich nebenbei zu entsinnen, ob ich mir in der letzten Stunde die Haare gebürstet habe.

Als Alex ungeduldig von einem Fuß auf den andern tritt, gehe ich zur Seite, um ihn einzulassen. Verglichen mit Lucys Haus ist unseres nichts Besonderes, aber es ist auch keines, wofür man sich schämen müsste. Ich gehe voran in die Küche, wo immer noch mein Laptop offen auf dem Tisch steht. Alex legt die längliche weiße Schachtel daneben und lehnt sich dann gegen die Küchentheke.

»Willst du mal sehen, was ich meinem Spender geschrieben habe?«, frage ich.

»Du hast ihm geschrieben? Ich dachte, du wolltest nichts mit ihm zu tun haben.«

»Ich hab's mir anders überlegt. Das darf man doch, oder?«

Er nickt. »Und ich bin sicher«, sagt er, »dass es eine sehr rationale Entscheidung war.« Ich weiß, dass er mich aufziehen will, denn er lächelt, als er das sagt.

Ich stupse ihn leicht gegen die Schulter und ziehe einen Stuhl heran. Wir setzen uns nebeneinander, während er meine Mail liest. Als er fertig ist, lässt er seinen Stuhl nach hinten kippen. »Gut durchdacht«, sagt er. »Angemessen im Ton. Nicht zu klammernd. Freundlich, aber nicht übermäßig freundlich. Respektvoll.«

»Ich gebe mir Mühe«, sage ich. »Aber komisch ist es schon. Erst wollte ich überhaupt keinen Kontakt zu ihm, und jetzt wünschte ich, er würde ein Treffen arrangieren. Und ich weiß wirklich nicht, warum.«

»Muss es immer ein Warum geben?«, fragt er, immer noch auf dem Stuhl wippend. Es macht mich nervös, ihm zuzusehen. »Wer weiß, vielleicht kommuniziert er ja auf einer zellularen Ebene mit dir?«

Ich pruste los. »Ja, bestimmt.«

»Nicht alles ist logisch, Harry«, sagt er leise. Er lässt die vorderen Stuhlbeine herunter und schiebt mir die Schachtel über den Tisch.

Bitte, bitte keine roten Rosen, denke ich und hebe den Deckel ab. Keine Rosen, Gott sei Dank. Zum Vorschein kommt eine Menge weißes zusammengeknülltes Seidenpapier, ich schiebe es zur Seite, greife in die Schachtel und ziehe ein hölzernes Rechteck heraus: etwa fünfzig Zentimeter lang, ein paar Zentimeter hoch und einen Zentimeter breit, an beiden Seiten leicht abgeflacht. Ich habe keine Ahnung, was das ist. Auf dem ausgeblichenen Schild steht *Globemaster.* Das Ding hat zwei metallumrandete Löcher, eins in der schmalen Oberseite und eins in der Breitseite. Das an der Breitseite sieht wie ein Bullauge aus. Bei näherem Hinsehen erkenne ich in diesen Öffnungen kleine, mit gelber Flüssigkeit gefüllte Röhren. Und in dieser Flüssigkeit bewegt sich je eine Blase, wenn ich das Ding hin und her drehe.

Alex nimmt es mir aus der Hand und legt es vor uns auf den Tisch. »Das ist eine Wasserwaage. Sie wird von Tischlern benutzt, obwohl die inzwischen digitale Wasserwaagen haben. Die hier habe ich in einem Laden in der Nähe meiner Wohnung gesehen, da musste ich an dich denken. Eine Waage für das innere Gleichgewicht.« Er deutet auf eins der kleinen Glasröhrchen. Die Blase hängt etwas links von einem der beiden Striche auf dem Röhrchen. »Siehst du? Euer Tisch ist nicht ganz gerade.«

Ich lache, stehe auf und lege die Wasserwaage auf die Küchentheke. Wieder hängt die Blase ein bisschen daneben. Ich wandere durchs Haus, Alex hinter mir her, und versuche, etwas wirklich Waagrechtes zu finden. Der Tisch im Esszimmer kommt dem Ideal nahe, der Boden im Wohnzimmer ist weit davon entfernt, und die meisten Sachen, die an unseren Wänden hängen, sind schief. Im Vorbeigehen rücken Alex und ich die Bilder gerade.

»Euer Haus gefällt mir«, sagt er. »Es macht einen bewohnten Eindruck.«

»Du meinst, es ist chaotisch«, sage ich. Überall im Haus liegen Bücher und stehen Becher herum, aber die Teppiche sind einigermaßen sauber, das schmutzige Geschirr ist im Geschirrspüler, und der Müll quillt nicht aus dem Abfalleimer.

»Nein«, sagt er. »Das ist es nicht, was ich meine.«

»Ich weiß schon«, sage ich. Ich nehme die Wasserwaage und balanciere sie auf dem Kopf. »Bin ich denn wirklich so ausgeglichen?«

Langsam schreite ich durchs Wohnzimmer auf ihn zu wie eine Debütantin in einem Kurs für gutes Benehmen und anmutigen Gang. Als ich so dicht vor ihm stehe, dass er die Blase in der Wasserwaage sehen kann, beugt er sich vor und sieht stattdessen in meine Augen. »Nicht so ausgeglichen, wie du denkst«, flüstert er. Ich bewege mich nicht, als er mich küsst, und lasse meine Arme seitlich herabhängen. Seine Lippen sind weich, der Kuss ist behutsam, fast zaghaft. Ich wünschte, er würde nie aufhören! Ich spüre, wie die Wasserwaage auf meinem Kopf ins Rutschen kommt, wie sie rutscht und rutscht, während ich mich dem Kuss entgegenbeuge. Alex fängt sie im Fallen auf und lässt sie aufs Sofa gleiten, ohne dass er seine Lippen von meinen nimmt. Ich schließe die Augen, solange der Kuss dauert. Nur mit den Lippen berühren wir uns, und trotzdem spüre ich seinen Körper überdeutlich. Die Breite seiner Schultern, die lange Neigung des Rückens, die Rundung des Hinterns, die Länge seiner Beine. Ich fühle mich so schwerelos, als habe der Kuss eine Atmosphäre geschaffen, in der ich schweben kann und die mich alle Sinneseindrücke dieses einen Augenblicks klar und intensiv erleben lässt. Meine Lippen fühlen sich warm und voll an; mein Atem geht stoßweise. Als ich leicht taumle, zieht mich Alex zu sich heran, bis mein Kopf an seiner Schulter liegt, und dann wiegen wir uns hin und her wie Marathontänzer, die einander stützen, wenn alle anderen schon zusammengebrochen sind.

Da klingelt Alex' Handy. Sein Klingelton ist »You've Got a Friend in Me« von *Toy Story*. Ich brauche keine Kristallkugel, um zu ahnen, wer dran ist.

»Mist, Mist, Mist«, sagt Alex, während er sein Handy aus der Tasche zieht. »Ich muss rangehen. Tut mir leid.« Er entfernt sich ein paar Schritte von mir, die Schultern hochgezogen, und bevor er die Haustür öffnet und auf die Veranda geht, höre ich ihn sagen: »Hey, Merry. Was gibt's? Alles in Ordnung bei dir?«

Ich setze mich aufs Sofa, wutschnaubend, drehe die Wasserwaage in meinen Händen und schaue zu, wie sie sich von der höchst romantischen Geste in ein altes Stück Holz mit zwei Löchern verwandelt. Ich lege sie auf den Couchtisch und funkle sie böse an. Der Couchtisch ist anscheinend genau im Lot. Ich kann nicht glauben, dass er ihren Anruf angenommen hat. Sieht so aus, als wäre das größte Hindernis für unsere Beziehung nicht die Tatsache, dass er in einem weiblichen Körper auf die Welt gekommen ist, sondern dass er ein Waschlappen ist, sobald es um Meredith geht. Hat sie gewusst, dass er mich heute besuchen würde? Hat sie absichtlich angerufen, um uns zu stören, um unseren magischen Moment zu verderben? Ich würde es ihr zutrauen.

Die Tür geht auf, Alex kommt zurück und setzt sich neben mich aufs Sofa. »Ich muss los«, sagt er. »Bevor ich zur Arbeit gehe, muss ich unbedingt zu Meredith. Sie flippt noch aus wegen Dr. Ramos. Sie meint, er wird sie vielleicht ablehnen oder so. Wie Mark es getan hat.«

»Mark hat sie abgelehnt?«

»Na ja, das Gefühl hatte sie offenbar. Er hat sich einfach zurückgezogen, als sie auf der Highschool war. Hat ihr nicht den Rückhalt geboten, den sie gebraucht hätte. Sie ist damals total entgleist. Drogen, Alkohol, mehrere Schwangerschaften. Zahllose Schlägereien. War schwer, dabei zuzuschauen. Ich war der einzige Mensch, dem sie vertraut hat, der einzige, den sie angerufen hat, wenn sie in Schwierigkeiten war.«

»Und jetzt meint sie, dass sie den Rückhalt, den sie sich wünscht, von einem völlig Fremden bekommen wird? Das ist doch verrückt.« Kaum sind die Worte aus meinem Mund, bereue ich sie.

»Findest du? Vielleicht kann er ihr genau das geben, was sie braucht.« Alex' Stimme ist im Lot wie der Couchtisch.

Was sie dringend braucht, ist ein kräftiger Tritt in den Hintern, denke ich, aber was weiß ich schon? Kann sein, dass Mark und Barbara sie tatsächlich hängen ließen, als sie die Kontrolle verloren hatte, aber ich glaube nicht so richtig dran.

Alex steht auf und sieht auf mich herab. »Ich hab's wieder vermasselt, was?«, sagt er.

»Irgendwie schon.«

»Ich weiß nicht, was ich tun soll«, sagt er. »Wenn sie allein ist, lässt sie sich immer so entmutigen ...«

»Und du bist der Kümmerer. Versteh schon. Dann geh und kümmere dich um sie.« Ich stehe auf und verschränke die Arme vor der Brust. »Danke für die Wasserwaage. Wird mir sicher nützlich sein, falls ich mal beschließe, Tischlerin zu werden.«

Er streckt den Arm aus und berührt meine Wange. Ich mache einen Schritt zurück, doch nicht, ehe sich die Härchen auf meinen Armen aufstellen.

»Ich bring das in Ordnung, versprochen«, sagt er. »Sie muss einfach sicher sein, dass ich sie nicht auch im Stich lasse.«

Ich rolle mit den Augen. »Dann viel Glück«, sage ich, während ich ihm die Tür öffne.

Wie sich herausstellt, lässt Wut meine Augen trocken, es kommen keine Tränen. Ich bin wütend auf Alex, wütend auf Meredith, wütend auf mich. Wie konnte ich so dumm sein? Wie konnte ich denken, es würde schon alles gut werden mit einem Transjungen, der an meiner klettenhaften Halbschwester festhängt. Wem will ich eigentlich was vormachen? Die Chancen standen von Anfang an gegen uns. Der einzige Mensch, auf den ich nicht wütend bin, ist Lucy, aber auf gar keinen Fall werde ich ihr etwas von diesem ganzen Murks erzählen. Aus irgendeinem Grund denkt sie, Meredith kann über Wasser laufen. Das Beste, was ich tun kann, ist, sie zu beschützen.

Als Mom nach Hause kommt, bin ich gerade dabei, Fajitas zum Abendessen zu machen. Die Wäsche ist gewaschen und zusammengelegt, und im Backrohr sind Brownies (ohne Speck).

»Brownies?« Mom lacht. »Da werde ich morgen wohl wieder im Fitnesscenter landen. Wie war dein Tag?«

»Gut«, sage ich. »Ich habe getippt und danach noch Wäsche gewaschen.«

»Hört sich wie ein produktiver Tag an«, sagt sie. »Was ist das denn?« Sie deutet auf die Wasserwaage, die oben auf dem Kühlschrank liegt; auch der steht offenbar nicht ganz waagrecht.

»Eine Wasserwaage. Hat mir Alex geschenkt.«

»Die sieht originell aus«, sagt sie.

»Hm«, sage ich. »Möchtest du Zwiebeln auf deine Fajitas?«

»Keine Zwiebeln. Also war Alex heute hier?«

»Nur, um auf dem Weg zur Arbeit die Wasserwaage abzugeben.«

»Wie nett«, sagt sie. »Aber besonders glücklich siehst du nicht aus.«

»Es ist eben kompliziert«, sage ich.

»Ist es nicht immer so?«, sagt sie.

»Hast du deshalb nie geheiratet?«, frage ich. »Oder mal eine längere Beziehung gehabt? Aber erzähl mir jetzt nicht den ganzen Schwachsinn von wegen, dass du so beschäftigt warst, weil du mich großziehen und nebenher zur Uni gehen musstest. Das tun viele, und die haben trotzdem Beziehungen.«

»Du hast recht«, sagt sie. »Darf ich mir noch was zu trinken nehmen, ehe wir das Thema vertiefen? Ich denke, dazu braucht es mehr als nur ein Glas Rotwein.« Sie nimmt eine Flasche Tonic aus dem Kühlschrank, eine Flasche Gin aus dem Schrank und mixt sich einen Longdrink. Dann setzt sie sich wieder an den Küchentisch und nimmt einen ausgiebigen Schluck. »Meine Eltern haben eine fürchterliche Ehe geführt. Das habe ich dir ja schon erzählt.«

»Aber das ist auch alles, was du mir erzählt hast.«

»Ich dachte immer, Einzelheiten musst du gar nicht wissen, weil du meine Eltern nie kennenlernen würdest. Aber vielleicht habe ich mich geirrt.«

»Ja, hast du«, sage ich. »Also erzähl.«

Mom seufzt, und bevor sie anfängt, nimmt sie noch einen Schluck von ihrem Drink. »Ihre Beziehung lief nach dem Motto ›Zusammenbleiben um der Kinder willen‹. Perfekt von außen, angefault von innen – wie ein mit Scheiße gefüllter Windbeutel. Bis sie Kinder hatten, waren sie offenbar sehr glücklich, aber danach ist alles zum Teufel gegangen. Meine Mutter hat meinen Bruder Robbie und mich mehr geliebt als alles auf der Welt. Mehr als meinen Vater. Wenigstens hat er das behauptet, wenn er mal wieder ordentlich gesoffen hatte. Robbie hat mit dreizehn angefangen zu trinken. Er kam bei einem Autounfall ums Leben, als er sechzehn war – er ist betrunken gefahren. Mich haben meine Eltern danach links liegen lassen, sie konzentrierten sich aufs Trinken und machten sich gegenseitig das Leben zur Hölle. Ich bin von zu Hause weg und nach Seattle gekommen. Bald danach habe ich Verna kennengelernt, und den Rest der Geschichte kennst du. Dann bist du auf die Welt gekommen. Ich hatte dich, Verna und meine Arbeit – und mehr habe ich mir damals nicht zugetraut. Ich hatte Angst, wenn ich da noch eine Beziehung einbaue, könnte ich so werden wie meine Eltern.«

Als sie fertig ist, sind wir beide den Tränen nahe. Ich muss an all die Dinge denken, auf die sie verzichtet hat – viele davon wegen mir –, und das macht mich traurig.

»Hat es mal jemanden gegeben ...?«

»Ja«, sagt sie. »Hat es. Ist noch nicht mal lange her. Erinnerst du dich an Ray, den Bootsbauer? Mit dem ich letztes Jahr ausgegangen bin? Er hatte auch so ein Ding da.« Sie zeigt auf die Wasserwaage. »Unsere Beziehung wurde enger. Und da habe ich, obwohl er mir wirklich etwas bedeutet hat, mit ihm Schluss gemacht.«

Ich erinnere mich an Ray. Ich mochte ihn. Er spielte Banjo in einer Bluegrass-Band, in der auch sein Bruder und sein Cousin mitmachten. »Oh, Mom«, sage ich. »Du wirst doch nie so wie deine Eltern. Nie. Das ist vollkommen unmöglich.«

»Das Risiko ist mir zu groß.« Sie nimmt wieder einen Schluck. »Natur gegen Erziehung, das alte Problem. Niemand kennt wirklich den Zusammenhang. Deshalb habe ich Soziologie studiert. Um möglicherweise der Lösung näherzukommen.«

»Und?«

Sie lacht. »Und ich kenn sie immer noch nicht. Werde ich vielleicht auch nie. Und nun sitze ich hier, schlürfe den Lieblingsdrink meiner Mutter und erzähle meiner wunderbaren Tochter Horrorgeschichten.«

»Du darfst das nie mehr tun«, sage ich.

»Was? Trinken?«

»Etwas aufgeben – wegen mir. Das will ich nicht. Ich bin kein kleines Kind mehr. Du wirst dich nicht in ein Monster verwandeln und mir schaden. Das würde schon mal Verna gar nicht zulassen. Oder kannst du dir das etwa vorstellen?«

Mom zieht die Schultern hoch. »Vielleicht hast du recht.«

»Hab ich auch.«

»Ich schlage dir einen Deal vor«, sagt sie.

»Okay.«

»Ich werde nicht mehr zurückschrecken vor dem, was mir das Leben bringt – wenn du das auch nicht tust.«

»Was heißt das?«

»Ich denke, du weißt es.« Sie deutet auf die Wasserwaage. »Du bist zu jung, um ein Risiko *nicht* einzugehen, und ich bin zu alt dafür.«

»Findest du?«

»Ja.«

Ich greife über den Tisch nach ihrer Hand und schüttle sie.

»Abgemacht«, sage ich.

»Abgemacht«, sagt sie.

13

Am Tag nach meinem vertraulichen Gespräch mit Mom ruft Lucy an. Ich war schon mit den Hunden draußen und bin gerade im Begriff, zum Salon gehen. Ich muss zusehen, dass ich immer etwas um die Ohren habe.

»Meredith dreht durch«, sagt sie. »Ich meine *sie dreht total durch.*«

»Weshalb?«, frage ich.

»Wegen Dr. Ramos. Anscheinend hat er auf ihre letzte Mail nicht geantwortet, und jetzt ist sie fest überzeugt, dass er sie nicht leiden kann.«

Ich rolle mit den Augen. »Und hast du was von ihm gehört?«

»Nö«, sagt sie aufgeräumt. »Aber ich suche ja auch nicht nach einem Daddy. Meredith schon. Sie sagt, dass ihr Vater – also der, bei dem sie aufgewachsen ist – sie im Stich gelassen hat, als sie ihn am dringendsten gebraucht hätte, und sie meint, ihr biologischer Vater macht es jetzt genauso.«

»Ist das nicht ein bisschen vorschnell gedacht?« Ich würde ihr gern von dem Telefonat mit Mark und Barbara erzählen, fürchte aber, dass sie damit schnurstracks zu Meredith rennen würde, und dann wäre die Hölle los. Stattdessen sage ich: »Ich hab ihm auch geschrieben. Gestern Abend.«

»Du hast ihm geschrieben?«, sagt sie. »Super! Jetzt können wir uns alle drei mit ihm treffen, wenn er aus Mexiko zurück ist.«

»Vorausgesetzt, er will uns überhaupt treffen«, erwidere ich. »Will er ja vielleicht gar nicht. Drei Töchter im Teenageralter, die aus dem Nichts auftauchen? Wie schockierend ist das denn!«

Lucy lacht. »So schlimm sind wir doch gar nicht, oder?«

Du und ich nicht, hätte ich am liebsten gesagt. Aber Meredith? Das ist eine andere Geschichte.

»Ich muss zum Unterricht«, sagt Lucy, ehe ich antworten kann. »Schreib mir, wenn du was hörst, ja?«

Im Salon geht es drunter und drüber, und ich bleibe für den restlichen Tag, gehe ans Telefon, massiere Köpfe, fege Haare, koche Kaffee, hüte Kleinkinder, deren Mütter gerade zum Haareschneiden dran sind, hole Wechselgeld von der Bank, besorge Sandwichs aus dem Imbissladen gegenüber. Nach Ladenschluss fährt mich Verna nach Hause und kommt auf einen Tee mit rein. Mom ist in ihrem Zimmer, sie telefoniert gerade.

»Ich springe schnell unter die Dusche«, sage ich zu Verna.

Im Spülbecken steht Geschirr, und schon fängt sie an, es abzuspülen und in die Spülmaschine zu räumen. »Das mache ich doch«, sage ich. »Mom flippt aus, wenn sie sieht, dass du hier meine Pflichten erledigst.«

Sie winkt ab und füllt den Wasserkocher. »Mit Della komme ich schon klar«, sagt sie. »Los, ab mit dir.«

In meinem Zimmer schaue ich sofort nach Nachrichten auf dem Handy. Nichts. Ich schalte den Computer an und checke meine Mails. Nichts. Ich muss zugeben – ich bin enttäuscht und auch ein bisschen verärgert. Anscheinend fällt es mir schwer, all das Durcheinander und mein persönliches Verletztsein voneinander zu unterscheiden. Alles ist eine einzige große Masse an Gefühlsschrott – wie diese Müllinsel, die im Pazifik treibt.

Während der nächsten drei Tage höre ich von niemandem außer von Lucy. Sie scheint es nicht zu bekümmern, dass unser Spender auf Tauchstation gegangen ist, aber ich bin allmählich stinksauer.

Endlich, am Freitagabend, während ich auf dem Laptop einen Film schaue, kommt eine Mail von Dr. Ramos.

Liebe Lucy, Meredith und Harriet,
Vielen Dank für eure Mails. Es ist schlicht überwältigend für mich, plötzlich mit euch Kontakt zu haben. Ich hoffe, ihr könnt mir nachsehen, dass ich so lange zum Antworten gebraucht habe. Ich musste gut überlegen, was ich schreibe. Ich hoffe auch, es macht euch nichts aus, wenn ich euch alle drei in dieser Mail zusammen anspreche.
Ihr habt viele Fragen, von denen ich einige gern hier beantworten will; andere lassen sich wahrscheinlich besser persönlich klären. Es gibt nun mal kein Handbuch mit Regeln für diese Situation; das Beste, was ich tun kann, ist, mit Umsicht und Respekt vorzugehen. Wie meine Geschwister euch versichern würden, bin ich nicht gerade der geselligste Mensch der Welt, bitte lest also nicht irgendetwas in meine Zurückhaltung hinein.
Ich bin 61 und habe viele Jahre als Arzt in der Notaufnahme gearbeitet. Letztes Jahr, als meine Frau Alissa an Brustkrebs starb, bin ich in den Ruhestand gegangen. Ich wohne in Whidbey Island, wo ich gern lese, in meinem Garten rumbuddle und Musik höre. Ich bin ein leidlich guter Koch und ein sehr schlechter Gitarrespieler. Alles nicht sehr aufregend, aber so

ist es nun mal. Bei meiner Arbeit in der Notaufnahme hatte ich so viel Aufregung, dass es für drei Leben gereicht hätte.
Samen habe ich oft gespendet, als ich Medizinstudent war. Wie ihr vielleicht wisst, kann Sperma lange Zeit eingefroren werden und bleibt trotzdem lebensfähig. Alissa und ich hatten keine Kinder – sie konnte nicht schwanger werden. Und ja, ich sehe sehr wohl die Ironie darin. Es ist eine traurige Ironie. Ich habe drei Brüder (einer ist mein eineiiger Zwilling) und zwei Schwestern – alle in oder nahe Seattle – und so viele Nichten und Neffen, dass ich sie nicht zählen kann (nein, nicht wirklich, ich habe drei Nichten und sechs Neffen im Alter von vier bis dreißig Jahren.) Ich besuche sie, so oft ich kann, aber nicht so oft, wie ich es gern tun würde.
Von deiner Facebook-Seite, Meredith, habe ich durch einen meiner Neffen gehört. Er hat sie sofort seinem Vater, meinem Zwillingsbruder Bernhard gezeigt. Zuerst gab es große Verwirrung, weil mein Neffe dachte, es wäre ein Foto seines Vaters. Bernhard konnte seinen Sohn beruhigen und zeigte das Foto auch allen Geschwistern. Danach dauerte es nicht lange, bis mich die ganze Familie bestürmt hat, mit euch Kontakt aufzunehmen – allen voran meine Mutter, die mit ihren inzwischen neunzig Jahren immer noch durch und durch eine Naturgewalt ist. Mein Vater ist seit vielen Jahren tot. Alle fanden also, ich solle mich bei »meinen« Kindern melden, auch wenn ich immer wieder erklärt habe, dass ich kein Anrecht darauf hätte, euch meine Kinder zu nennen, außer vom biologischen Standpunkt aus.
Das ist also der Stand der Dinge. Hoffentlich konnte ich eure Fragen fürs Erste ausreichend beantworten. Ich würde mich sehr gern mit euch treffen, aber damit werden wir noch warten müssen. Ich helfe zurzeit beim Aufbau einer Klinik in der

Heimatstadt meines Vaters in Mexiko. Vermutlich wird mein Aufenthalt hier noch mindestens drei Monate dauern. Bis dahin freue ich mich, wenn ich weiterhin per Mail mit euch in Verbindung bleibe. Ich hoffe, das ist nicht zu enttäuschend für euch.
Mit freundlichen Grüßen
Daniel Ramos

PS. Harriet, mein Lieblingsessen variiert mit der Jahreszeit, aber ein gutes Stück Kuchen liebe ich immer.
PPS. Meine Internetverbindung ist ziemlich unzuverlässig. Bitte seid nicht beunruhigt, wenn ihr nicht sofort Antwort bekommt.

Mein erster Gedanke ist, *na, wenn er gern Kuchen isst, muss er auch in Ordnung sein*! Komisch, an welchen Dingen das Unterbewusstsein hängen bleibt. Aber ich liebe Kuchen nun mal. Mein Handy klingelt, und schon höre ich Lucy quieken und kreischen und ein ums andere Mal »ogottogott« schreien. Als sie sich einigermaßen beruhigt hat, erzählt sie, dass sie gerade mit Meredith zusammen war, als die Mail kam. Jetzt sitzen sie miteinander in einem Café und feiern mit Karottenkuchen. Kein Wort von Alex.

»Meredith ist sicher total begeistert«, sage ich und stelle mir vor, wie sie neben Lucy sitzt und unserem Gespräch lauscht.

»Sie telefoniert gerade mit Alex und kann kaum aufhören zu heulen. Ich glaube, sie ist irgendwie deprimiert, dass Dr. Ramos noch in Mexiko ist. Bist du nicht neugierig?«

»Doch«, sage ich. »Er hört sich sehr nett an.«

Lucy lacht. »Er hört sich an wie du. Ruhig. Besonnen.

Nicht, als ob das was Schlechtes wäre. Einer muss ja die Ruhe bewahren. Stimmt's, Meredith? Übrigens, Meredith lässt dich grüßen. Warte, ich schalte auf Lautsprecher. Sie ist jetzt mit telefonieren fertig.«

»Hi, Meredith«, sage ich. »Tolle Nachricht, was?«

Schniefend sagt Meredith: »Es ist wundervoll.« Sie klingt, als hätte sie eine schwere Erkältung.

»Schade, dass wir uns nicht sofort mit ihm treffen können«, sage ich. »Aber vielleicht ist es besser so. Damit haben wir die Gelegenheit, vorher ein bisschen mehr von ihm zu erfahren.«

Meredith schnäuzt sich. »Mhm, vielleicht«, sagt sie, aber überzeugt klingt das nicht.

»Wir könnten doch trotzdem nach Whidbey fahren«, meint Lucy.

»Klar, wir könnten schon mal sein Haus unter die Lupe nehmen«, ergänze ich.

»Was für ein schrecklicher Einfall!« Jetzt klingt Meredith, als würde sie die Stirn runzeln.

»War nur ein Witz«, sage ich. Was ist ihr Problem? Sie scheint nicht den geringsten Sinn für Humor zu haben.

»Vielleicht sollten wir eine Art Familienfete machen«, schlägt Lucy vor. »Alle Mütter, Verna, Alex, wir drei. Picknick am Strand oder so.«

»Mit Churchill«, sage ich.

»Wer ist Churchill?«, fragt Lucy.

»Ein Hund in dem Tierheim, in dem Alex arbeitet«, sagt Meredith. »Wie kommt man nach Whidbey Island?«

»Mit der Fähre ab Mukilteo«, sage ich. »Das dauert ungefähr zwanzig Minuten. Als ich noch klein war, haben wir immer eine Blockhütte auf Whidbey gemietet. Ich bin gern dort. Also, ich checke den Fahrplan und rede mit Mom und Verna.«

»Ein Autotrip«, quiekt Lucy. »Toll! Wie ›Die drei Amigos‹, stimmt's, Leute?«

»Eher wie die ›Drei Schwestern‹«, sage ich.

Lucy kichert. »Ruf mich später noch mal an, Harriet. Ich rede mit meinen Müttern. Danach telefoniere ich mit Adam. Und mit Ben. Ganz egal, wie spät es in Australien ist!«

Nachdem wir uns voneinander verabschiedet haben, bleibe ich sitzen und starre auf mein Handy.

Am liebsten würde ich Alex anrufen und mit ihm über die Mail reden, aber er weiß wahrscheinlich schon alles. Wenn er will, kann er mich ja anrufen. Vielleicht grübelt Meredith längst darüber nach, wie sie sich bei Dr. Ramos beliebt machen könnte. Ich bin sicher, dass Alex sie bei jedem ihrer Vorhaben unterstützt. Wie verbittert mich das plötzlich macht. Es ist ein unangenehmes Gefühl, so ähnlich, wie wenn man auf Alufolie beißt, obwohl man eigentlich etwas Köstliches im Mund hat.

Ich suche nach den Abfahrtszeiten der Fähre, schicke die Info an beide Schwestern und gehe schlafen. Bevor ich das Licht lösche, lese ich noch einmal Dr. Ramos' Mail. Gut möglich, dass Lucy recht hat – er klingt wirklich wie ich: sachlich und ein bisschen langweilig. Wir müssten gut miteinander klarkommen.

Als ich am nächsten Morgen in die Küche komme, sitzt Mom am Tisch, trinkt Kaffee und liest etwas auf ihrem iPad.

»Hat also große Neuigkeiten gegeben gestern Abend?«, sagt sie zwischen zwei Schluck Kaffee.

»Du hast es schon gehört?« Ich gieße mir Kaffee ein und schütte eine Menge Zucker und Sahne dazu. Gewöhnlich trinke ich gar keinen Kaffee, aber er duftet so herrlich, und wer weiß, vielleicht kann er mir ja zu einem klaren Kopf verhelfen. Heute beim Aufwachen habe ich mich benommen und reizbar gefühlt. Keine gute Mischung. Und jetzt bin ich obendrein sauer, weil irgendjemand Mom angerufen und die Katze aus dem Sack gelassen hat – wie Verna sagen würde.

»Angela hat angerufen. Sie dachte, ich wüsste schon Bescheid.«

»Du warst ja gestern Abend nicht da. Ich habe auf dich gewartet und bin eingeschlafen.« Das stimmt nicht ganz, und ich weiß selber nicht, warum ich Mom ein schlechtes Gewissen machen will. Davon fühle ich mich nur noch lausiger.

»Tut mir leid, Harry, aber der Anruf ist nun mal geschehen, wir können ihn nicht rückgängig machen. Lass uns also lieber nach vorn schauen.«

Ich zucke mit den Schultern und trinke meinen Kaffee.

»Wie geht es dir damit? Ich meine, mit ihm?«

Wieder ziehe ich die Schultern hoch. »Er klingt ganz okay. Ein bisschen langweilig vielleicht, aber okay.«

Sie sieht mich an und hebt eine Augenbraue. »Was ist denn los?«

»Ich wollte es dir eben selber sagen! Angela hätte das nicht tun sollen. Hast du seine Mail gelesen?«

Sie hält ihr iPad hoch. »Angela hat sie mir geschickt, aber ich habe sie noch nicht geöffnet. Ich wollte auf dich warten. Falls du nicht möchtest, dass ich sie lese, werde ich sie nicht lesen. Sie ist schließlich nicht an mich gerichtet. Anscheinend haben Angela und Nori die ganze Nacht darüber diskutiert.«

»Und finden sie es gut, wenn wir uns mit ihm treffen, sobald er aus Mexiko zurück ist?«

»Ja. Und ich finde das auch.«

»Ach ja?«

Sie nickt. »Bist du denn nicht neugierig?«

»Du?«

»Doch, natürlich. Aber wenn du ihn lieber nicht kennenlernen möchtest, finde ich das auch in Ordnung. Obwohl ich ihm schon gern danken würde für sein hervorragendes Genmaterial.«

Ich lache. »Du kannst die Mail lesen.«

»Wirklich?« Ich nicke und setze mich neben sie an den Tisch, während sie liest.

Am Ende angekommen, sagt sie: »Hört sich wie ein ganz sympathischer Mensch an.«

»Lucy sagt, er klingt wie ich.«

»In welcher Beziehung?«

»Besonnen, gründlich, langweilig.«

»Das hat sie aber nicht wirklich so gesagt?«

Ich schüttle den Kopf. »Nicht so ausführlich.«

»Was willst du also tun?«

»Mich am liebsten verstecken.«

Mom lächelt. »Das kann ich verstehen. Ist ja schon auch eine Menge zu verkraften. Aber erinnerst du dich an unseren Deal?«

»Ja, ich erinnere mich: Vor nichts zurückschrecken, was das Leben bringt.«

»Verstecken ist also keine Option.«

»Wahrscheinlich nicht.« Ich suche auf meinem Handy

den Fahrplan der Fähre. »Können wir am Montag nach Whidbey fahren? Wir drei Schwestern mit Familien. Ein Stück am Double Bluff Strand laufen, picknicken vielleicht.«

Sie nickt. »Einen freien Tag könnte ich gut gebrauchen. Willst du das in die Hand nehmen?«

»Klar.«

Seit wir zuletzt am Double Bluff Strand waren, sind etliche Jahre vergangen, aber ich kann mich noch gut erinnern, wie wir kilometerlang an diesem Strand gelaufen sind, wie ich Muscheln gesucht, Sandburgen gebaut und Kräcker mit Schokolade und Marshmallows über einem Lagerfeuer am Strand geröstet habe.

»Können wir den ganzen Tag bleiben? Die Fähren gehen im Sommer bis spät in die Nacht.«

»Hört sich gut an«, sagt Mom.

Nach einer Flut von Anrufen ist alles geregelt. Auf Merediths Wunsch wird auch Alex mitkommen. Könnte schwierig werden, da wir seit seinem Besuch bei uns nicht mehr miteinander gesprochen haben, aber ich sage nichts. Wenigstens werden wir nicht im selben Auto sitzen müssen; Angela und Nori haben einen Hybrid-Geländewagen, und Meredith und Alex werden mit ihnen fahren.

Ich versuche, an einem weiteren Interview zu arbeiten, aber die Geschichte des Mädchens ist so deprimierend – und das Muster immer das gleiche –, dass ich nicht zu Ende tippen kann. Drogen, Sex, Missbrauch, Gewalt, Armut. Das schaffe ich heute einfach nicht. Unschlüssig streife ich durchs Haus, noch im Schlafanzug, unfähig, mich länger als fünf Minuten auf eine Sache zu konzentrieren. Ich versuche zu lesen, aber die Wörter verschwimmen vor meinen Augen;

ich schaue einen Film, aber ich verstehe nicht, was die Schauspieler sagen; ich stecke Brot in den Toaster und vergesse, es rauszunehmen; ich wasche eine Ladung Wäsche ohne Waschmittel. Schließlich gebe ich auf und lege mich wieder ins Bett. Ich balanciere die Wasserwaage auf meinen Knien und beobachte, wie sich die Blasen hin und her bewegen. Während ich so zuschaue, kommt mir eine Idee.

Ich nehme meinen Laptop und google *Bootsbauer+Seattle*. An Rays Nachnamen erinnere ich mich nicht, aber wenn ich ihn sehe, werde ich ihn vermutlich wiedererkennen. Als ich auf »Rays Bootshaus« stoße, packt mich schon kurz die Aufregung – bis sich die Sache als Restaurant in Ballard herausstellt. Liegeplätze für Boote gibt es jede Menge in Seattle, ich hänge mich also ans Telefon und frage nach Ray. Bei meinem zehnten Versuch sagt ein Typ: »Welchen? Doheny oder Kurtz?« Und plötzlich kommt die Erinnerung zurück: In der Zeit, als Ray und Mom miteinander gingen, habe ich für die Schule *Herz der Finsternis* gelesen. Ich weiß noch, dass ich es witzig fand, dass er Kurtz hieß.

»Kurtz«, sage ich also, und der Typ brüllt: »Kurtz! Telefon!« Als Nächstes höre ich Rays Stimme: »Ray Kurtz hier.«

Beinahe hätte ich aufgelegt, aber wo ich nun schon mal so weit gekommen bin, gebe ich mir noch einen Ruck und sage mit einem Räuspern: »Hier ist Harriet Jacobs, Dellas Tochter. Äh ... wie geht es dir?«

»Danke, gut«, sagt er. »Bin nur ein bisschen überrascht, von dir zu hören.«

»Mom und ich haben gestern von dir gesprochen. Ein Freund hat mir so ein Ding, eine Wasserwaage, geschenkt, und da hat Mom erzählt, dass du auch eine hattest.«

»Ich habe sogar mehrere.«

»Also … ich habe überlegt, ob du mir bei einer Sache helfen könntest.«

»Wenn es mir möglich ist«, sagt er.

»Könntest du mal bei Mom anrufen?«

Ray lacht. »Ich soll deine Mutter anrufen, nachdem sie vor – warte mal – vor über einem Jahr mit mir Schluss gemacht hat?«

»Ja.«

»Ich denke, nein, Harriet.«

»Aber sie hat mir erzählt, wie sehr sie dich gemocht hat. Wie eure Beziehung immer enger geworden ist. Und dass sie Angst hatte, sie könnte so werden wie ihre Mutter. Sie wollte nichts tun, was unser gemeinsames Leben gefährden könnte. Also nicht, dass du das getan hättest, aber …«

»Ich versteh schon, Harriet. Aber ich denke nicht, dass ich sie anrufen kann.«

»Bist du verheiratet, oder was? Lebst du in einer Beziehung?«

»Nein, aber …«

»Sie würde sich freuen, von dir zu hören. Das kann ich dir versprechen. Sie vermisst dich.«

»Ich denke darüber nach. Aber jetzt muss ich wieder an die Arbeit.«

»Danke, Ray«, sage ich.

»Pass gut auf diese Wasserwaage auf«, sagt er. »Man kann nie wissen, wann man sie mal gebrauchen kann.«

14

Als endlich der Montagmorgen da ist, sitze ich wie auf glühenden Kohlen, wie Verna sagen würde, bin völlig durch den Wind und zappelig wie eine Marionette. Nie hätte ich mich darauf einlassen sollen, einen ganzen Tag mit Alex und Meredith zu verbringen.

Ich ziehe das Kleid an, das ich beim ersten Treffen mit Lucy anhatte, binde meine Haare in einen lockeren Knoten und benutze Wimperntusche. Flip-Flops vervollständigen meine Aufmachung.

»Schön leger«, sagt Mom anerkennend, als ich runterkomme. Auch sie sieht ganz gut aus in ihren weißen Caprihosen und einem blauen Top, das zur Farbe ihrer Augen passt. »Fertig?«, sagt sie. »Verna ruft schon alle fünf Minuten an. Sie macht sich Sorgen, wir könnten die Fähre verpassen.«

Ich rolle mit den Augen und nehme den Picknickkorb von der Küchentheke. Mein Beitrag ist eine selbst gemachte Muffuletta: knuspriges italienisches Brot, gefüllt mit Käse, Fleisch, eingelegtem Gemüse und Oliven. Außerdem haben wir Eistee dabei und Zutaten für Lagerfeuersnacks.

Auf der Fahrt zu Verna sagt Mom: »Sprich vielleicht besser nicht zu viel über die Sache mit dem Spender und die Möglichkeit, deine neue Großmutter kennenzulernen. Verna ist ein bisschen besorgt.«

»Worüber?«

»Dass sie dich verlieren könnte.«

»Das ist doch ... Quatsch.« Plötzlich kommt es mir in den

Sinn, dass vielleicht auch Mom solche Gedanken hat. Ich war so mit meinem eigenen Kram beschäftigt und habe mir gar nicht überlegt, dass Mom sich durch meine neue, große, erweiterte Familie irgendwie verunsichert oder zweitklassig fühlen könnte. Normalerweise bringe ich diese Attribute nicht mit ihr in Verbindung, aber derzeit ist wirklich alles möglich.

»Machst du dir etwa auch Sorgen?«, frage ich. »Das brauchst du nicht. Es ist ja nicht so, dass ich mich die ganze Zeit nach einer großen Familie verzehrt hätte. Nur …«

Sie unterbricht mich. »Du musst nichts erklären. Ich versteh schon. Und wenn du irgendwann die ganze Familie Ramos kennenlernen möchtest, dann sollst du das tun.«

Sie tätschelt auf meinem Bein herum. »Aber wenn du schon fragst – ich habe durchaus ein paar ungute Momente gehabt, aber jetzt geht es mir wieder gut. Die Gespräche mit Angela und Nori haben mir sehr geholfen. Und wie Lucy sagt, du bist nicht unbedingt das leichtsinnigste Mädchen der Welt. Du wolltest nie weglaufen und zum Zirkus gehen oder so. Ich bezweifle also, dass du jetzt plötzlich bei Familie Ramos leben möchtest.«

Verna steht schon vor dem Haus, sie trägt eine dunkelblaue Hose zu einer strahlend weißen Bluse, und in der Hand hält sie eine Schuhschachtel. Als ich aussteige, um auf den Rücksitz zu wechseln, schiebt Verna die Schachtel neben mich.

»Was ist da drin?«

»Zimtschnecken«, erklärt sie. »Für das Picknick.«

Ich hole tief Luft. »Mit Quarküberzug?«

Mom lacht. »Wahrscheinlich werden die Zimtschnecken schon auf der Fähre verputzt. Wir haben immerhin vier

Teenager dabei. Und ich weiß, dass zumindest dieser hier nicht gefrühstückt hat.«

»Nicht mein Problem«, sagt Verna. »Hände weg, hörst du, Harry?«

»Aber ich hab solchen Hunger«, sage ich, um sie ein bisschen zu nerven. »Und die duften soo gut. Eine für unterwegs, ja? Bitte.« Verna dreht sich um und versetzt mir einen Klaps.

Als Mom eine CD einlegt, fängt Verna sofort an zu protestieren – sie kann Moms Musik nicht ausstehen. Konnte sie noch nie. Musik gehört zu den wenigen Dingen, über die sie verschiedener Meinung sind. Mom steht auf Nirvana, Pearl Jam und die Foo Fighters – dieses ganze Grunge-Zeugs aus Seattle. Sie ist Dave Grohls größter Fan, den würde sie glatt heiraten, wenn sie könnte. Verna nennt diese Musik *infernalisches Gejaule*. Sie hört lieber Orchestermusik, die wiederum Mom und mich zu Tode langweilt. Ich stecke meine Minikopfhörer in die Ohren und höre Marina, die Diamonds und Modest Mouse, bis wir an der Warteschlange bei der Fähre sind. Ein Stück vor uns sehe ich Angelas und Noris Geländewagen, aber als Mom und Verna aussteigen, um sie zu begrüßen, bleibe ich im Auto, um noch ein paar Minuten Alleinsein zu genießen, bevor alles drunter und drüber gehen wird. Lange bleibe ich nicht allein. Lucy klopft ans Fenster, und schon hüpft sie neben mich auf den Rücksitz. Als ich sehe, was sie anhat, muss ich lachen: Cargo-Shorts und ein türkisfarbenes T-Shirt. Die gleiche Kombination wie bei unserem ersten Treffen. Es ist, als läge allein in der Zusammenstellung dieser Klamotten eine Art Magie, etwas, das uns verbindet und schützt.

»Nettes Outfit«, sage ich.

Sie kichert. »Deins auch.«

Bei einem Blick entlang der Autoschlange sehe ich jetzt Meredith aus dem Wagen steigen. Sie trägt einen knöchellangen purpurfarbenen Rock im Paisleymuster, eine hauchdünne weiße Bluse und einen breitkrempigen Schlapphut. An den Füßen hat sie zarte Sandaletten, in der Hand einen Lederbeutel mit Fransen.

»Uiuiui!«, sage ich. »Sie sieht ja aus, als wäre sie unterwegs nach Woodstock und nicht nach Whidbey Island zum Picknick. Wo kauft sie eigentlich ihre Sachen?«

»In Second-Hand-Läden«, sagt Lucy. »Alles gebraucht. Cool, oder? Was ist Woodstock?«

»Das Original-Hippie-Musikfestival damals. Sie sieht lächerlich aus.«

»Sei nicht so fies, Harry«, sagt Lucy. »Sie tut doch keinem weh damit.«

»Hast ja recht«, sage ich. Trotzdem finde ich, dass sie lächerlich aussieht.« Alex ist inzwischen auch ausgestiegen und spricht mit Meredith. Er hat wie immer Shorts und ein Hemd an – Gott sei Dank keine Weste mit Fransen oder Jeans mit Schlag. Die beiden scheinen zu streiten, nach Merediths Körpersprache zu urteilen – steifer Rücken, verschränkte Arme, gestraffte Schultern. Lucy und ich sehen, wie sie Alex gegen die Brust stößt, wie er zurückweicht und mit den Händen durch die Luft rudert, wie er sich von Meredith abwendet und mit raschen Schritten auf unseren Wagen zukommt. Ich weiß nicht, ob er uns schon gesehen hat – hoffentlich nicht –, aber da kurbelt Lucy das Fenster herunter und ruft ihn heran. Er runzelt die Stirn und errötet, als er sich vorbeugt und zu uns hereinschaut.

»Alles in Ordnung?«, fragt Lucy.

»Meredith ist ein bisschen nervös«, sagt er. »Weiß nicht, warum. Und Churchill schläft. Hi, Harry.«

Ich hebe zögerlich die Hand, und weil in diesem Moment die Ankündigung erschallt, dass die Autos auf die Fähre fahren dürfen, bleibt mir das Reden erspart. Lucy springt aus dem Wagen, und Alex schiebt sich neben mich auf den Rücksitz. »Was dagegen, wenn ich mit euch fahre?«, fragt er. »Oder bist du auch sauer auf mich? Wenn ja, wird das ein klasse Tag.«

Wieder komme ich um eine Antwort herum: Auf ihrem Rückweg zum Wagen vollführt Lucy einen atemberaubenden Spagatsprung – ich glaube, Grand Jeté nennt sich so was – und kommt unglücklich auf. Ich sehe, wie sich ihr Fußgelenk verdreht, und höre sie aufschreien. Um nicht zu stürzen, sucht sie Halt am nächstbesten Auto. Ich will aussteigen, aber sie winkt ab und humpelt zum Geländewagen ihrer Mütter. Dann kommen Mom und Verna zurück, und wir fahren auf die Fähre. An Bord steigen die beiden wieder aus, um ans Oberdeck zu gehen, und ich bin mit Alex allein. Von Meredith oder Lucy keine Spur. Die Fahrt wird nur zwanzig Minuten dauern, aber ich glaube nicht, dass ich so lange schweigen kann – nicht, wenn er so dicht neben mir sitzt. Seine Ärmel sind aufgekrempelt, und mir fällt die Narbe auf, die sich über seinen Unterarm zieht und unter dem Hemd verschwindet.

»Wie ist das passiert?«, frage ich und zeige hin.

»Vom Rad gestürzt«, sagt er. »Ich war ungefähr dreizehn. Ein paar ältere Jungs haben mich verfolgt, und einer von ihnen hat mir einen Stock zwischen die Speichen geschoben. Ich bin auf einen langen Nagel gefallen, in einen Haufen Bauschutt am Straßenrand. Die Jungs haben sich aus dem Staub gemacht, und ein Fremder, der zufällig vorbeikam, hat mich ins Krankenhaus gebracht. Mit dreißig Stichen mussten sie die Wunde nähen, und als mich meine Mutter endlich abholen kam und ich ihr die Sache erzählte, hat sie nur gesagt *Jungs sind nun mal Jungs.*«

Als bei mir mal eine Wunde genäht werden musste – ich war am Strand auf Glasscherben getreten –, waren Mom und Verna die ganze Zeit bei mir geblieben, und später haben sie mir nicht ein einziges Mal vorgehalten, wie oft sie mir eingeschärft hatten, Sandalen anzuziehen. Auf dem Nachhauseweg vom Krankenhaus habe ich einen Erdbeer-Eisbecher bekommen, und in den Tagen danach haben wir meine sämtlichen Lieblingsfilme angeschaut. Dabei waren es bei mir nur vier Stiche gewesen.

»Das ist gemein«, sage ich.

»Ja, aber sie hat recht, Jungs sind nun mal Jungs – wenn sie nicht zufällig Mädchen sind.« Sein Lachen klingt bitter, und ich würde ihm so gern helfen. Irgendwann, bald schon, werden wir über Meredith reden müssen und über uns, aber heute ist nicht der Tag dafür. Heute ist ein Tag für Ablenkungen. Und so erzähle ich ihm eine Geschichte wie Mom das immer getan hat, wenn ich niedergeschlagen war. Mom hat mir nie Geschichten über Prinzessinnen und Einhörner erzählt. Sie hat mir vom Leben interessanter Menschen erzählt – Georgia O'Keeffe zum Beispiel und Margaret Mead und Gandhi. Da ich Alex aber aufheitern will, erzähle ich ihm von einem Erlebnis, das Gwen und ich hatten, als wir ungefähr zehn waren.

»Bei Gwen zu Hause hatten sie einen tollen Swimmingpool, keinen eingelassenen, sondern einen, der auf dem Boden steht. Da waren immer ihre älteren Brüder und deren Freunde drin. Sie spritzten uns nass, machten so hohe Wellen, dass wir uns kaum auf den Beinen halten konnten, und manchmal drückten sie uns die Köpfe unter Wasser. Echt kein Spaß. Einmal, als keiner der Brüder zu Hause war, wollten Gwen und ich im Pool rumalbern. Er war in einem Innenhof, von dem aus große Glastüren ins Haus führten. Die Fenster in der ersten Etage waren direkt über dem Pool, und da beschlossen wir in unserer unendlichen Weisheit, von da oben gemeinsam eine Arschbombe in den Pool zu machen.« Und nach einer Pause: »Nackt.«

Alex wiehert vor Lachen. »Wir sind also gesprungen«, erzähle ich weiter, »es gab einen Riesenklatscher, und der Pool brach auseinander. Wasser spritzte nach allen Seiten. Es schwappte ins Haus, und Gwen und ich wurden über den betonierten Innenhof bis weit in den Garten gespült. Wir landeten unter einem Apfelbaum – mit einem Schock und total aufgeschürften Hinterteilen von der langen Betonrutschpartie. Gwens Mutter war in der Küche, als der Tsunami hereinbrach. Sie nahm es ziemlich gelassen, obwohl das Wasser im Haus fünf Zentimeter hoch stand. Einen neuen Pool wollten sie danach nicht mehr haben. Ich wette, meine Mom musste für den Schaden im Haus mitbezahlen, auch wenn sie nie darüber gesprochen hat.«

»Deine Mutter ist wunderbar«, sagt Alex. »Du bist ein Glückspilz.« Er nimmt meine Hand in seine, und ich lehne den Kopf an seine Schulter. So sitzen wir schweigend, bis die Fähre anlegt.

Bevor wir zum Strand gehen, halten wir in Freeland an, um Kaffee zu trinken. Oder, in Merediths Fall, Kräutertee. Ich bin nicht durstig und Alex auch nicht, deshalb bummeln wir mit Churchill durch die kleine Stadt und holen uns bei der Touristeninformation eine Karte der Insel. Ich will ihm die Stelle in der Nähe von Useless Bay zeigen, wo wir oft in einer kleinen Blockhütte übernachtet hatten, als ich ein kleines Kind war.

»Useless Bay? Echt?«, sagt Alex. »Warum ist die Bucht unbrauchbar?«

»Vielleicht zum Ankern. Ich weiß nicht genau. Aber an dieser Bucht ist mein absoluter Lieblingsstrand, und deshalb ist sie für mich sehr wohl zu gebrauchen.« Ich tippe auf eine Stelle auf der Karte. »Double Bluff Beach. Dort wollen wir hin.«

»Hört sich gut an«, sagt er. »Ein freier Tag am Strand, so was hab ich mal nötig. Gibt nicht allzu viele Strände in Missoula. Oder in Lubbock.«

Mein Handy klingelt: Mom meldet, dass sie und Verna wieder am Auto sind. Ich nehme Alex' Hand und lasse sie während des Rückwegs zum Auto nicht mehr los. Mom, die uns kommen sieht, zieht die Augenbrauen hoch. Verna ist schon angeschnallt und startklar.

Wir folgen dem Geländewagen aus Freeland hinaus und schlängeln uns am westlichen Rand der Insel entlang. Versteckt zwischen den Bäumen, gibt es einige wenige alte Blockhütten, direkt am Wasser mehrere Hausungetüme und sehr viele durchschnittliche Grundstücke mit Doppelgaragen und großen Terrassen mit Blick aufs Meer. Als wir auf den Parkplatz einbiegen, dehnt sich kilometerlang der Strand vor uns. Als ich noch klein war, dachte ich immer, er ginge weiter bis Kanada.

Alex trägt Lucy huckepack über den Strand, bis sie einen geeigneten Platz findet, wo sie beim Sitzen den Rücken an einen Baumstamm lehnen kann. Ich häufe etwas Sand unter ihrem verletzten Fußgelenk auf. Sie hat Merediths Schlapphut gekapert und macht sich einen Spaß daraus, uns für gemeinsame Selfies mit ihr posieren zu lassen. Als die Mütter uns eingeholt haben, ist binnen Sekunden klar, dass wir Lucy vorerst mit Angela und Nori allein lassen müssen, die beide besorgt und gleichzeitig stinksauer sind. Anscheinend ist es nicht das erste Mal, dass Lucy Probleme mit ihrem Fußgelenk hat, und Angela und Nori hatten ihr oft genug eingeschärft, vorsichtig zu sein. Laut Nori steht nun bedrohlich eine Operation im Raum.

Mom und Verna spazieren am Strand entlang, Churchill immer an Vernas Seite; Alex und Meredith laufen untergehakt in die entgegengesetzte Richtung. Es ist gerade Ebbe, ich streife meine Sandaletten ab und mache mich allein auf den Weg zum Wasser. Ein paar Bocciaspieler – zwei großgewachsene Männer und eine kleine blonde Frau – trinken Bier und lachen, während sie über den Sand schlendern. Der Wind peitscht das Haar der Frau hin und her, lässt immer wieder ihr kurzes Kleid hochflattern und enthüllt ihren pinkfarbenen Tangaslip. Es scheint ihr nichts auszumachen. Ein paar Kinder bauen eine kunstvolle Sandburg mit Erkertürmen, von denen Flaggen aus Seetang wehen, mit Schutzwällen aus Krebsscheren und einer raffiniert ausgetüftelten Zugbrücke aus Muschelschalen. Ich bleibe stehen und helfe ihnen, einen Kanal von ihrem Burggraben zu einem nahe gelegenen Priel zu graben, und als wir damit fertig sind, sehen wir gemeinsam zu, wie das Wasser den Graben füllt. Seit langem habe ich nichts getan, was mich so befriedigt hat.

Alex und Meredith scheinen ihren Streit wieder aufgenommen zu haben. Ich sehe, wie Alex wild mit den Armen gestikuliert; Meredith schüttelt den Kopf und zieht ihre knochigen Schultern hoch. Der Wind treibt mir Wortfetzen entgegen – »will ich nicht« – »Lügen« – »nicht in Ordnung« –, aber um genau verstehen zu können, was sie sagen, müsste ich näher an ihnen dran sein. Da man sich an einem breiten Sandstrand nicht unauffällig anschleichen kann, entscheide ich mich dafür, Alex zuzuwinken und meine Wanderung in Richtung Wasser fortzusetzen. Im nächsten Augenblick sehe ich plötzlich Meredith auf mich zurennen, Alex dicht hinter ihr.

»Was hast du eigentlich für ein Problem?«, sagt sie, als sie neben mir ist.

»Problem?«

»Mit mir.«

Ich sehe flüchtig zu Alex hin, der neben Meredith steht und dabei ständig eine Muschelschale von der einen in die andere Hand wirft. Er sieht unglücklich aus.

Plötzlich habe ich endgültig genug von ihrem blöden Getue.

»Du sollst aufhören, alle anzulügen«, sage ich. »Du hast Lucy und mich angelogen, hast unsere Mütter angelogen, und wahrscheinlich lügst du auch schon Dr. Ramos an. Das ist nicht in Ordnung.«

»Ich weiß überhaupt nicht, was du da redest«, sagt sie. »Du bist ja verrückt.«

»Du hast nie auf einer Biofarm gearbeitet. Du hast nie im Ballettensemble von Denver getanzt. Das waren dein Bruder und deine Schwester. Du hast Eltern in Missoula, Eltern, die dich lieben. Barbara und Mark. Ich habe mit ihnen gesprochen. Du bist von zu Hause weggelaufen und hast nicht mal den Anstand, ihnen zu sagen, wo du bist.«

»Du hast mit ihnen gesprochen? Wann?« Meredith schreit jetzt, ihr Gesicht hat sich verzerrt.

»Noch nicht lange her.«

»Dazu hattest du kein Recht! Es sind meine Eltern! Meine Familie!«

»Dann solltest du vielleicht besser mit ihnen umgehen«, sage ich ungerührt. »Aber wenn's dir hilft, sie haben nichts über dich erzählt. Sie waren einfach nur froh zu erfahren, dass du lebst.«

Meredith sinkt im Sand auf die Knie, verbirgt ihr Gesicht in den Händen. Alex steht neben ihr, reglos. Sie tut mir fast leid, aber ich bin noch nicht fertig. »Man kann eine Beziehung nicht auf Lügen aufbauen. Da bin ich ganz sicher. Ich weiß, dass Alex Transgender ist. Ich weiß auch, dass du ihm eine gute Freundin bist. Aber das heißt nicht, dass er nicht auch andere Freunde oder Freundinnen haben darf. Wir mögen uns. Sehr sogar. Akzeptier das einfach.«

Ich drehe mich um und gehe davon. Alex schließt sich mir an, lässt Meredith vornübergebeugt im Sand knien. Ich habe Herzklopfen, ich zittere von Kopf bis Fuß. Am liebsten würde ich davonrennen, so schnell und so weit wie möglich davonrennen, nur weg von meiner verrückten Schwester, weg von meinen Gefühlen für Alex. In der Ferne kann ich erkennen, wie Mom sich bückt, um etwas im Sand zu betrachten – eine Muschelschale vielleicht, eine abgeschliffene Glasscherbe, einen Sanddollar. Sie richtet sich auf, beschirmt mit der Hand ihre Augen und winkt uns zu. Ich winke zurück.

Da ist urplötzlich Meredith neben mir und schreit und tanzt wutschnaubend vor mir herum. Wäre sie mir in diesem Moment nicht so unheimlich, hätte die Szene fast etwas Komisches – eine mickrige, kleine Hippie-Zicke, die am Ausflippen ist. »Du hast von nichts eine Ahnung«, keift sie. »Du denkst, meine Eltern sind so wundervolle Menschen? Warum hat dann meine Schwester, meine perfekte Ballerina-Schwester, eine Essstörung? Und warum haben sie all ihre Zeit, ihr Geld und ihre Energie für sie aufgewendet, obwohl sie noch zwei andere Kinder haben? Weißt du, wie das ist? Immer zu wissen, dass sie ihre ›richtige‹ Tochter mehr lieben als mich? Die haben doch nicht mal gemerkt, dass ich überhaupt da war. Es war ihnen egal, ob ich vor die Hunde ging, ob ich schwanger war oder in der Ausnüchterungszelle. Hauptsache, ihrer kostbaren Elizabeth ist es gut gegangen. Alex war für mich alles – und jetzt denkst du, du kannst ihn haben? Er liebt mich, und ich liebe ihn. Wir sind füreinander bestimmt. Du bist nur eine ... eine Ablenkung.«

Und dann ist sie plötzlich über mir, stößt mich zu Boden, setzt sich rittlings auf meine Brust. Alex schreit auf und versucht, sie wegzuziehen, aber sie bohrt mit ihren spitzen Knien meine Arme in den Sand und fängt an, auf mich einzuschlagen. Obwohl ich das Gesicht zur Seite drehe, schafft sie es, einen harten Treffer auf meinem Kinn zu landen. Der Schmerz ist unglaublich. Würde ich nicht schon auf dem Boden liegen, ich würde allein vor Schreck zusammenbrechen – vor Schreck, dass ich geschlagen werde. Alles, was ich denken kann, ist *Im Fernsehen ist das ganz anders*. Ich krümme und winde mich, um den Schlägen auszuweichen, die auf meinen Kopf und meine Schultern niederprasseln, und um zu versuchen, mich zu befreien. Meredith hört nicht auf zu schreien, aber ich kann ihre Worte nicht verstehen. In meinem Mund knirscht Sand, ich höre, wie Mom

»Stopp!« schreit. Dann ist alles vorüber, so plötzlich, wie es angefangen hat. Mom zerrt Meredith in einer Art Schwitzkasten von mir weg.

»Das reicht, Meredith«, sagt sie ruhig, aber schwer atmend. Sie muss so schnell gelaufen sein, dass sie wahrscheinlich einen persönlichen Rekord aufgestellt hat. »Alex wird dich zum Wagen begleiten. Angela und Nori können dich nach Hause bringen. Und sei dir darüber klar – was du eben getan hast, ist Körperverletzung. Wir könnten dich anzeigen. Ich weiß nur nicht, ob das die beste Lösung wäre.«

»Ist mir egal, was ihr macht«, sagt Meredith. Sie keucht, wirkt aber eher resigniert als kämpferisch.

»Das bezweifle ich«, sagt Mom, »aber jetzt muss ich sehen, was mit Harry ist.« Sie hilft mir auf, legt beide Arme um mich und drückt mich an sich, während Alex Meredith am Arm nimmt und wegführt. Mir ist zum Kotzen.

»Ich konnte sie nicht abwehren, Mom. Alex auch nicht. Sie hatte eine irrsinnige Kraft.«

»Das kommt von der Wut«, sagt Mom. »Und auch von anderen Dingen. Aber das kann warten. Wir müssen sehen, was mit deinem Kinn ist. Es gibt eine Klinik auf der Insel.«

Es tut wirklich weh, als ich den Kopf schüttle, aber das sage ich Mom nicht. »Können wir nach Hause fahren? Ich will hier nicht länger bleiben.« Ich fange an zu weinen. Meredith hat den Tag ruiniert – und mir vielleicht den Kiefer gebrochen. An meinem Lieblingsstrand.

Mom streichelt mein Haar. »Wird schon wieder«, sagt sie, aber ich weiß nicht, ob ich ihr glaube. Nach ein paar Minuten gehen wir langsam zum Auto zurück. Die Kinder haben ihre Sandburg verlassen, die Flut kommt. Nicht mehr lange, und das kunstvolle Bauwerk wird weggespült sein. Das scheint mir das Traurigste überhaupt, und mein Weinen geht in heftiges Schluchzen über.

Alex, Verna und Churchill warten schon. Der Geländewagen ist nicht mehr da.

»Verna meint, ich kann mit euch fahren«, sagt Alex. »Ist das okay?«

»Ich denke, was anderes wird dir gar nicht übrig bleiben«, sagt Mom. »Es sei denn, du willst zu Fuß gehen.«

»Ich möchte mich entschuldigen, Della«, sagt er.

»Wofür?«

»Für das, was Meredith getan hat. Und dass ich Harry nicht beschützt habe.«

»Ich brauche keinen, der mich beschützt«, nuschle ich, obwohl es manchmal offenbar nötig wäre.

»Was Meredith getan hat, ist nicht deine Schuld, Alex«, sagt Mom. »Sie ist kein glückliches Mädchen.«

»Untertreibung«, murmle ich, während ich auf den Rücksitz krieche und meinen Kopf auf Vernas Schoß lege.

15

Wir sind auf der Fähre, und ich habe höllische Schmerzen. Wenn ich versuche zu sprechen, fühlt es sich an, als würde mir jemand einen Ziegelstein ins Gesicht schlagen. Ich stöhne laut, da dreht sich Mom um und reicht mir eine Tüte tiefgefrorene Erbsen. Ich bin so was von daneben, dass ich nicht einmal gemerkt habe, dass wir an einem Laden angehalten hatten.

»Das wird dir guttun«, sagt Mom. »Wir fahren auf direktem Weg zum Uni-Klinikum. Ich habe meine Freundin Janet dort angerufen und ihr erzählt, was passiert ist. Sie erwartet uns.«

»Janet angerufen? Warum?«, flüstere ich. Meine Stimme hört sich an, als wäre ich betrunken. Ich wünschte, ich wäre es.

»Sie ist Ärztin in der Notaufnahme«, sagt Mom. »Sie wird uns helfen. Bis der Kiefer geröntgt ist, möglichst nicht sprechen, sagt sie. Und du sollst eine Kopfschmerztablette nehmen und den Kiefer kühlen.«

Erst Lucys Fußgelenk und nun das. Zwei medizinische Notfälle an einem Tag. Muss so was wie ein Rekord sein. Aber vielleicht ist es in großen Familien immer so.

Mom reicht mir eine Flasche Wasser und eine Tablette. Ich schaffe es, sie zu schlucken, obwohl schon das Mundaufmachen kaum auszuhalten ist. Alex auf dem Beifahrersitz schweigt.

Churchill hat sich auf dem Boden zwischen Vorder- und

Rücksitz ausgestreckt, den schweren Kopf auf Vernas Füßen. Es muss unbequem sein, aber sie klagt nicht. Ab und zu rutscht sie ein bisschen auf dem Sitz hin und her und sagt: »Heb mal deinen Kopf, du Elefant«, aber mehr nicht. Ich schließe die Augen und dämmere weg – weg vom Schmerz, vom Geruch nach nassem Hund, vom Geräusch der Reifen auf dem Asphalt und dem Stimmengmurmel vom Vordersitz.

In der Notaufnahme ist gerade nicht viel los, und so dauert es nicht lange, bis ich von Janet untersucht werde. Sie ordnet eine Röntgenaufnahme an und fragt, wie es passiert ist. »Familienstreit«, sage ich, und obwohl sie mich verblüfft ansieht, bohrt sie nicht nach Einzelheiten. Mom kann es ihr ja erzählen. Oder auch nicht. Das ist mir wirklich egal.

Ich muss weggedöst sein, denn als Nächstes kriege ich erst wieder mit, dass ich zum Röntgen gerollt werde. Mom geht neben mir. »Wow!«, sagt die Röntgenassistentin, als sie mein Gesicht sieht.

»Sie sollten mal die andere sehen.« Ich zucke beim Sprechen zusammen, und Mom runzelt missbilligend die Stirn. Ist wohl zu früh, um Witze darüber zu machen.

Nach dem Röntgen müssen wir wieder warten. Endlich kommt die Ärztin zurück – mit guten Nachrichten: nichts gebrochen, nichts verrenkt, keine angebrochenen Zähne, allerdings wird mein Gesicht noch eine ganze Weile geschwollen sein und ordentlich wehtun. Grün und blau wird es sowieso werden. Mit anderen Worten, ich werde mich scheiße fühlen und auch so aussehen. Ich bin ein bisschen wacklig auf den Beinen, als wir wieder in den Warteraum gehen, wo Verna in ein Gespräch mit Nancy, eine der Sonntagsfrauen, vertieft ist. Sie wartet hier auf einen Freund, der eine Überdosis genommen hat. Alex ist nirgends zu sehen. Als Verna meinen suchenden Blick bemerkt, sagt sie: »Er musste zur Arbeit. Du sollst ihm schreiben, sobald du kannst.«

Im Auto schicke ich ihm eine kurze Nachricht – Nichts gebrochen. Will nur schlafen – und schalte das Handy dann ab. Zu Hause macht mir Mom eine Suppe, während ich mich unter die Dusche stelle, um Sand, Schweiß und Krankenhausgeruch abzuspülen. Als das Wasser an mein Gesicht kommt, treibt es mir die Tränen in die Augen.

»Kannst du Lucy Bescheid sagen, dass alles in Ordnung ist?«, bitte ich Mom. Ich schlürfe die Suppe aus einem Becher und zucke bei jedem Schluck zusammen. »Hab jetzt nicht die Kraft dazu.«

»Natürlich«, sagt Mom. »Ich telefoniere mit Angela und Nori.«

»Ich finde trotzdem«, sagt Verna, »ihr solltet die Polizei einschalten.« Sie schneidet Äpfel für Apfelmus klein und fuchtelt beim Sprechen mit dem Messer vor Mom herum.

Mom seufzt. »Ich glaube nicht, dass Meredith von der Polizei die Hilfe bekommen wird, die sie braucht.«

Verna knallt das Messer aufs Brett. Ein Apfelstück springt zu Boden. »Verstehe ich ja, Della, aber sie ist gewalttätig und außer Kontrolle. Sie hat unser Mädchen verletzt. Sie braucht eindeutig Hilfe, aber wenn wir nichts tun, wird sie keine bekommen.«

»Vielleicht hast du recht«, sagt Mom gelassen, »aber es ist Harrys Entscheidung.« Sie sieht zu mir her. »Soll ich die Polizei anrufen, Harry?«

Ich schüttle den Kopf und muss vor Schmerz nach Luft

schnappen. Bei dem Gedanken, von einem Polizisten verhört zu werden, wird mir übel, obwohl ich nichts Unrechtes getan habe. »Ich will einfach nur schlafen und alles vergessen. Und ich will nicht, dass ihr zwei streitet, okay?«

Verna sieht Mom finster an, und Mom zieht die Schultern hoch. »Ich denke, das kriegen wir hin«, sagt sie.

Ich schlafwandle durch die nächsten Tage, trinke Smoothies, schau mir alle sechs Staffeln von *Lost* an, was seltsamerweise schmerzlindernd wirkt, und vermeide den Kontakt mit meinen persönlichen »Anderen«, einschließlich Alex. Ich weiß, dass Mom mit Angela und Nori in Verbindung ist. Ich weiß, dass Lucy mit mir sprechen will. Ich weiß, dass ich mich in den Griff kriegen muss, fühle mich aber so verloren wie die Überlebenden von Flug 815 der Oceanic Airlines. Der einzige Mensch, den ich überlege anzurufen, ist Byron, aber auch das würde mehr emotionale Energie verlangen, als ich zurzeit habe.

Ich muss viel darüber nachdenken, was Verna über Meredith gesagt hat – *sie braucht Hilfe, aber wenn wir nichts tun, wird sie keine bekommen* –, und ich frage mich, wie ich über sie gedacht hätte, wenn ich ihre Geschichte nach einem Interview hätte niederschreiben müssen. Hat sie mir je die Wahrheit gesagt? Das weiß ich immer noch nicht. Werde es vielleicht auch nie wissen. Aber es kann nicht schaden, wenn ich versuche, sie ein bisschen besser zu verstehen. Ich stelle mir also vor, ich würde mir eine von Moms Interview-Aufnahmen anhören, und notiere – auf den gelben Schreibblock –, was ich in meinem Kopf höre.

Ich heiße Meredith Leatherby. Ich bin achtzehn und komme aus Missoula, Montana. Vor über einem Jahr bin ich von zu

Hause weg und nach Seattle gegangen, weil ich meinen Samenspender finden möchte, von dem ich dachte, dass er hier lebt. Mein bester Freund Alex ist mitgekommen. Wir sind schon seit der ersten Klasse befreundet. Alex ist als Mädchen auf die Welt gekommen, aber als er ungefähr elf war, ist ihm klar geworden, dass er in Wahrheit ein Junge ist. Ich habe das nie seltsam gefunden. Ich habe versucht, ihn zu beschützen. Seine Familie ist fürchterlich. Ich habe zwei ältere Geschwister, Jackson und Elizabeth, sie sind Zwillinge. Mit zwölf habe ich herausgefunden, dass mein Vater, Mark, nicht mein leiblicher Vater ist, und da bin ich ausgerastet. Ich habe mich so betrogen gefühlt. Obwohl ich wusste, dass Mark und Barbara, meine Mom, mich liebten, konnte ich all die Lügen nicht verkraften. Ich habe angefangen zu trinken, Drogen zu nehmen und wahllos irgendwelche Kerle zu ficken. Ein paarmal bin ich schwanger geworden. Meine Eltern haben sich wegen mir scheiden lassen. Nach der Highschool habe ich zusammen mit Alex Missoula verlassen, und wir sind nach Seattle. Niemand kennt uns hier, deshalb kann ich mir eine Vergangenheit zusammenbasteln, die nicht so erbärmlich ist wie meine echte. Es schadet keinem, aber Alex gefällt das nicht. Er will, dass ich »ehrlich« sein soll, was immer das heißt. Als ich zwei von meinen Halbschwestern fand, habe ich weitergelogen – und Alex war weiterhin sauer. Dann habe ich gemerkt, dass er eine meiner Schwestern richtig gern mag – Harry heißt sie –, und da bin ich eifersüchtig geworden. Ich wünsche mir schon seit einer ganzen Weile, dass wir ein richtiges Paar wären, aber gesagt habe ich ihm das noch nie. Ich hatte Angst, dass er mich hängen lassen würde. Dass ich nicht mehr der wichtigste Mensch in seinem Leben wäre. Alex war jedenfalls stinksauer auf mich, und ich habe es an Harry ausgelassen.

Ich meine, ich bin durchgedreht und habe auf sie eingeschlagen. Alles ist plötzlich aus mir herausgebrochen, der ganze Schmerz, die Wut, die Angst, alles, was sich jahrelang in mir aufgestaut hat. Vielleicht habe ich ihr den Kiefer gebrochen, bevor ihre Mom mich von ihr wegziehen konnte. Es tut mir leid, dass ich Harry geschlagen habe, Alex wird jetzt nicht mal mehr mit mir reden wollen. Ich weiß nicht, was ich machen soll.

Ich lese noch einmal, was ich geschrieben habe, und versuche, objektiv zu bleiben. Würde ich Mitgefühl haben für dieses Mädchen, wenn ich ihre Geschichte lediglich abgetippt hätte? Vielleicht. Und hat mir das Aufschreiben geholfen, dass ich jetzt mehr Mitgefühl für sie aufbringen kann? Ich glaube schon – wenn mein Gesicht nicht so wehtun würde.

Irgendwann langweilen mich die alten Serien, und ich wage mich mit den Beagles Kira und Nutmeg raus. Sie spüren anscheinend, dass heute nicht viel mit mir anzufangen ist. Wir laufen manierlich um den Block und bleiben an jedem Baum stehen. Am nächsten Tag gehe ich mit Ketch und Mayva, alias Sniffy McSnifferton. Ich möchte zu gern auch mit Ping-Pong gehen, dem Rottweiler-Schäferhund-Mischling, aber so gutmütig diese Hündin auch ist, ich glaube nicht, dass ich ihr schon gewachsen bin. Die Hunde bringen mich zum Lachen – und gelacht habe ich seit einer Ewigkeit nicht mehr. Am Sonntag bin ich so weit, dass ich in den Salon gehen kann.

Ich hoffe, Annabeth zu treffen. Ich habe sie lange nicht gesehen und mache mir allmählich Sorgen, sie könnte Brad in die Fänge geraten sein oder so was. Das Erste, was Mom und ich im Frisiersalon erblicken, ist Churchill, der sich faul auf dem Sofa räkelt. Oder genauer gesagt, der sich auf Annabeth räkelt, die breit grinsend auf dem Sofa sitzt.

»Wow! Was macht denn Churchill hier?«, frage ich.

»Was er am besten kann«, sagt Verna. »Leute bezirzen.« Auch sie grinst. »Überraschung!«

»Du hast Churchill ... aufgenommen?«, stottere ich.

Verna nickt. »Ja. Mit dem Segen deiner Mutter. Wir waren uns einig, dass er keinen Augenblick länger in diesem Tierheim leben soll. Genau genommen ist er mein Hund, aber ein bisschen Unterstützung werde ich wohl brauchen. Gassi gehen, ihn mal baden, etwas mehr trainieren – solche Dinge eben. Bist du dabei?«

Statt einer Antwort falle ich ihr um den Hals und drücke sie, bis sie quiekt. Sofort bellt Churchill, springt von Annabeths Schoß, ist mit einem Satz bei uns und wirft uns fast zu Boden.

»Sitz!«, sage ich und erstaunlicherweise gehorcht er. Dann strecke ich ihm die Hand entgegen. »Bist du ein braver Hund?«, sage ich, und er hebt seine Pfote, damit ich sie schütteln kann.

»Danke, danke, danke!«

Jemand stellt Musik an, und zu viert (plus Churchill) singen wir zu »Hound Dog«. Das heutige Programm hat Mom zusammengestellt, es sind lauter Songs über Hunde. Von Norah Jones, den Beatles, Neil Young und Led Zeppelin. Sie alle haben ihre Hunde geliebt, wer weiß so was schon? Es ist das beste Geschenk, das mir Verna und Mom je gemacht haben. Ich tanze durch den Salon, und Annabeth steht auf und tanzt mit.

Als Shanti hereinkommt, gesellt sie sich dazu, tanzt Boogie zu »Walking the Dog«, klatscht Mom auf den Hintern und macht ihr unmissverständlich klar *»shake what your momma gave you«*.

Mom befolgt es tatsächlich. Gibt es was Komischeres, als die eigene Mom tanzen zu sehen? Ich lasse mich auf das Zweiersofa fallen, und Annabeth setzt sich neben mich.

»Shanti ist die, die ich wegen Brad gefragt habe«, erkläre ich ihr.

Annabeth nickt. »Sie hat sich große Mühe gemacht, um mich zu finden. Eine ihrer Freundinnen hat ihr erzählt, was Brad für einer ist. Keine Spur von Musikproduzent. Nicht mal Zuhälter. Einfach nur ein widerlicher Typ ist das. Ich sollte es eigentlich besser wissen, als einem Kerl wie dem zu glauben.«

»Woher solltest du das wissen? Du hast eine tolle Stimme, und eines Tages wird sie von irgendeinem einflussreichen Menschen gehört werden.«

Sie zieht die Schultern hoch. »Ich hoffe es. Aber bis dahin werde ich vorsichtiger sein.«

»Wo übernachtest du zurzeit?«, frage ich.

»Meistens in Parks. Zum Duschen gehe ich in eine der Obdachlosenunterkünfte. Ich mache jeden Tag in der Bücherei sauber. Aber eine Ausleihkarte kriege ich trotzdem nicht.«

»Gib doch meine Adresse an.« Kaum ist es raus, weiß ich, dass ich eine der unsichtbaren Grenzen überschritten habe, von denen Mom immer spricht. Egal. Es kann nicht in Ordnung sein, dass wir einem Hund so leicht ein Zuhause bieten können und dass dieses Mädchen – dieses talentierte, witzige, kluge Mädchen – im Park schlafen muss.

»Danke, Harry, aber man braucht eine Legitimation mit

der Adresse drauf – eine Rechnung zum Beispiel, einen Führerschein oder so was.«

»Oh.« Ich stehe auf und ziehe Annabeth hoch. »Na, wenigstens eine Luxus-Haarwäsche mit Massage kann ich dir spendieren. Und ausleihen kannst du meine Büchereikarte jederzeit.«

Sie lässt sich in einen Sessel vor dem Waschbecken plumpsen, und ich lege einen Umhang um ihre Schultern. Sie lehnt sich wohlig seufzend zurück, als ich Wasser über ihre Haare laufen lasse. Shanti und Mom tanzen immer noch, und Verna gießt Wasser für Churchill in eine große Schüssel.

»Schlabber nicht so rum, du Riesenmonster«, sagt sie zu ihm. »Und ihr beide« – sie deutet auf Mom und Shanti – »macht Schluss mit eurer Tollerei. Ihr führt euch auf wie Teenager.«

Da greift Mom nach Vernas Hand und wirbelt sie durch den Raum. »Das sollten wir jede Woche mal machen.«

»Amen, Schwester«, sagt Shanti, während sie in einen der Frisiersessel sinkt und zu Annabeth und mir herüberschaut. »Aber dringender brauche ich Haarewaschen und eine Kopfmassage.«

»Du kommst gleich dran, wenn ich hier fertig bin«, sage ich.

»Dieser Brad hat sich vom Acker gemacht«, sagt Shanti zu Annabeth. »Marco hat ihn weggejagt.« Marco ist Shantis Zuhälter (und der Vater des kleinen Rocco), ein Furcht einflößender Typ. Aber hin und wieder nützlich, wie es scheint.

»Ich danke dir«, sagt Annabeth.

»Kein Problem«, erwidert Shanti. »Hast du ein Handy?«

Annabeth nickt.

»Ich geb dir meine Nummer. Kannst dich jederzeit melden. Zu mir nach Hause kommen. Was essen. Mit meinen Kindern spielen.«

»Danke«, sagt Annabeth, und mich überkommt tiefe Scham. Ich werfe Mom, die gerade einen Stapel Handtücher aufräumt, einen Blick zu, aber sie reagiert nicht. Dann eben nicht, denke ich. Wenn Shanti helfen kann, kann ich das auch.

Abends, als wir mit allem fertig sind, gehen Verna und ich noch mal kurz mit Churchill raus. Ich will ihr zeigen, wie sie ihm beibringen kann, dass er ihr nicht den Arm ausreißt. Als wir wieder vor dem Salon stehen, schaue ich lange zu den Fenstern im ersten Stock hinauf. »Da oben wollte ich immer wohnen, weißt du«, sage ich.

Vor Jahren, nach der Begegnung mit Verna, hat Mom in einem kleinen Raum über dem Salon gewohnt. Ohne richtige Küche und mit einem Bad, das früher nur eine Toilette gewesen war, aber ich hatte mir immer vorgestellt, mit einem frischen Anstrich und ein paar übrigen Möbeln aus dem Trödelladen könnte es da oben richtig klasse sein. Damals hatte ich mir diesen kleinen Raum als meine erste Wohnung zurechtfantasiert. Seit Mom ausgezogen ist, steht er leer. Er wäre perfekt für Annabeth.

»Ja, ich weiß«, sagt Verna. »Du wolltest die Wände im Bad mit Sonnenblumen bemalen.«

»Warum richten wir den Raum nicht für Annabeth her?«, frage ich. »Als Gegenleistung fürs Wohnen könnte sie im Salon arbeiten. Ich muss bald wieder zur Schule, und du weißt, dass du Hilfe brauchst.«

»Deiner Mutter würde das nicht gefallen.«

»Warum? Weil Annabeth eins von *ihren* Mädchen ist? Das

ist Quatsch, und du weißt es auch. Du hast Mom geholfen. Warum können wir Annabeth nicht helfen? Sie braucht jemanden. Sie muss zur Schule. Sie braucht eine Ausleihkarte für die Bücherei, Himmel noch mal!«

»Ich will darüber nachdenken, Harry«, sagt Verna, und ich bin sicher, dass sie nachdenken wird. Aber sie will nicht gedrängt werden, und das muss ich respektieren. Außerdem muss ich hoffen, dass sie Mom für den Plan gewinnen kann.

In der Zeit, die Verna für ihre Entscheidung braucht, beschließe ich, mit meinen Brüdern Kontakt aufzunehmen – mit allen dreien, einschließlich James, dem Mormonen.

Mein Skypeanruf bei Ben in Australien bestätigt meinen ersten Eindruck: Er sitzt entspannt in absoluter Surfermanier da, wirkt aber doch auch ehrgeizig und klug. Und witzig. Er hat zwei kleine Brüder (Isaac, zwölf, und Jasper, vierzehn), einen Vater namens Al, der den Lebensunterhalt mit dem Bau von Windspielen verdient, und eine bienenzüchtende Mutter namens Nina. »Mann, ja, Hippies durch und durch«, sagt er. »Überzeugte Veganer. Aber Al's Geschäft bringt einen Haufen Geld ein. Seine Windspiele werden weltweit verkauft. Die beiden haben in der kleinen abgelegenen Stadt hier draußen ein großes Stück Land gekauft. Und Al ist ein guter Vater. Er bezahlt meine Studiengebühren, obwohl er befürchtet, ich könnte ein arroganter Pinkel werden, wenn ich Architekt bin. Ihm wär's lieber gewesen, wenn ich Töpfern gelernt hätte oder Panflöte spielen. Und Nina labert viel über die Rettung der Bienen, aber wenn's ums Geschäft geht, ist sie gnadenlos. Deshalb stehen sie so gut da. Al ist der Kreative. Sie ist der Boss.«

»Sind deine Brüder auch Spenderkinder?«, frage ich.

»Nein. Nina ist aus den Staaten nach Australien gekommen, da war sie gerade schwanger geworden. Sie lebte eine Weile als alleinerziehende Mutter, dann hat sie Al kennengelernt, und die beiden Kleinen sind dazugekommen. Der Rest ist Geschichte. Und wie sieht's bei dir aus?«

Ich erzähle ihm von Della und Verna, danach tauschen wir Lucy-Geschichten aus. Er hat einen Hund – eine Promenadenmischung namens Iggy –, den er vor die Kamera hält. Iggy sieht aus wie eine Kreuzung aus einem Jack Russell und etwas anderem, einem Dachshund vielleicht. Ich verspreche ihm, Fotos von Churchill und dem Rest meiner Hundebande zu schicken. Als wir uns verabschieden (in der festen Absicht, in Verbindung zu bleiben), habe ich das Gefühl, einen Freund gefunden zu haben.

Mit Adam läuft es anders. Er macht mir unmissverständlich klar, dass er nur Lucy zuliebe mit mir spricht. Er möchte weder skypen noch telefonieren, sondern, wenn überhaupt, dann chatten. Ich glaube, es ist ihm schnuppe, dass Lucy noch weitere Halbgeschwister ausfindig gemacht hat, und an einem Treffen mit Daniel Ramos hat er absolut null Interesse. Nach allem, was ich herausfinde, ist nur ein Punkt wirklich bemerkenswert: Er sagt nie jemandem, dass er ein Spenderkind ist. Als ich ihn nach dem Grund frage, erklärt er, das gehe keinen was an. Kein Wunder, dass er in eine andere Stadt gezogen ist. In Gegenwart von Nori, Angela und Lucy ließe sich dieses Geheimnis nur schwer wahren. Irgendwann habe ich keine Geduld mehr für die Kommunikation per Daumen, deshalb machen wir bald Schluss, und er schlägt auch keine Wiederholung vor. Abgesehen von seinem Äußeren fällt es mir schwer, eine Art von Beziehung zu ihm zu empfinden – was irgendwie enttäuschend ist.

Wer weiß, vielleicht ändert sich das mit der Zeit, aber ich werde sicher nicht gespannt darauf warten.

Was James angeht, so beschließe ich, von vornherein mit offenen Karten zu spielen und keine Ausreden wegen der langen Sendepause zu erfinden. Seine Antwort ist nett und freundlich.

Liebe Harriet,
als ich nichts mehr von dir hörte, habe ich mich gefragt, ob ich in meiner Mail vielleicht zu aufdringlich war. Sei versichert, dass wir nicht über meine Glaubensangelegenheiten sprechen werden, wenn du nicht willst. Ich schäme mich meines Glaubens nicht, aber ich will auch niemanden vor den Kopf stoßen. Erst recht nicht meine Halbgeschwister. Ich würde dir gern von meiner Familie erzählen und von all den Orten, die wir schon bereist haben, oder du könntest mir von deinem Leben erzählen. Ich richte mich nach dir.
Dein Freund
James

Und folgende Mail geht an Dr. Ramos. Daniel.

Lieber Dr. Ramos,
es tut mir leid, dass ich mich nicht mehr gemeldet habe. Ich hatte richtig viel zu tun. Ich habe drei Ferienjobs: Hunde ausführen, meiner Mom bei Transkriptionsarbeiten helfen (lange Geschichte – sie ist Soziologin und recherchiert für ein Buch) und meiner Großmutter im Frisiersalon helfen. Im Anhang schicke ich ein Foto von mir. Ich finde, wir sehen uns ziemlich ähnlich.
In Mexiko bin ich noch nie gewesen, aber jetzt, wo ich weiß,

dass ich zum Teil Mexikanerin bin, sollte ich vielleicht irgendwann mal hinfahren. Bitte schreiben Sie mir bei Gelegenheit.
Alles Gute,
Harry

Ein paar Tage später schreibt er:

Hallo, Harry,
danke für das Foto! Du hast recht, wir sehen uns sogar sehr ähnlich, obwohl du viel hübscher bist ;-). Du siehst ein bisschen aus wie eine meiner Nichten, Bonita, die etwa in deinem Alter ist. Meredith gleicht aufs Haar meiner Tante Renata, als sie achtzehn war, und Lucy, nun Lucy sieht keinem in der Familie ähnlich, aber vom Temperament her kommt sie wohl sehr nach meiner Mutter – ungestüm und liebenswürdig. Ein Energiebündel. Eine von den ganz Impulsiven. Liege ich richtig?
Ich habe die Vermutung, dass du eher zur vorsichtigen Sorte gehörst wie ich. Kein schlechter Zug eigentlich, aber eben unauffällig. Aber vielleicht irre ich mich ja. Ein Bild sagt nicht alles. Vielleicht bist du ja auch so eine ungewöhnlich kontaktfreudige Person wie deine Großmutter.
Meine Arbeit hier ist sehr befriedigend, sie lenkt mich von meinen Gedanken an Alissa ab. In der kleinen Stadt hier hat es nie einen Arzt gegeben, geschweige denn ein Krankenhaus. Ich habe vor, den Winter über hierzubleiben, möchte mir aber noch einen oder zwei Ärzte zur Unterstützung suchen. Das ländliche Mexiko ist wunderschön, aber bitterarm. Irgendwann würde ich euch alle mal gern mit hierhernehmen, aber das ist vorerst Zukunftsmusik. Jetzt muss ich los. Ich hoffe, du schreibst bald wieder.
Liebe Grüße von Daniel

Am Mittwoch, als ich gerade aus der Dusche steige, klingelt es an der Tür. Mom ist zu Hause, und ich höre, wie sie aufmacht und sagt: »Komm rein, du Prachtbursche.« Vielleicht Ray? Obwohl ich mir nicht denken kann, dass sie ihn einen Prachtburschen nennen würde. Ich werfe einen verstohlenen Blick aus der Badtür und sehe etwas schwarzes Verschwommenes durch den Flur heranstürmen, Krallen klickern auf dem Holzfußboden. Churchill. Bevor ich die Tür schließen kann, ist er schon heran, leckt mir übers Gesicht, dass ich einen Aufschrei nicht unterdrücken kann, tobt durchs Bad und stößt eine Shampooflasche vom Rand der Badewanne. Ich wickle mich fest ins Handtuch und brülle »Sitz!«, aber er ist viel zu aufgeregt – und ein geheimes Leckerli-Lager im Bad habe ich auch nicht. Ich mache die Tür zu und setze mich auf die Toilette, bis er sich beruhigt hat und seinen Kopf auf meinen Schoß legt.

»Du bist ein Idiot«, sage ich und streichle seine Ohren. »Aber ein lieber Idiot.«

»Alles in Ordnung da drin?«, fragt Mom vom Flur her. »Alex hat sich Churchill bei Verna ausgeliehen und wollte auf einen Sprung vorbeischauen.«

Ich nehme Churchill am Halsband, stehe auf und öffne die Tür einen Spalt. »Alex ist da?«, zische ich.

»Ja, in der Küche. Warum?«

»Ich bin nicht angezogen. Und ich will nicht, dass er mich im Handtuch sieht.«

»Verstehe«, sagt sie. »Ich denke, du kannst noch ohne Gefahr türmen.« Ich höre das Lachen in ihrer Stimme.

»Das ist nicht komisch«, sage ich.

»Irgendwie schon«, antwortet sie. »Ich hab das Gefühl, unser haariger Freund hier kann alles ins Komische drehen.«

»Hahaha. Lass los, Churchill.« Ich sprinte durch den Flur, wobei Churchill dauernd nach meinem Handtuch schnappt, dann knalle ich meine Zimmertür hinter uns zu. Churchill macht es sich sofort auf meinem Bett gemütlich, während ich mich anziehe und frisiere. Im Spiegel starre ich die Prellungen in meinem Gesicht an – sie haben inzwischen ein hässliches grünlich-gelbes Schillern angenommen – und bin versucht, die schlimmsten Stellen mit einem Abdeckstift abzuschwächen. Es ist verlockend, aber Alex soll ruhig sehen, was Meredith getan hat, damit er endlich begreift, wie gefährlich sie ist. Aber was mache ich mir da vor? Wahrscheinlich ist er gekommen, um sie in Schutz zu nehmen. Oder um sich zu verabschieden.

Er sitzt mit Mom am Küchentisch, sie trinken Kaffee und essen Bananenbrot. Als Alex mein Gesicht sieht, zuckt er zusammen. Gut so. Er sieht selber nicht gerade strahlend aus. Seine Haare sind fettig, und auf der Stirn hat er Pickel bekommen. Die Haut unter den Augen ist geschwollen und grau. Seine Klamotten sind heute besonders verknittert.

»Bananenbrot?«, sagt Mom zu mir.

»Wow, ist ja ein richtiger kleiner Kaffeeklatsch hier«, sage ich. Es kommt gehässiger raus, als es gemeint war, und Mom zieht missbilligend die Stirn kraus. Ich setze mich, nehme mir eine Scheibe Bananenbrot und mache mich daran, es mit Messer und Gabel in kleine Stücke zu schneiden.

»Krieg den Mund noch nicht so gut auf«, sage ich. »Aber immerhin, bin wieder bei fester Nahrung angekommen. Smoothies kann ich jedenfalls nicht mehr sehen.«

»Ist notiert«, sagt Alex. Churchill sitzt neben meinem Stuhl, Sabberfäden hängen bis fast zum Boden.

Mom steht auf. »Ich hab zu tun. Wenn du was brauchst,

du weißt ja, wo du mich findest.« Alex steht auf, als sie aus der Küche geht. Ich frage mich, wer ihm seine guten Manieren beigebracht hat. Zu dem wenigen, das ich über sein Zuhause weiß, scheinen sie nicht zu passen.

»Also – wie geht es dir?«, fragt er. »Wirklich.«

»Einigermaßen. Hatte bloß keine Lust, mit jemandem zu reden, verstehst du?«

»Ja, klar. Aber ich musste dich unbedingt sehen. Wollte wissen, ob es dir gut geht.«

»Na schön, hast du ja jetzt getan.«

»Ich dachte auch, vielleicht würde Churchill dich aufheitern.« Wir sehen zu Churchill hin, der jetzt dösend in einem Sonnenfleck liegt.

»Mission erfüllt«, sage ich.

»Du machst es mir wirklich nicht leicht«, sagt er.

»*Ich* mache es *dir* nicht leicht? *Ich*? Habe ich mir selber ins Gesicht geschlagen? Habe ich jemanden angelogen? Wir wissen doch beide, wie das passiert ist.« Ich schiebe das Bananenbrot von mir weg und stehe auf. »Vielleicht solltest du besser gehen.«

Alex bleibt, wo er ist, neben der Spüle. »Du hast recht. Es tut mir leid. Es ist Merediths Schuld, aber ich weiß nicht, ob man sie dafür verantwortlich machen kann. Falls das irgendwie einleuchtend klingt.«

»Für mein Gesicht jedenfalls nicht.«

»Aber verstehst du, was ich sagen will?«

»Ja – dass sie irgendwie durchgedreht ist und deshalb für ihre Handlungen nicht voll verantwortlich gemacht werden kann. Meinst du es so?«

Er nickt. »Ich weiß schon seit Langem, dass sie ... also, dass sie sich alles Mögliche ausdenkt. Über sich selbst, über ihre

Familie. Zuerst fand ich es eher harmlos, aber allmählich wurde es extremer, sie war besessen von dem Gedanken an ihren Spender und hat ihre Lügengeschichten immer weiter ausgebaut. Ich wollte es mir nicht eingestehen. Sie ist meine beste Freundin. Mehr aber nicht. Wir sind nicht zusammen, und dass sie das gern so hätte, habe ich wirklich nicht gewusst. Du musst mir glauben. Meredith würde alles für mich tun. Und nun muss ich eben was für sie tun.«

Jetzt kommt's, denke ich. Gleich wird er sich verabschieden. Ich setze mich und fange an, aus einer Serviette einen Fächer zu falten. Auch er setzt sich wieder an den Tisch und legt seine Hände über meine.

»Wir müssen dafür sorgen, dass sie Hilfe bekommt«, sagt er.

»Wir?«

»Ich weiß nicht, wo ich anfangen soll. Ich dachte, dass vielleicht deiner Mutter was einfällt.«

Ich ziehe meine Hände zurück. Es geht also immer noch um Meredith, nicht um uns. Ich frage mich, ob es überhaupt jemals um uns gehen wird. Solange aber Meredith keine Hilfe bekommt, wird es für Alex und mich nicht mal die Spur einer Chance geben. Das begreife ich jetzt.

Ich hole Mom aus ihrem Zimmer, und als ich ihr von Alex' Anliegen erzähle, schaltet sie auf Berufsmodus um und stellt Fragen, macht sich Notizen.

»Ich weiß, dass Meredith nach dem Vorfall am Strand für eine oder zwei Nächte bei Angela und Nori war«, sagt sie. »Sie war in einem lausigen Zustand. Wo ist sie jetzt?« Dass Lucys Familie Meredith – nach dem, was sie mir angetan hat – aufgenommen hat, höre ich zum ersten Mal. Es macht mich rasend.

»Bei uns zu Hause. In ihrem Zimmer, im Bett«, sagt Alex.

»Sie steht nur auf, wenn sie aufs Klo muss. Ich glaube nicht, dass sie was isst, sie redet auch nicht mit mir. Aus ihren beiden Jobs hat man sie rausgeworfen. Ich werd mich wahrscheinlich nach einer zweiten Arbeitsstelle umschauen müssen. Und das Tierheim aufgeben.« Er schaut zu Churchill hin, der sich im Schlaf bewegt und leise bellt.

»Das kannst du nicht machen«, sage ich. »Du arbeitest doch so gern im Tierheim. Die Hunde brauchen dich.«

»Nicht so dringend, wie Meredith mich jetzt braucht.«

»Die Sache geht über deine Möglichkeiten hinaus, Alex«, sagt Mom. »Sie braucht professionelle Hilfe. Lass mich ein paar Leute anrufen, doch zuallererst – meinst du, sie ist suizidgefährdet?«

Alex zuckt zusammen. »Ich weiß nicht. Könnte sein. Sie redet ja nicht mit mir.«

»Hat sie je einen Selbstmordversuch unternommen?«

»Nicht, dass ich wüsste«, sagt er. »Höchstens wenn man dazu zählt, dass sie getrunken hat bis zur Bewusstlosigkeit.«

»Ich zähle es dazu«, sagt Mom, »sobald es mit anderen Symptomen einhergeht. Und wo sind ihre Eltern?«

»Missoula.«

»Könntest du es über dich bringen, sie anzurufen?«

Alex legt den Kopf in die Hände, er zittert. »Ich habe ihr versprochen, dass ich nicht anrufe. Sie hasst sie.«

»Ich kann sie ja noch mal anrufen«, sage ich.

»Noch mal?«, sagt Mom mit hochgezogenen Augenbrauen. »Du hast sie schon mal angerufen? Ich will lieber nicht fragen, wie du sie aufgespürt hast.«

»War gar nicht so schwer. Ich bin hervorragend im Recherchieren. Von einer Expertin gelernt.« Ich lächle ihr zu, aber sie lächelt nicht zurück.

»Das ist ein absolutes Eindringen in die Privatsphäre, Harry. In die von Meredith und in die ihrer Eltern«, sagt Mom streng. »Das müsstest du allerdings wissen.«

»Na schön, ich hätte sie vielleicht nicht anrufen sollen. Ich weiß. Aber wie hätte ich sonst herausfinden können, ob all die Geschichten wahr sind, die Meredith uns aufgetischt hat – das Tanzensemble in Denver, das Jugendheim in Boise, die Biofarm. Ich habe ihren Eltern nur erzählt, dass sie zusammen mit Alex in Seattle ist. Das ist alles.«

»Und was haben sie dir erzählt?«

»Nicht viel. Sie sind froh, dass es ihr gut geht, und sie haben gesagt, ich soll wieder anrufen, falls was schiefläuft.«

Mom wendet sich an Alex. »Was meinst du? Ob sie ihr jetzt helfen werden?«

Er nickt. »Ja, werden sie. Aber Meredith wird's nicht gefallen.«

»Vielleicht«, sagt Mom. »Aber irgendwo müssen wir ja anfangen.«

Noch in derselben Stunde drängen wir uns zu dritt um meinen Laptop auf dem Küchentisch und skypen mit Barbara und Mark, die, wie es aussieht, in einer Nische am Esstisch sitzen. Nach der gegenseitigen Vorstellung gibt ihnen Mom einen kurzen, fast klinisch nüchternen Überblick der Situation. Sie sind entsetzt, als sie hören, dass Meredith mich angegriffen hat, doch anscheinend ist so was nicht zum ersten Mal passiert. In Missoula war sie festgenommen worden, weil sie ein Mädchen, das Alex schikanierte, krankenhausreif geschlagen hatte. Sie war mit gemeinnütziger Arbeit davongekommen, hat Missoula aber am Tag nach der Urteilsverkündung verlassen.

»Ich kenne Meredith nicht sehr gut«, sagt Mom, »aber ich bin sicher, dass die Sache nicht in Alex' Verantwortung liegen darf.«

Mark und Barbara nicken. »Wir kommen nach Seattle und holen sie. Wir bringen sie nach Hause und kümmern uns darum, dass sie Hilfe bekommt.«

»Sie sollten vielleicht noch wissen, dass die Kinder vor Kurzem ihren Spender gefunden haben.«

Endlich meldet sich Alex zu Wort. »An dem Tag am Strand habe ich ihr gesagt, dass es nicht in Ordnung ist, wenn sie immer alle Leute anlügt. Da ist sie total ausgeflippt – und hat es an Harriet ausgelassen.«

Da uns Barbara verständnislos ansieht, ergänze ich das Fehlende. »Alex und ich sind befreundet. Kann sein, dass sie unsere Beziehung als bedrohlich empfindet.«

»Trotzdem keine Entschuldigung für Gewalt«, sagt Mom.

Barbara und Mark nicken. »Es tut uns so leid, Harriet«, sagt Barbara.

Ich sollte jetzt sagen *Ist ja nicht Ihre Schuld,* aber nach einer so großherzigen Aussage ist mir jetzt nicht zumute. Natur, Erziehung – wer weiß das so genau? »Also, ich bin jetzt fix und alle«, sage ich stattdessen. »Ich glaube, ich muss dringend ein bisschen schlafen und eine Schmerztablette nehmen. Ist das okay?«

Mom nickt. Alex und Churchill folgen mir ins Wohnzimmer, wo ich mich aufs Sofa lege und die Augen schließe. Churchill drapiert sich über meine Beine und Füße wie eine schwere haarige Häkeldecke.

Alex setzt sich auf die Sofalehne bei meinen Füßen. »Meinst du, es könnte eine Chance für uns geben?«, fragt er.

»Chance wozu?«

»Du weißt, was ich meine. Dass wir zusammen sind.«

»Vielleicht. Wenn du nicht ...« Ich muss mich unterbrechen, um nicht was Gemeines zu sagen. Alex wirkt so niedergeschlagen, und ich habe selber keine Kraft mehr für Auseinandersetzungen.

»Wenn ich nicht was? Ein Mädchen wäre? Ein Feigling?«

»Das habe ich nicht gesagt. Ich weiß, dass es kompliziert ist. Ich weiß, dass du Meredith gern magst. Ich weiß, dass du alles für sie tun wirst. Aber ich weiß nicht, wo ich da reinpassen könnte. *Wenn* ich überhaupt reinpasse. Und dann noch das ganze Trans-Problem. Ist ja nicht so, als wär's ein Spaziergang im Park.«

Er lässt die Schultern hängen. »Ich muss mir über das alles klar werden, Harry. Und das schaffe ich auch. Können wir die Dinge mal einfach in der Schwebe lassen, bis Barbara und Mark kommen? Bis ich weiß, dass für Meredith gesorgt ist?«

»Meinst du, sie fährt mit ihnen nach Hause?«

»Nicht ohne Kampf«, sagt er.

16

Ich habe keine Lust, Meredith noch mal zu sehen, aber sie will mich sehen. »Um sich zu entschuldigen«, sagt Alex. Schwer vorzustellen, aber ich beschließe, über meinen Schatten zu springen. Außerdem bin ich neugierig. Hat man sie in eine Zwangsjacke gesteckt oder ans Bett gefesselt? Ein Teil von mir hofft es. Der gemeine Teil. Der, von dem ich nicht wusste, dass ich ihn in mir habe.

Barbara und Mark waren am Tag nach unserem Skypeanruf von Missoula abgeflogen. Sie hatten Meredith noch am selben Tag ins Krankenhaus einliefern lassen. Offensichtlich war sie dehydriert, sie halluzinierte und war zu schwach, um mit ihnen zu streiten.

»Sie liegt auf einer normalen Station«, sagt Alex, als wir ein paar Tage später zum Krankenhaus fahren. »Barbara und Mark wollten sie nicht auf die psychiatrische Abteilung bringen lassen. Zu stigmatisierend, sagen sie.«

»Und sie hat nicht versucht abzuhauen?«

»Noch nicht«, sagt Alex. »Ich sage es ungern, aber ich glaube, sie genießt die allgemeine Aufmerksamkeit.«

»Hört sich an, als will sie ihrer Schwester Elizabeth nacheifern – hungern und ausrasten.«

»Liz ist ein paarmal im Krankenhaus gewesen, ja, aber ausgerastet ist sie nie. Jedenfalls nicht, dass ich wüsste. Sie ist beim Tanzen zusammengebrochen, und wie sich herausstellte, hat sie damals nur von Hüttenkäse und Eisbergsalat gelebt.«

»Wenn das nicht verrückt ist.«

»Du weißt, was ich meine. Bei ihr gab es keine Ausbrüche, keine Drogen, keine Gewalt.«

»Und was ist Jackson für einer?«

»Jackson ist ein cooler Typ. Ein bisschen fanatisch, wenn es um Bio-Ernährung geht, aber sonst harmlos.«

»Wissen sie, was mit Meredith los ist?«

»Keine Ahnung.«

Vor dem Krankenhaus suchen wir einen Parkplatz.

»Bereit?«, sagt Alex und nimmt meine Hand.

»Bringen wir's hinter uns«, sage ich.

Schweigend fahren wir mit dem Lift zur Station. Auf dem Weg zu Merediths Zimmer schlurft ein alter Mann mit gesenktem Kopf an uns vorüber. Eine Krankenschwester in pinkfarbener OP-Bekleidung ruft hinter ihm her: »In einer Viertelstunde Tee im Aufenthaltsraum, Gordon!«

Der Mann hebt den Kopf und sieht uns mit einem strahlenden Lächeln an. »Gibt es auch Schokokekse?«, sagt er zu uns. Er hat einen britischen Akzent und kaputte Zähne.

»Weiß nicht«, sagt Alex. »Soll ich mal fragen?«

»Das wäre sehr freundlich«, sagt der Mann und schlurft davon.

Bevor wir weitergehen zu Merediths Zimmer, machen wir im Schwesternzimmer halt und richten Gordons Frage nach Schokokeksen aus.

»Barbara und Mark zahlen für ein Einzelzimmer«, sagt Alex. »Nicht schlecht, wenn man bedenkt.«

Er öffnet die Tür und tritt zur Seite, um mich vorgehen zu lassen. Meredith sitzt im Bett, ihre Eltern auf Stühlen links und rechts daneben. Barbara hält ihre Hand, aber als wir hereinkommen, steht sie auf und umarmt mich.

»Wir waren nicht sicher, Harry, ob du kommen würdest, nicht wahr, Merry?«

Meredith blinzelt schwer. »Hi«, sagt sie mit krächzender Stimme. Sie sieht furchtbar aus: Ihre Haut spannt sich grau über die hervorstehenden Knochen. Man könnte sich glatt daran verletzen. Ihr Haar liegt platt am Schädel an. Die Lippen sind aufgesprungen. Ein Infusionsschlauch führt von einem Tropf zu einem ihrer mageren Arme. »Danke, dass du gekommen bist.«

Barbara bietet mir ihren Stuhl neben dem Bett an, aber ich schüttle den Kopf. Auch wenn Meredith aussieht, als wäre sie zu geschwächt, um mich noch mal zu verletzen – man kann nie wissen. Ich weiß, dass psychische Labilität Menschen gewalttätig machen kann, und ich traue Meredith nicht. Obwohl sie den Eindruck macht, als sei sie vom medizinischen Standpunkt gesehen gut versorgt. Eigentlich tut sie mir sogar leid, was mich überrascht.

»Dein Gesicht wieder okay?« Sie spricht undeutlich.

Ich betaste meinen Kiefer. »Ja, inzwischen geht's.«

»Tut mir leid«, sagt sie. »Das hätte ich nicht tun dürfen.«

»Findest du?«

»Ich war unter so großem Druck. Das Treffen mit dir und Lucy. Die Suche nach Daniel. Und die Angst, ich würde Alex verlieren. Ich wollte, dass alles perfekt ist. Ich wollte selber perfekt sein.«

»Hab ich schon kapiert, trotzdem hättest du uns nicht anlügen dürfen. Nicht mich, nicht Lucy, nicht Daniel.« Ich höre, wie Barbara scharf die Luft einzieht, aber es ist mir egal. Meredith hat mich gebeten zu kommen. Es muss ihr klar gewesen sein, dass ich nicht hell begeistert sein würde, sie zu sehen.

Sie senkt den Kopf, und eine Träne rinnt über ihr Gesicht bis auf das Krankenhausnachhemd. Krokodilstränen? Ich bin nicht sicher. Meredith so zu sehen ist ein Schock. Vielleicht hat Alex recht – vielleicht kann sie nicht verantwortlich gemacht werden für ihr Verhalten. Trotzdem möchte ich es.

»Meine Eltern wollen, dass ich mit nach Missoula fahre«, sagt Meredith unter Tränen. »Eine Therapie machen. Den ganzen Mist aussortieren. Wieder gesund werden.«

»Das ist gut«, sage ich.

»Ich möchte, dass Alex auch mitkommt, aber er will nicht. Er sagt, dass sein Leben jetzt hier ist. Und dass er nicht zurück nach Missoula kann, nicht mal für mich.«

Ich weiß nicht, was ich sagen soll. Am liebsten würde ich die Faust in die Luft recken und Alex umarmen. Aber Mom hat mir immer eingeschärft, niemals Schadenfreude zu zeigen. Jedenfalls nicht so, dass es auffällt. Leicht ist das nicht.

»Du hast also gewonnen«, sagt Meredith.

»Gewonnen? Was?«, sage ich.

»Diese Runde.«

»Gott, Meredith, es geht doch hier nicht um einen Boxkampf, und ich bin nicht irgendeine ... irgendeine Trophäe.« Zum ersten Mal, seit wir ins Zimmer gekommen sind, ergreift Alex das Wort. »Missoula war die Hölle für mich. Du weißt es. Hier habe ich ein Leben, und ja, ich hoffe, dass Harry darin vorkommt. Ich werde immer dein Freund sein, daran wird sich nie etwas ändern. Aber dorthin zurück – das kann ich nicht.«

Meredith nickt. »Sieh mal, Harry«, sagt sie. Sie zieht an der Schulter ihr Nachthemd zur Seite und enthüllt ein Tattoo, das aussieht wie zwei Bergspitzen – vielleicht ist eine davon Mount Jumbo. »*Meredith* und *Alex*«, sagt sie. Bei näherem Hinsehen kann ich erkennen, dass es die Zacken des Großbuchstaben *M* sind, und zwischen den Zacken ist, verkehrt herum, ein großes *A*. Tränen brennen mir in den Augen, als ich vom Bett zurücktrete.

Sie spannt die rissigen Lippen zu ihrem komischen Meredith-Lächeln. »Manche Dinge sind für immer, nicht wahr, Alex?« Dann wendet sie den Kopf ab und schließt die Augen.

»Ich denke, das ist erst mal genug«, sagt Mark. Er schiebt uns hinaus auf den Flur.

»Es tut mir leid, Mr. Leatherby«, sagt Alex. »Ich wollte sie nicht aufregen.«

Mark seufzt und klopft Alex auf den Rücken. »Das ist nicht einfach in diesen Tagen, mein Sohn. Sie steckt ziemlich tief im Kaninchenloch. Wird wohl eine Weile dauern, bis man ihre Dosierung richtig eingestellt hat. Manches, was sie so sagt ... also, man steigt nicht durch. Oder vielleicht doch. Der Arzt sagt jedenfalls, sie muss ihren aufgestauten Groll rauslassen dürfen, und glaub mir, sie hat eine ganze Menge davon. Aber danke fürs Kommen. Und Harry? Bitte sag deiner Mutter noch mal schönen Dank von uns – sie war eine große Hilfe!«

»Bist du sicher, dass du nicht mit ihr nach Missoula fahren willst?«, sage ich auf der Fahrt nach Hause zurück.

Alex schaut aus dem Fenster, reibt ein ums andere Mal die Hände über die Oberschenkel.

»Hast du nicht gehört, was ich bei Meredith im Zimmer gesagt habe? Ich kann nicht mit ihr gehen.« Seine Stimme ist heiser, und ich merke, dass er mit den Tränen kämpft. »Du weißt es doch. Nicht mal für Meredith kann ich es tun.«

»Okay«, sage ich. »Verstehe.«

Er dreht sich zu mir herum: »Ich bezweifle, dass du's wirklich verstehst.« Er wendet sich wieder ab, kringelt sich zusammen und lehnt den Kopf ans Fenster.

Die nächsten Kilometer fahren wir schweigend, dann sagt er: »Ich muss mich auf die Suche nach einer anderen Arbeit machen. Die Miete zahlt sich nicht von selber. Für den nächsten Monat haben Barbara und Mark Merediths Anteil übernommen, aber danach bin ich auf mich allein gestellt. Werde wohl umziehen müssen.«

Als wir zu uns nach Hause kommen, sitzt Mom in ihrem Zimmer und telefoniert, und auf der Küchentheke steht ein Kuchen. Aus der Oberfläche ist ein Herz herausgeschnitten – Vernas Erkennungszeichen.

»Magst du?«, frage ich, und Alex nickt. Ich hole drei Teller und krame die Eispackung aus dem Gefrierschrank. Verna ist ein Genie. Wenn heute überhaupt etwas unsere Stimmung heben kann, dann Kuchen.

»Der wievielte ist heute?«, fragt Alex, als ich den Kuchen anschneide.

Als ich es ihm sage, erklärt er: »Am Montag hat meine Mom Geburtstag.«

»Wirst du sie anrufen?« Ich muss an die Gehässigkeit in ihrer Reibeisenstimme denken, und am liebsten würde ich zu Alex sagen, tu's nicht. Sie verdient es nicht.

»Ich rufe sie jedes Jahr an. Gewöhnlich legt sie auf, wenn ich sage, dass ich immer noch ein Junge bin. Trotzdem versuche ich es jedes Jahr wieder. Ist vielleicht eine masochistische Ader von mir.«

Ich nicke und beiße in mein Kuchenstück. Erdbeer-Rhabarber. Himmlisch.

»Wie geht's Meredith?«, fragt Mom, als sie zu uns in die Küche kommt.

»Einigermaßen, glaube ich«, sagt Alex. »Sie ist sehr dünn.« Er lehnt sich auf seinem Stuhl zurück und schließt die Augen. Die Schatten darunter sehen aus wie die blauen Flecken, die ich am Kinn hatte. Beides von derselben Person verursacht. »Ihre Eltern wollen sie mit nach Montana nehmen. Ich denke, sie wird mitfahren.«

Mom nickt. »Das ist gut, Alex.«

»Sie hat sich so gewünscht, dass sie von euch allen gemocht wird«, sagt Alex. »Deshalb hat sie Sachen erfunden – um euch zu beeindrucken. Um sich eine ganz neue Familie zu erschaffen.«

»Ich verstehe«, sagt Mom. »Familien können ... eine Herausforderung sein.«

»Ihre auch?«, fragt Alex.

»Aber ja«, sagt Mom.

»Mom hat den Kontakt zu ihren Eltern abgebrochen, ich hab die nie kennengelernt«, erkläre ich. »Sind schwere Alkoholiker. Mom ist von zu Hause weg, da war sie jünger, als ich jetzt bin.«

»Aber ihr führt trotzdem ein glückliches Leben«, sagt Alex.

»Aber ja«, sagt Mom noch einmal.

Alex schweigt. Ich wüsste gern, ob er jetzt an seine eigene schreckliche Familie denkt.

»Und nun müssen wir uns Gedanken machen, wie auch wir Meredith unterstützen können«, sagt Mom. »Weil sie jetzt zur Familie gehört. Nicht wahr, Harry?« Ich befasse mich eingehend damit, mir noch ein Stück Kuchen abzuschneiden. Sicher registriert Mom genau, dass ich mich vor einer Antwort drücke. Wie kann sie aber von mir erwarten, dass ich bereitwillig jemandem helfen will, der mir ins Gesicht geschlagen hat? Hat sie das schon vergessen? Oder hat sie inzwischen auf Sozialarbeiter-Modus umgestellt und macht eine Fallbewertung, schätzt Hilfsmöglichkeiten und Problemlösungen ein?

»Wir könnten mit ihr skypen, sobald sie zur Ruhe gekommen ist«, sagt Alex. »Vielleicht mal eine Autotour machen und sie besuchen.«

»Verna wird ihr sicher gern die neue Häkeldecke nach Missoula mitgeben«, sagt Mom. »Als Erinnerung an uns.«

»Aber prüft erst nach, ob die Arbeiter, die die Wolle gesponnen haben, fair bezahlt worden sind. Und ob die Wolle von ganzjährig im Freien gehaltenen Schafen stammt«, nuschle ich.

Ich wollte das eigentlich nicht laut sagen, denn der Effekt ist, wie zu erwarten, dramatisch. Mom zieht missbilligend die Stirn in Falten und sagt: »Freundlich sein kann nie schaden, Harry«, und Alex steht auf und geht.

Ich konzentriere mich auf meinen Hundejob und die Arbeit im Salon und versuche zu ignorieren, dass sich Alex seit dem Tag, an dem wir zusammen im Krankenhaus waren, nicht mehr gemeldet hat. Wenigstens Lucy redet noch mit mir. Auch sie hat viel zu tun, weil sie zurzeit ihre Kinder-Ballettgruppe für eine Aufführung zum Ende des Sommers vorbereitet. Ihren eigenen Soloauftritt musste sie absagen – ihr Knöchel ist immer noch nicht in Ordnung. Als wir uns an einem Nachmittag auf einen Kaffee treffen, hat sie eine Kompressionsbandage ums Fußgelenk und trägt feste braune Sandalen mit Klettverschlüssen.

»Wie findest du meine Altfrauensandalen?«, sagt sie. »Anordnung vom Arzt: Keine Absätze, keine Flip-Flops.«

»Sie gefallen mir«, sage ich. »Du wirkst sehr …«

»Bescheuert?«

»Ich wollte eigentlich naturverbunden sagen, aber bescheuert passt auch.«

Sie nippt an ihrem Eistee und sieht mich über den Becherrand an. »Ich hab gestern Meredith besucht.«

»Ah ja, und wie war sie drauf?«

»Ganz okay, denke ich. Sie kommt bald raus.«

»Das ist gut.«

»Warum magst du sie nicht, Harry? Abgesehen von der Sache am Strand. Ist es wegen Alex?«

»Warum sollte es was mit Alex zu tun haben?«

»Weil sie in ihn verliebt ist. Und weil du ihn auch gut findest. Und weil er … hin und her gerissen ist.«

Ich rolle mit den Augen. »Oh, bitte. Wir sind doch keine Figuren aus einem Teenie-Roman.«

»Nein, aber ich hab recht, oder?«

»Kann sein. Aber es ist mehr als das. Meredith sagt nie die Wahrheit. Sie ist … nicht direkt falsch, aber sie ist irgendwie ein Fantasieprodukt von sich selbst. Ich glaube ihr nicht.«

»Verstehe«, sagt Lucy. »Aber es macht mich traurig, dass meine Schwestern sich nicht mögen. Ich meine, wir alle haben unsere Wunschbilder. Meins war, dass wir gute Freundinnen sein würden. So wie die vier Freundinnen in *Eine für 4*. Und jetzt komme ich mir vor, als stehe ich irgendwie zwischen euch. Ich weiß, dass Meredith nicht ohne Fehler ist, aber du bist auch nicht perfekt. Und ich bin's auch nicht.« Sie nimmt eine Papierserviette und schnäuzt sich laut.

Ich verkneife mir den Hinweis, dass die Mädchen in *Eine*

für 4 gar keine Schwestern sind. Stattdessen sage ich: »Tut mir leid. Es ist eben nicht so leicht, jemanden zu mögen, der über einen hergefallen ist.«

»Schon klar«, sagt Lucy. »Trotzdem macht es mich traurig.« Sie steht auf und stellt unser schmutziges Geschirr zusammen. Ich nehme es ihr ab, bringe es zu dem grauen Abstellregal neben der Küche und schaue mich dabei nach Nate um. Er ist nirgendwo zu sehen. Vielleicht ist ihm der große Durchbruch gelungen, und er spielt in einem Hollywoodfilm mit. Vielleicht sitzt er aber auch nur hinter dem Haus, raucht und probt Vorsprechtexte.

Ich begleite Lucy zum Tanzatelier und sehe zu, wie sie die Miniballerinas bei ihren Übungen anleitet. Sie bleibt geduldig und freundlich, auch als sich ein kleines Mädchen in einem Trotzanfall zu Boden wirft und weigert aufzustehen. Ich beneide dieses kleine Mädchen. Genau so hätte ich mich jeden Tag verhalten wollen, seit Alex aus der Tür gegangen war. Als ich Lucys Blick auffange und ihr zum Abschied zuwinke, bläst sie einen Handkuss in meine Richtung, und die kleinen Mädchen tun es ihr nach, als gehöre die Geste zu ihrem Programm. Wer weiß, vielleicht ist es ja so, aber trotzdem fühlt es sich gut an.

Ein paar Tage später kommt Verna zu uns, um über Annabeth zu sprechen. Wie befürchtet, nimmt Mom die Sache nicht gut auf.

»Wessen Idee war das?«, sagt sie und funkelt mich wütend an.

Ehe ich etwas sagen kann, meldet sich Verna zu Wort: »Unsere. Harrys und meine. Wir haben Annabeth über die Jahre ganz gut kennengelernt ...«

»Und etliches von dem, was ihr ›kennengelernt‹ habt, wisst ihr aus meinen Recherchen«, unterbricht Mom. »Das sind streng vertrauliche Informationen, Harry. Das ist ein glatter Verstoß gegen die Moral. Damit könnt ihr meine ganze Studie in Gefahr bringen.«

»Wieso?«, sagt Verna. »Harry hat nichts von diesen Informationen auf unrechte Weise genutzt, noch wird sie das in Zukunft tun. Ich sehe keine Fallstudie, wenn ich Annabeth vor mir habe. Ich sehe eine junge Frau, die meine Hilfe brauchen kann. Unsere Hilfe.«

»Meinst du, das sehe ich nicht auch?«, sagt Mom. Ihr Gesicht ist gerötet, ihre Hände liegen angespannt auf dem Schoß.

»Natürlich siehst du es«, antwortet Verna. »Nur bist du eben nicht in einer Situation, in der du viel tun könntest. Ich schon.«

»Ich tu ja was«, sagt Mom. »Ich mache meine Arbeit.«

»Ich will auch nicht sagen, dass deine Arbeit nicht hilft, Della, aber ich möchte mehr tun. Und Harry auch.«

»Was weiß Harry schon? Was weiß sie von Engagement? Von Opfern. Von Enttäuschung.«

»Aber du weißt es?«, frage ich. »Wir säßen jetzt nicht hier, wenn Verna dich damals nicht aufgenommen hätte. Mich würde es wahrscheinlich gar nicht geben. Das hast du mir immer wieder erzählt. Wie kannst du Annabeth die gleiche Chance verwehren? Du hast damals selber Unterstützung gebraucht und bekommen, aber jetzt geht es dir nur um Theorie. Um Wissenschaft. Was sagst du selber oft? *Forschung kann Erfahrung nicht ersetzen*. Dann lass mich doch mal *meine* Erfahrung machen.«

»Das ist nicht fair, Harry, das weißt du. Ich habe mich bis

zur Erschöpfung eingesetzt bei der unmittelbaren Arbeit mit Jugendlichen, und der Beruf als Wissenschaftlerin hat mir – und dir – vieles erlaubt, was wir sonst nicht hätten. Dieses Haus zum Beispiel. Deine geraden Zähne. Urlaubsreisen. Sicherheit. Ein vernünftiges Auto. Erzähl mir also nichts über Forschung und Erfahrung.«

Sie sieht mich wütend an, aber ich bleibe bei meinem Standpunkt. »Das heißt aber nicht, dass wir nicht trotzdem jemandem helfen können. Annabeth ist ungewöhnlich. Sie verdient eine Chance, und darauf kommt es an, Mom. Du weißt es.«

»Ihr Leben könnte eine neue Erfolgsgeschichte werden«, sagt Verna. »Wie deins, Della.«

Langsam nickt Mom, und in diesem Augenblick sehe ich Annabeths Leben sich öffnen wie die Knospe einer Pfingstrose an einem warmen Junitag.

»Weiß sie etwas von eurem Plan?«, fragt Mom.

»Natürlich nicht«, sagt Verna. »Und sie wird es auch erst erfahren, wenn wir sie hierhaben und es ihr gemeinsam sagen können. Für die Zwischenzeit hat Harry angeboten, das Zimmer herzurichten.«

»Bist du dir sicher, Harry?«

»Ganz sicher«, sage ich.

17

Am nächsten Tag, als Annabeth in den Salon kommt, lade ich sie zum Essen nach Hause ein. Sie scheint verwundert, will aber gern kommen. Ich warte damit, ihr von der Wohnung und dem Job im Salon zu erzählen, bis wir mit Mom und Verna auf der hinteren Veranda am Tisch sitzen, Limo trinken und Churchill dabei zuschauen, wie er seinen eigenen Schwanz jagt. Zuerst kann Annabeth gar nicht aufhören zu weinen, wieder und wieder schaut sie von einem zum andern und sagt: »Ist das wahr? Seid ihr sicher?«

Verna tätschelt ihre Hand, sagt »Ja, Kindchen, wir sind ganz sicher«, und Annabeth weint noch mehr. Schließlich sagt Mom: »Hat außer mir noch jemand Hunger? Also, ich brauche jetzt was zu essen. Hoffentlich magst du Burger mit Lachs, Annabeth? Und Schokokuchen. Harrys Spezialität.«

Annabeth nickt und schnieft. »Kann ich bei irgendwas helfen?«, fragt sie.

»Nö«, sagt Mom. »Harry und ich haben alles im Griff. Ruh dich aus und such dir schon mal die Farben für dein neues Zuhause aus.«

Sie schiebt Annabeth, die jetzt noch größere Augen macht, einen Katalog mit Farbmustern über den Tisch. »Ich kann sie aussuchen?«

»Natürlich«, sagt Verna. »Es sind zwar nur zwei Räume, wenn man das Bad mitzählt, aber du musst ja nicht jede Wand in der gleichen Farbe streichen.«

Annabeth scheint völlig benommen. Sie fächert die Farbmusterkarten auf. »Ich habe noch nie die Farbe für ein Zimmer ausgesucht. Ich weiß gar nicht, wo ich anfangen soll.«

»Fang mit der an, die dir am besten gefällt«, sagt Verna.

»Gelb. Kein grelles Gelb. Etwas Zartes.«

Verna blättert in den Mustern. »Wie findest du das? *Fun in the Sun*? Oder *Sunshine on the Bay*. Das würde doch passen, meinst du nicht?«

Nach dem Essen räumen wir das Geschirr weg und setzen uns danach ins Wohnzimmer, den Farbmusterkatalog vor uns auf dem Couchtisch. Nachdem Annabeth alle Farben für die Wände ihrer zwei Räume ausgesucht hat, geht Verna nach Hause, und Mom zieht sich in ihr Zimmer zurück, um zu lesen.

Ich möchte nicht, dass Annabeth wieder in den Park geht oder sonst wohin, wo sie gerade schläft.

»Du kannst hier übernachten«, sage ich. »Bis die kleine Wohnung fertig ist.«

Sie schüttelt den Kopf. »Ich schlafe zurzeit bei Shanti. Auf dem Sofa. Sie ist wirklich gut zu mir gewesen. Ich kann nicht einfach so verschwinden. Und ich will ihr persönlich von der guten Nachricht erzählen. Glaub mir, ich bin dort sicher. Außerdem habe ich ihr immer mit den Kindern geholfen, und das will ich auch weiter tun. Mir geht's gut. Besser als gut.«

»Okay«, sage ich, als ich sie zum Abschied umarme. »Ruf an, wenn du mich brauchst.«

»Mach ich. Und noch mal vielen Dank. Du kannst dir nicht vorstellen, was das für mich bedeutet. Freunde und ein Zuhause.« Sie kämpft schon wieder mit den Tränen.

»Schluss jetzt mit den Freudentränen«, sage ich.

Seit Jahren war ich nicht mehr in den Räumen über dem Salon – sie sind kleiner und schmutziger, als ich sie in Erinnerung habe. Und vollgestellt mit Kartons. In manchen sind uralte Salonutensilien. Andere sind bis obenhin gefüllt mit Moms alten Unterlagen aus Unizeiten. In einigen stapeln sich alte Klamotten von Verna. Ich zupfe eine gelb getupfte Bluse heraus, auf der sich nur ein winziger Bleichmittelfleck findet. Bei den Büchern in einer der Kisten handelt es sich zum größten Teil um soziologische Schriften. Als ich Mom Fotos von ihren Sachen schicke, schreibt sie zurück Wegwerfen. Ich bugsiere die Kisten die Treppe hinunter zum Müllcontainer und werfe alles hinein.

Nachdem ich den ganzen Schrott entsorgt habe, fange ich mit Putzen an. Annabeth hat ihre Hilfe angeboten, aber sie soll die Wohnung erst sehen, wenn sie sauber, frisch gestrichen und möbliert ist. Licht strömt durch die Fenster herein, nachdem ich sie mit Seifenlauge und Essig gereinigt und die Scheiben mit zerknülltem Zeitungspapier poliert habe. Auf dem Boden liegt das gleiche Linoleum wie unten im Salon, nur dass es hier nicht so ausgeblichen ist, und ich schrubbe, bis es fast schimmert. Genauso mache ich es bei Duschwanne, Waschbecken und Toilette.

In den letzten Tagen habe ich viel in Gebrauchtmöbelläden gestöbert und dabei einen Kleiderschrank, einen Garderobenständer aus Holz, einen winzigen Küchentisch mit Stühlen, ein Bettgestell und ein Nachtkästchen gefunden. Abgesehen von der neuen Matratze, die Mom kaufen will, bezahle ich alles selbst. Herd und Kühlschrank in der kleinen Kochzeile funktionieren noch. Verna hat einen alten Polstersessel, den sie Annabeth überlassen will. Mehr passt in die kleine Wohnung nicht hinein.

Beim Streichen hilft mir Lucy. *Sunshine on the Bay* im Zimmer, *Blue Angel* im Bad. Abgesetzt mit *Cloud White.* Eine Farbe namens *Rose Parade* für Tisch und Stühle. Als alles getrocknet ist, hieven wir die übrigen Möbel die Treppe hinauf und stellen sie in dem kleinen Raum auf. Den großen blauen Kordsessel richten wir so aus, dass Annabeth durch das Fenster den Himmel sehen kann. Lucy hat neue Handtücher von Nori und Angela mitgebracht – grün wie Bambussprossen. Die Matratze kommt, und Lucy und ich ziehen Bettwäsche auf, die Mom noch aus meiner Sonnenblumenphase hat, als ich sechs Jahre alt war. Auf den Tisch stellen wir eine weiße Vase mit Blumen aus Noris Garten.

»Hier wollte ich immer wohnen, weißt du«, sage ich zu Lucy, die sich in den großen Sessel gekuschelt hat.

»Es ist so süß«, sagt Lucy. »Annabeth wird's gefallen.«

Die große Enthüllung findet dann am Samstagnachmittag statt. Der kleine Raum ist total überfüllt – Shanti hat ihre Kinder mitgebracht, und auch Nori und Angela sind gekommen. Es gibt Champagner, Limonade für die Kinder und Cupcakes von Cupcake Royale. Annabeth, ein rosa Tuch vor den Augen, wird von Verna die Treppe hinaufgeführt, und als sie die Augenbinde abnimmt, habe ich Angst, sie könnte ohnmächtig zu Boden sinken. Shanti nimmt sie in den Arm. »Halt dich gut fest, Mädchen«, sagt sie und grinst.

»Keine Tränen«, rufe ich noch, aber da heult schon jeder.

»Freudentränen«, flüstert mir Annabeth ins Ohr und drückt mich an sich. »Nur Freudentränen.«

Und ich heule ja selber. Zum größten Teil vor Freude, aber ein bisschen auch deshalb, weil ich nichts mehr von Alex gehört habe seit dem Tag, an dem er unser Haus verlassen hat. Ich vermisse ihn.

Ein paar Tage nach Annabeths Einzug in ihre kleine Wohnung, klingelt das Telefon. Mühsam blinzle ich auf das Display, ich war gerade am Einschlafen. Alex.

»Hab ich dich geweckt?«, sagt er.

»Sozusagen. Was ist los?«

»Ich muss dir was erzählen.«

»Okay.« Ich bin jetzt hellwach, bestimmt will er mir sagen, dass er jetzt doch beschlossen hat, mit Meredith nach Missoula zu gehen.

»Wird dir nicht gefallen, aber ich könnte es nicht ertragen, es dir nicht zu erzählen. Aber Meredith würde ausflippen, wenn sie wüsste, dass ich dich angerufen habe.«

»Spuck's aus.«

»Als Meredith aus dem Krankenhaus kam, hat sie ihre Eltern darum gebeten, dass sie noch ein paar Tage mit mir in unserer Wohnung verbringen darf, sie müsse Verschiedenes erledigen. Sich verabschieden und so. Barbara und Mark sollen ihr vertrauen und ihr ein bisschen Freiraum lassen, bevor sie wieder nach Missoula muss. Sie waren einverstanden. Mark ist inzwischen schon wieder nach Hause geflogen. Er muss arbeiten. Merediths Mom ist noch im Hotel.«

»Und was wird mir nun nicht gefallen?«

»Meredith hat beschlossen, mit dem Bus nach Mexiko zu fahren, um Daniel zu treffen. Sie ist der festen Überzeugung, dass er von einem Drogenkartell ermordet wird, ehe sie die Gelegenheit gehabt hat, ihn kennenzulernen. Was nicht ganz so verrückt ist, wie es klingt. Er wohnt in einem kleinen Ort in Durango. Ständig werden da Besucher von Drogenkartellen getötet. Harry ... ich kann sie da nicht allein hinfahren lassen. Ich kann einfach nicht. Ganz gleich, wie viel du mir bedeutest, aber wenn ihr was passiert ...«

»Stopp. Schon verstanden.« Und ich verstehe es tatsächlich, obwohl mich das, was er sagt, einer Ohnmacht nahe bringt.

»Du verstehst mich?« Er klingt so hoffnungsvoll, dass mir fast das Herz bricht.

»Mhm. Mehr oder weniger.« Vor allen Dingen habe ich jetzt verstanden, dass ich nichts gegen ihre Beziehung tun kann. Ich kann ihn nicht von seiner Sorge um sie abbringen. Ich kann sie nicht von ihrem Gefühl der Hilfsbedürftigkeit befreien. Ich kann nur ich selbst sein, die vernünftige Harriet.

»Wir rufen Barbara an, sobald wir unterwegs sind«, sagt Alex. »Und, Harry, ich bin bald zurück.«

»Wenn die von den Drogenkartellen dich nicht vorher umbringen.«

»Das ist nicht lustig.«

»Sorry. Was soll ich deiner Meinung nach dazu sagen? Dass ich es für eine tolle Idee halte? Das tu ich nicht. Und ich muss es auch nicht.«

»Ich weiß. Tut mir leid.«

»Mir auch.« Was gibt es noch zu sagen? Nach einem geflüsterten »Sei vorsichtig« lege ich auf. Und jetzt kommen die Tränen, sie machen feuchte Flecken auf den Kopfkissenbezug. Ich bin ziemlich sicher, dass ich die Fünfzehn-Minuten-Regel übertrete.

Am nächsten Morgen ruft Lucy an. Erst höre ich weiter nichts als Schluchzer und zwischendurch den hysterischen Lucy-Schluckauf.

»Lucy, beruhige dich. Hol mal tief Luft. Was ist los?«

»Ich soll's dir nicht sagen«, quetscht sie heraus.

»Was sollst du mir nicht sagen?« Ich setze mich im Bett auf und schalte das Licht an.

»Dass sie wegfahren.«

»Ist ja gut, Lucy. Ich weiß es schon, Alex hat's mir gesagt.«

»Aber das ist doch schrecklich, findest du nicht? Barbara und Mark werden sich furchtbar aufregen. Nicht im Traum könnte ich mir vorstellen, meinen Müttern so was anzutun.«

»Geht mir auch so, Lucy, aber ich denke, Meredith sieht es nicht so. Ich wette, Barbara wird nicht allzu überrascht sein.«

»Sollen wir sie anrufen?«, fragt Lucy.

»Wen, Barbara? Nein«, sage ich langsam. »Das ist eine Sache zwischen ihr und Meredith.«

»Aber sie wird sich solche Sorgen machen.«

Ich seufze. »Ja. Ich weiß. Aber Alex sagt, sie werden sie von unterwegs anrufen. Vielleicht merkt sie ja bis dahin gar nicht, dass die beiden verschwunden sind.«

Lucy schnäuzt sich lautstark. »Meredith denkt, du hasst sie«, sagt sie.

»Ich hasse sie nicht. Ich glaube ihr nur nicht.«

»Aber sie ist deine *Schwester*«, sagt Lucy, und ihre Stimme wird lauter bei dem Wort. »Und sie ist nicht gesund. Man hat sie aus dem Krankenhaus entlassen, aber sie ist ganz dünn.«

»Vielleicht wird sie von mexikanischem Essen dicker.«

»Warum bist du so?«, fragt Lucy.

»Wie?«

»So hart. So gemein.«

»Ich will nicht gemein sein. Ich will nur …«

»Vernünftig sein«, sagt Lucy. »Ich weiß.« Diesmal klingt es eindeutig nicht nach einem Kompliment. Sie legt auf, und ich schleudere mein Handy von mir und verkrieche mich unter die Decke. Ich kann es kaum erwarten, mit Gwen zu reden – das ist mein letzter Gedanke, bevor ich wieder einschlafe.

18

Zwei Wochen, nachdem die Schule wieder angefangen hat, sitze ich mit Gwen im Café Allegro und warte auf Lucy, die nach ihrem Ballettunterricht auch kommen will. Nate hat uns seinen Spezialdrink gemacht, den er nach seinem Lieblingsschauspieler *The Norton* nennt. Soweit ich es beurteilen kann, ist es weiter nichts als eisgekühlter Chai Latte, aber gut ist er trotzdem.

»Er ist süß«, sagt Gwen, nachdem uns Nate von seiner neuesten Rolle erzählt hat (Action in einer Neuinszenierung von *West Side Story*). »Und dich findet er richtig toll.«

»Sagt Lucy auch, aber ich denke, er flirtet eben gern.«

»Warum hat er dann nicht *mir* eine Karte für seine Vorstellung angeboten?«, sagt Gwen. »Bin ich etwa nicht sexy genug?« Sie macht einen Schmollmund und streckt ihren Busen vor. Ich muss laut lachen. Gwen sieht unglaublich gut aus – sie trägt ein kurzes schwarzweißes Designerkleid mit Faltenrock, das sie zusammen mit ihrer neuen Stiefmutter in Paris gekauft hat. »Ich trage Isabel Marant«, sagt sie, »aber ich vermute mal, dein Freund Nate steht mehr auf das, was du deine Art Stil nennst.«

»Tja, meine neue Kollektion. Ich nenne sie ›Saubere-Wäsche-Look‹. Wer ist Isabel Marant?«, frage ich.

Gwen rollt mit den Augen. »Als ob dich das interessiert.«

Ich muss wieder lachen. Sie sieht fabelhaft aus, doch in diesem schrägen Café wirkt sie eher fehl am Platz. »Wie war denn nun Dominique?«

»Nett, denke ich mal. Sie tut weiter nichts, als shoppen gehen und die köstlichen kalorienarmen Minigerichte essen, die der Koch extra für sie zubereitet. Ach ja, und sie macht Pilates. Aber Dad ist glücklich. Viel gesehen habe ich ihn ja nicht. Er war meistens mit Geldverdienen beschäftigt, damit Dominique und ich es ausgeben konnten. Auch für Unterhaltszahlungen braucht er eine Menge.«

Ich nehme ihre Hand. »Ich bin froh, dass du wieder da bist. Echt froh. Hier ist der Bär los gewesen.«

»Hört sich ganz danach an. Dich hat das pralle Leben gepackt, während ich weg war. Die ganze Zeit in Frankreich habe ich mir vorgestellt, wie öde und langweilig es für dich sein muss – so ganz ohne mich.« Sie prustet vor Lachen. »Das wird mir nicht noch mal passieren.«

»Ja, vor lauter Langeweile habe ich fünf Halbgeschwister, meinen Spender und einen Trans-Freund gefunden.«

»Alex ist also dein Freund? Obwohl er sich mit deiner verrückten Halbschwester nach Mexiko aufgemacht hat?«

»Na ja, vielleicht kein Freund in *dem* Sinn. Noch nicht. Aber er sagt, er kommt auf jeden Fall zurück, also mal sehen. Wie es scheint, war Daniel nicht gerade hell begeistert, als die beiden unangemeldet bei ihm aufgetaucht sind. Meredith musste Barbara anrufen, damit er die Situation mit ihr besprechen konnte. Vielleicht bleibt Meredith erst mal dort und arbeitet eine Weile in der Klinik. Im Büro oder so. Alex sagt, sie ist in Mexiko ein anderer Mensch. Konzentriert. Glücklich. Er meint, das hängt damit zusammen, dass Daniel etwas von ihr erwartet. Ihre Mithilfe. Ihren Einsatz.«

»Das ist doch gut, oder? Für dich und Alex?«

»Ich hoffe es. Aber es ist sicher nicht so, dass ich ungeduldig auf ihn warte. Selbst wenn er zurückkommt – eines

Tages kriegt er vielleicht einen Anruf von Meredith, und schon ist er wieder weg. Außerdem ist da noch die ganze Trans-Sache. Ist alles nicht so einfach.«

»Was ist schon einfach?«, sagt Gwen seufzend. »Dominique hat mich einigen ihrer Freunde in Paris vorgestellt. Ihrer männlichen Freunde. Die sind nur ein paar Jahre älter als Zach, aber so was von ...«

»Französisch?«

»Kultiviert. Elegant. Wein und Steak-Frites, nicht Bier und Burger mit Fritten. Und ihre Klamotten? Gott, Harry! Hosen wie angegossen. Handgefertigte Schuhe. Armbanduhren von Cartier. Ich weiß nicht, ob ich mich je wieder mit Baggy-Jeans und T-Shirts anfreunden kann.«

»Lass dir ein paar Wochen Zeit«, sage ich. »Und Zach ist gar nicht so schlecht. Er ist nur kein Franzose. Und zweiundzwanzig ist er auch nicht. Du machst gerade einen Kulturschock durch. Das kriegst du in den Griff.«

»Und wie steht's mit dir und Byron? Er will bald zurückkommen, sagt Zach. Weiß er von Alex?«

»Ja. Aber nicht, dass er trans ist. Ist nicht meine Sache, darüber zu reden.

»Mir hast du's erzählt«, sagt sie.

»Ja. Aber ich habe Alex vorher gefragt, ob es ihm recht ist.«

»Verstehe. Du meinst, ich soll also nicht durch die Schule laufen und allen erzählen, dass dein neuer Typ früher ein Mädchen war und Danielle hieß?«

»Nicht, falls du in deinem Leben noch einmal shoppen gehen willst.«

Die Tür des Cafés geht auf, Lucy stürmt herein und kommt sozusagen mit kreischenden Bremsen vor uns zum Stillstand.

»Oh Gott, trägst du Isabel Marant?«, quiekt sie. Als Gwen nickt, lässt Lucy ihre Tasche fallen und zieht einen Stuhl dicht neben Gwen. »Wo hast du's gekauft?«

Gwen lacht. »Ich bin übrigens Gwen. Du musst Lucy sein. Und ich habe es in Paris gekauft.«

»Eines Tages werde ich in Paris tanzen«, kündigt Lucy an. »Und shoppen gehen.«

»Wird dir gefallen«, sagt Gwen, »so lange du viel Geld hast. Ich meine: richtig viel. Zum Glück für mich schwimmt mein Dad im Geld. Dazu hat er ein schlechtes Gewissen. Für mich also eine Win-Win Situation.«

Ich weiß, dass sie es nicht ernsthaft so meint. Kein Schrank voll Designerklamotten kann wiedergutmachen, dass ihr Dad sie verlassen hat und ihre Mom deprimiert ist, dass sie ihr Haus verkaufen und in eine Wohnung umziehen mussten.

Während ich mit halbem Ohr zuhöre, wie Lucy und Gwen die neueste Pariser Mode durchdeklinieren, denke ich darüber nach, wie sich wohl ein Wiedersehen mit Byron anfühlen wird. Am Telefon haben wir viel miteinander gesprochen. Er weiß von Alex; ich weiß von einem Mädchen namens Martha, das er in New York näher kennengelernt hat. Er sagt, es gibt für ihn viele Gründe zurückzukommen – es ist nicht nur wegen mir. Er vermisst das Meer, sagt er, und die Luft hier und Zach und die Pizza von Delancey und die Basketballspiele an unserer Schule und die Space Needle.

Aber du hast das Empire State Building und die Freiheitsstatue, habe ich bei unserem letzten Telefonat gesagt. *Und Pizza doch sicher auch.*

Nicht die gleiche, hat er gesagt. *Glaub mir. New York ist nichts für mich. Vielleicht komme ich später wieder her, um aufs College zu gehen, aber im Moment brauche ich den Regen und das Grün und meine Freunde.*

Als ich einen Schluck von meinem Norton trinke, merke ich, dass Gwen und Lucy ihre Unterhaltung beendet haben und anscheinend darauf warten, dass ich was sage.

»Hab ich irgendwas verpasst?«, frage ich. »Ich meine, abgesehen von der Frage, ob es für Nerz ein Comeback in der Designermode geben wird?«

»Ich hab dich gefragt, ob du heute Abend zum Essen zu uns kommen magst«, sagt Lucy. »Du und Gwen. Von Angela und Nori aus kein Problem. Sie rufen deine Mom an. Wir wollen Pizza auf dem Grill machen. Und das Ende des Sommers feiern.«

»Ich werd' wohl nicht kommen können. Ich soll heute bei Annabeth und Verna essen.«

»Die können doch auch kommen«, sagt Lucy und lässt bereits ihre Finger übers Handy fliegen. »Meine Mütter haben sicher nichts dagegen. Bitte, Harry.«

»Da siehst du mal, was ich durchmachen muss«, sage ich zu Gwen. »Kleine Schwestern sind schon eine Plage.« Ich wuschle durch Lucys Haar. Sie schlägt mir auf die Hand.

»Ich seh schon«, antwortet Gwen. Bilde ich es mir ein, oder höre ich tatsächlich eine Spur Wehmut in ihrer Stimme? Mit ihren Brüdern kann sie nun mal nicht gut über Designermode reden.

Lucys Handy pingt. »Angela gibt grünes Licht«, sagt sie, nachdem sie die Nachricht gelesen hat. »Kannst du Annabeth und Verna Bescheid sagen, Harry? Außerdem müssen wir noch Sachen für die Pizza holen. Und deine Mom soll Wein mitbringen, aber Angela wird ihr sicher noch schreiben.«

Wir stehen auf und räumen unser Geschirr weg. Nate erinnert mich noch mal daran, nächste Woche vorbeizukommen und meine Karte für die Vorstellung zu holen. Als wir das Café verlassen, legt Gwen den Arm um meine Schultern. Lucy hüpft vor uns über den Bürgersteig.

»Ich bin so was von froh, dass du wieder da bist«, sage ich. »Du hast mir gefehlt.«

»Und mir tut's leid, dass ich das ganze Drama hier verpasst habe. Lucy ist umwerfend, und ich kann's kaum erwarten, Alex kennenzulernen und Byron wiederzusehen. Ein richtiges Dreiecksverhältnis. So was von romantisch.«

»Eigentlich kein Dreiecksverhältnis«, sage ich. »Eher eine Vierecksgeschichte. Und besonders romantisch ist es nicht, wenn man eine Faust ins Gesicht kriegt, glaub mir.«

»Schon klar«, sagt Gwen. »Aber gemessen an deinem normalen langweiligen Dasein ist das doch alles eine Verbesserung. Stimmt's, Lucy?«

Lucy kichert. »Hast du gesehen, was Alex ihr geschenkt hat?«

Gwen stupst mich in die Seite. »Nein, hab ich nicht. Hoffentlich keine Rosen. Harry mag keine Rosen.«

»Nur nicht solche, die man in einer Schachtel kriegt!«, protestiere ich. »Und er hat mir auch keine Rosen geschenkt. Er hat mir eine Wasserwaage geschenkt.«

Abrupt bleibt Gwen stehen. »Er hat dir *was* geschenkt?«

»Eine Wasserwaage, wie sie von Zimmerleuten benutzt wird. Eine alte. Sie ist total cool.«

»Also ... er hat dir ein altes Werkzeug geschenkt?«

»Ja.«

Und wie auf Kommando lachen wir alle drei laut los, wir lachen so sehr, dass wir nicht mehr reden können und die

Leute auf dem Bürgersteig um uns herumgehen und lächeln, denn wirklich – wer könnte sauer auf uns sein? Wir sind Schwestern, verwandt oder nicht, spielt keine Rolle. Es ist unser Privileg, die Welt mit unserer Verrücktheit durcheinanderzubringen. Ich weiß noch, wie Meredith bei unserem ersten Treffen gesagt hat, dass sie ihren Weg gern mit Lucy und mir zusammen gehen würde, und ich frage mich, ob es je dazu kommen wird. Nachdem Alex mir erzählt hatte, dass Daniel von dem unangemeldeten Besuch nicht sehr begeistert war, habe ich ihr eine Mail geschickt. Ich weiß nicht, warum. Vielleicht war es wegen einer Äußerung von Annabeth, die sie mal gemacht hatte, als wir zufällig beide im Salon waren. Ich hatte ihr von Meredith erzählt, und plötzlich hielt sie im Fegen inne und sagte *Findest du nicht, dass jeder eine zweite Chance verdient?*. Es hatte sich kein bisschen überheblich angehört – tut es bei ihr nie –, sondern nur neugierig, so als handelte es sich um eine Frage, die sie sich selbst dauernd stellte.

Ich hatte also Meredith gemailt und sie ganz vorsichtig gebeten, mir von Mexiko zu erzählen. Irgendwann hatte sie geantwortet, und seitdem haben wir schon mehrere Mails getauscht. Daniel oder Alex kommen darin nicht vor. Sie erzählt von den Kindern im Dorf und dass ihr Spanisch mit jedem Tag besser wird. Ich schreibe ihr, dass ich für Annabeth einen Gesanglehrer gefunden habe. Und nun, während ich mit Gwen und Lucy die Straße entlanggehe, überlege ich, wie es wäre, wenn Meredith bei uns wäre, wenn sie wie eine Bekloppte lachen und sich auf ein Familienessen freuen würde. Wer weiß, vielleicht wird es eines Tages so sein.

Dank

Robin Stevenson, Kirsten Larmon und Monique Polak haben eine frühere Version von *Empfindliches Gleichgewicht* gelesen und mit Denkanstößen, aufschlussreichen und oft widersprüchlichen Kommentaren für Anregung gesorgt.

Von Cameron Duder und Leo Forbes Knox lernte ich verstehen, was es bedeutet, eine transidentische Persönlichkeit zu haben, Tim Prekaski ließ mich an seinem umfassenden Wissen über Seattle teilhaben, und die begnadete Claire Butterfield war meine musikalische Ratgeberin.

Lu Bittner und der ganze Bittner/Silver-Clan von Bella Coola und Hawaii inspirierten mich, eine transidentische Person mit in meine Geschichte einzubauen.

Jen Cameron und Maggie de Vries waren unbeirrbar in ihrer Unterstützung und Ermutigung, selbst als ich das Buch für Mist erklärte. Nach wie vor meine größten Fans und zudem ein Quell großer Heiterkeit und Freude sind meine Kinder Fiona und Christian.

Es war wie immer ein Vergnügen, mit Orca Pod zusammenzuarbeiten, ebenso mit Orca Kennel – Ketch, Mayva, Kira und Nutmeg.

Die Familienhunde Ping-Pong, Scout, Kingsley und Cocoa (er ruhe in Frieden) haben mich daran erinnert, dass ein Nickerchen in der Sonne und der Versuch, den eigenen Schwanz zu fangen, völlig akzeptable Lebensziele sind.

Die großzügige Unterstützung des Arts Council von British Columbia ermöglichte es mir, meine selbst gesetzten Termine einzuhalten.

Und letztendlich dirigierte mich die fantastische Lektorin Barbara Pulling durch das Dickicht zahlreicher Korrekturschritte. Ohne sie wäre dieses Buch möglicherweise misslungen.

Ich danke euch allen.